Unicorn
独角兽书系

Hugh Howey

潜沙记

[美]休·豪伊 ——— 著
李镭 ——— 译

SAND

重庆出版集团 重庆出版社

SAND

Copyright © 2014 by Hugh Howey
Published by agreement with Nelson Literary Agency,LLC through The Grayhawk Agency Ltd.
Simplified Chinese translation copyright © 2022 by Chongqing Publishing House Co., Ltd.
All rights reserved.

版贸核渝字(2022)第028号

图书在版编目(CIP)数据

潜沙记/(美)休·豪伊著;李镭译. —重庆:重庆出版社,2022.11
书名原文:Sand
ISBN 978-7-229-16963-3

Ⅰ.①潜… Ⅱ.①休… ②李… Ⅲ.①幻想小说—美国—现代 Ⅳ.①I712.45

中国版本图书馆CIP数据核字(2022)第123391号

潜沙记

QIAN SHA JI

[美]休·豪伊 著
李镭 译

责任编辑:魏雯 魏映雪
装帧设计:文子
责任校对:朱彦谚

重庆出版集团 出版
重庆出版社

重庆市南岸区南滨路162号1幢 邮政编码:400061 http://www.cqph.com
重庆出版社艺术设计有限公司 制版
重庆市国丰务有限责任公司 印刷
重庆出版集团图书发行有限公司 发行
E-MAIL:fxchu@cqph.com 邮购电话:023-61520646
全国新华书店经销

开本:890mm×1230mm 1/32 印张:11.625 字数:236千
2022年11月第1版 2022年11月第1次印刷
ISBN 978-7-229-16963-3
定价:69.80元

如有印装质量问题,请向本集团图书发行有限公司调换:023-61520678

版权所有 侵权必究

向愿意伸出援手的勇敢者们致敬

BELLATRIX

MEISSA

THE
STONE
MOUNTAINS

BETELGEUSE

COLORADO
THE HUNTER

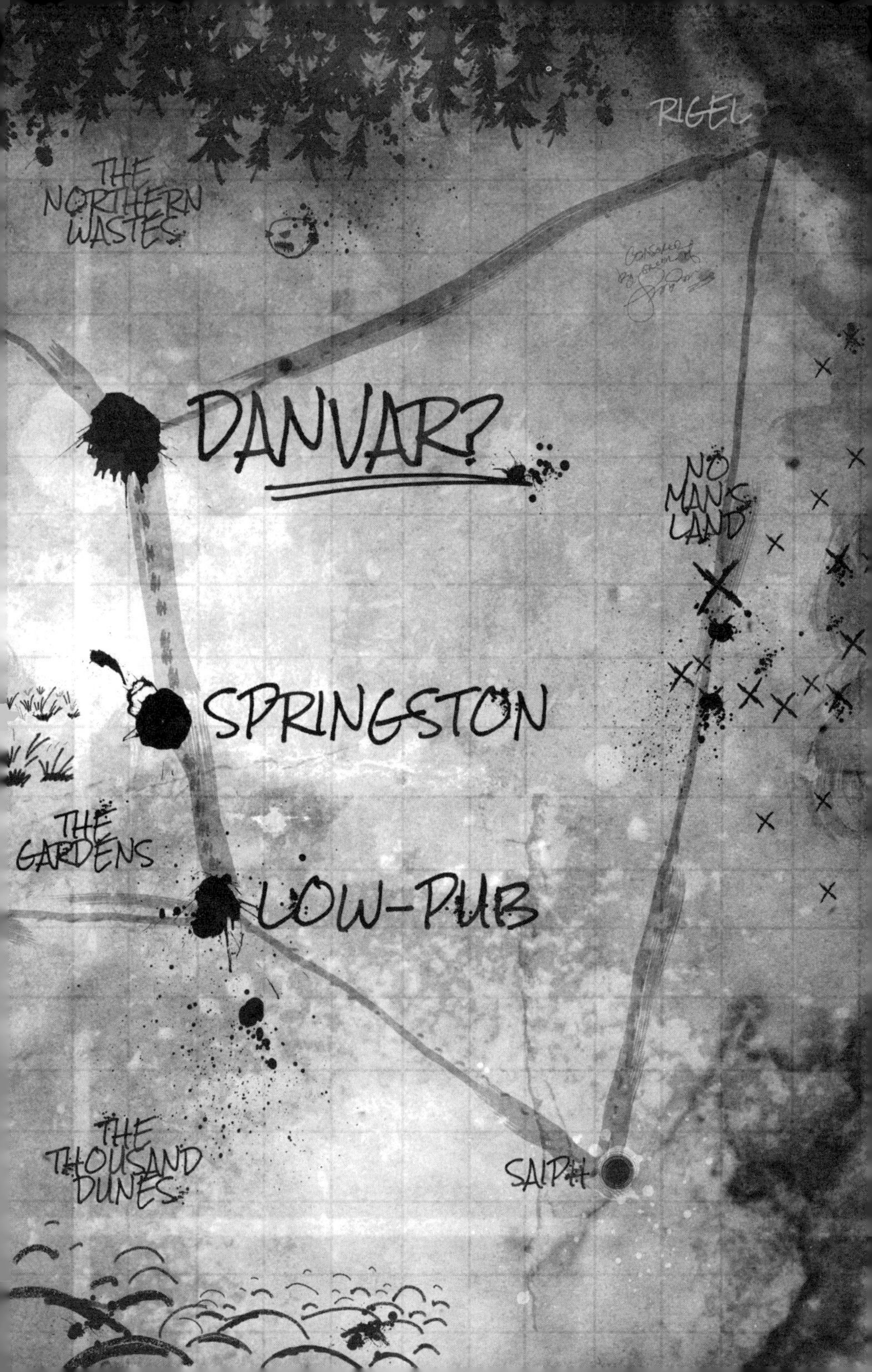
RIGEL
THE NORTHERN WASTES
DANVAR?
NO MAN'S LAND
SPRINGSTON
THE GARDENS
LOW-PUB
THE THOUSAND DUNES
SAIPH

地图页中英文对照

MEISSA　觜宿一
BELLATRIX　参宿五
THE STONE MOUNTAINS　巨石山
BETELGEUSE　参宿四
COLORADO　科罗拉多
THE HUNTER　猎人
THE NORTHERN WASTES　北方荒漠
RIGEL　参宿七
DANVAR　丹瓦
NO MANS LAND　无人之地
SPRINGSTON　泉石
THE GARDENS　花园
LOW-PUB　滥酒馆
THE THOUSAND DUNES　千万沙丘
SAIPH　参宿六

目录 / Contents

001　　　休·豪伊的成功，不仅来自自出版

001　**第一部　被埋葬的诸神的腰带**
002　　第1章　沙丘之谷
006　　第2章　诸神的腰带
011　　第3章　地图
017　　第4章　挖掘
024　　第5章　下潜
031　　第6章　丹瓦
034　　第7章　埋葬
042　　第8章　强盗会干什么

049　**第二部　访客**
050　　第9章　生命中短暂的"嘶嘶"声
055　　第10章　脚夫　一天以前
062　　第11章　约会？
067　　第12章　父亲的靴子
073　　第13章　妓女的儿子

081	第 14 章	沙子陷阱
090	第 15 章	父亲的罪行
096	第 16 章	漫长的旅途
101	第 17 章	公牛和男孩
106	第 18 章	无人之地

115　第三部　回到丹瓦

116	第 19 章	流浪的女儿　维丝
125	第 20 章	打捞者的交易　维丝
130	第 21 章	活埋　帕尔默
138	第 22 章	与疯狂的搏斗　帕尔默
142	第 23 章	失落的宝藏　维丝
149	第 24 章	疯狂冲锋　帕尔默
154	第 25 章	相信的风险　维丝
156	第 26 章	向上的长路　帕尔默
162	第 27 章	母亲　维丝
167	第 28 章	没有喘息的空间　维丝
172	第 29 章	灵魂的重量　维丝
179	第 30 章	繁星满天的夜晚　帕尔默
184	第 31 章	收获　帕尔默
193	第 32 章	逃跑　帕尔默
195	第 33 章	无事发生　维丝
199	第 34 章	最终的拥抱　帕尔默

205　第四部　东边的雷声

206	第 35 章	绿洲　维丝
209	第 36 章	父亲的纸条　罗伯

214	第37章	被沙子填满的垂死尖叫　罗丝
219	第38章	没有地方可以给女孩　康纳
223	第39章	枕上的玫瑰　罗丝
227	第40章	定时炸弹　维丝
236	第41章	走私故事　维奥莱
247	第42章	信　罗丝
254	第43章	高墙　维丝
262	第44章	狠狠抓住　维丝

267　第五部　叩击天堂之门

268	第45章	宁静的黎明　康纳
275	第46章	被埋的人　康纳
281	第47章	桶不够多　康纳
285	第48章	幸运的少数　康纳
290	第49章	同父异母　维丝
295	第50章	诸神的背影　维丝
303	第51章	水泵沙脊　康纳
311	第52章	一根烟柱　维丝&康纳
320	第53章	父亲的遗嘱　维丝&康纳
325	第54章	滥酒馆　维丝&康纳
334	第55章	深度不适　维丝&康纳
337	第56章	安放之处　维丝&康纳
342	第57章	撼动神的目光　维丝
348	第58章	敲响天堂之门　康纳

353　译后记

休·豪伊的成功，不仅来自自出版

2011年，亚马逊自出版栏目下悄然出现一本短篇小说，售价很便宜，只要0.99美元，不过故事本身非常精彩，所以短短几个月里就卖出了几千份，当然也给本职是书店员工的作者休·豪伊（Hugh Howey）带去了几千美元的额外收入。这个小小的成功鼓励了作者，在随后的几个月间，作者又用同样的自出版方式发表了几篇故事，和第一篇共同组成了系列作品，并且最终成为一本长篇小说，这就是《羊毛记》的诞生。

实际上《羊毛记》并不是休·豪伊的第一部小说。在此之前，他曾经在一家小出版社出版过小说集，并且拿到了第二本书的出版合同。但是豪伊认为可以自己完成出版工作——时代和技术都已经做好了准备，于是他没有签署那份合同，而是选择了亚马逊的自出版系统来实现自己的目标。在他成名之后，类似的一幕又上演了一次。2012年，豪伊拒绝了西蒙·舒斯特（Simon & Schuster）出版公司提供的7位数报价，宁肯选择6位数报价的合同，以便保留自己发行电子书的权利。

也许是因为休·豪伊在自出版上的成功太过耀眼,虽然很多媒体对他做了采访,但大部分访谈并没有太关注小说本身的内容,而都集中在自出版的话题上。很难统计休·豪伊的成功给了后来者多少启示和激励,但确实可以举出一些受到激励的例子,比如弗雷德里克·谢尔诺夫(Fredric Shernoff)出版了《大西洋岛》(Atlantic Island),杰森·葛尔莱(Jason Gurley)出版了《埃莉诺》(Eleanor),迈克尔·邦克(Michael Bunker)出版了《宾夕法尼亚》,等等。不过这些后继者都没有达到休·豪伊那样的高度,再没有人能够像他一样凭借着自出版,在科幻小说创作领域大放异彩。

这其实揭示了一个事实:休·豪伊的成功不仅仅在于自出版这种新颖的出版方式,也与《羊毛记》的精彩密不可分。就像休·豪伊拒绝西蒙·舒斯特,坚持使用自由度更高的权力分配形式一样,《羊毛记》和他接下来的作品中都贯穿了休·豪伊式的对权力系统的反抗。

《羊毛记》是反乌托邦题材的小说。"乌托邦"(utopia)一词来源于英国的空想社会主义者托马斯·莫尔(Thomas More)在1516年的创造,取自希腊语"ou-"(οὔ)和topos(τόπος)的组合,意思是不存在的地方。More的本意是想创造一个完美的理想国度,远离社会上的一切贫穷和苦难,生活于其中的人们自发自觉地为社会做出各种贡献,人人拥有富足的生活和积极的精神。然而随着各种空想社会主义试验的失败,人们开始倾向于认为这样的完美国度不可能存在,理想主义的初衷将会不可避免地走向反人类的极权主义,大多数人都在高压下挣扎求生……这便是反乌托邦概念的由来。

反乌托邦题材中诞生过许多著名作品。早期有《1984》《美丽新世界》,晚近的有《华氏451》《使女的故事》,甚至还有很多跨界的作品,比如动漫《进击的巨人》、游戏《辐射》等等。休·豪伊就曾在(少数几个提及了作品内容的)访谈中坦承,《羊毛记》中的筒仓设定受到了《辐射》系列游戏中避难所的启发。不过同样很显然的是,如果只是单纯借鉴已有的设定,《羊毛记》不可能取得那么大的成功。反乌托邦题材的核心,是对权力结构的反思。休·豪伊会选择这样的题材框架进行创作,既是他创作来源、他的思考的反映,也是他为自己的故事找到了一个绝好的容器。

在《羊毛记》的世界中,地面环境已经不再适合人类生存,人类只能生活在名为"筒仓"的庇护所里。筒仓是位于地下的竖状结构,中间有一个巨大的螺旋楼梯,居住在不同地层的人们之间有着地位的差异,大体与所住的楼层挂钩。人们安于这种地位的差异,就像《美丽新世界》中"阿尔法(α)""贝塔(β)""伽玛(γ)""德尔塔(δ)""爱普西隆(ε)"之类的标签。你生在第几层,就有第几层的地位。它既是命运,也是不容抗拒的指令,更是超越个人和自我的庞然大物。

这样的设定,就像是《1984》中的纸条,以及《使女的故事》中的日记一样,让读者除了追求真相的原始冲动,也期望循着真相释放压抑的自我。当主角勇敢打破层级的桎梏,爬出筒仓时,读者也随之冲出故事的海面,发现权力的虚妄与全新的自我。

这种个人对抗系统、个体意志凌驾于利维坦之上的叙事,不仅是在讲述反叛精神,更是可以上溯至卢梭与柏克的天赋人权思想在文学叙事上的体现。可以说,所谓的反乌托邦,在其科幻性的外表之下,凝练的终究是对近现代道德观念的致敬。

当然,反乌托邦终究只是一个容器和框架,至于故事是不是好看,更在于作者的叙事能力。这就像是做饭烧菜一样,同样的食材,有人做的味同嚼蜡,有人做的色香味俱佳。而说到故事情节,休·豪伊毫无疑问就是悬念设计的大师了。

《羊毛记》问世时,作者还没有多少创作经验,但彼时的叙事技巧已经隐隐有了类型文学大家的风范。他非常了解读者的心理,也非常善于设置悬念,所以一旦拿起书本就很难放下。

在《羊毛记》的世界里,由于地面上充满了有毒的空气,所以筒仓与外界毫无连通,唯一能查看外界情况的只有竖在地表的摄像头,但这个摄像头很容易被地表肆虐的沙尘暴弄脏,需要不时派人出去擦拭,而每个出去的人又都必死无疑,所以出去擦镜头便成了筒仓世界的极刑,唯有犯下弥天大罪才会被赶出去擦镜头。但是,只有犯人一个人出去,没有人看押他们,怎么保证他们一定会乖乖去擦镜头?然而最令人诧异的就在这里:每个被放逐的犯人真的都会把镜头擦得干干净净,然后迎来自己的死亡……

源自俄国形式主义的故事论将故事与情节做了严格的区分。前者是按时间顺序把发生的事情按部就班讲述出来,但后者则是以更具戏剧性效果的方式对发生的事情进行重组。休·

豪伊显然是个中好手，他将故事切成无数碎片，紧紧攫住读者的好奇心，让读者不得不追随情节的发展，就像《1984》中的纸条与《使女的故事》中的日记所起的作用一样。

在《羊毛记》之后，豪伊又写了前传《星移记》和后传《尘土记》，分别讲述了筒仓世界的由来和最终的结局。在写完"羊毛记"系列的大故事之后，休·豪伊继续丰富着自己的幻想宇宙，陆续写作了《异星记》《信标记》《潜沙记》《离沙记》。故事发生在空渺宇宙中航行的飞船里、发生在完全陌生的异星世界中、发生在熟悉又疏离的未来地球上……这些故事各有各的精彩，不过总的来说，对权力的反思和反抗始终是所有故事的思想基调，悬念设置和细节塑造也显示出叙事技巧的高妙。

休·豪伊受惠于亚马逊，但在这个科技与权力密不可分的时代，他并没有停止对权力的反思。他的个人博客最后一篇更新是在2022年4月，对于伊隆·马斯克收购推特一事的评论。他在文章里说"通过掌控话语而获得权力，历史中充斥着这样的例子""所有人都在试图向世界广播，操控众人的注意力，为自己聚集更多的追随者，获取，获取，获取，布道，布道，布道。这是无度的时代，而我们是其中的居民"。从出版至今，11年过去，他仍旧在用自己的方式反思，他的博客中，仍然有着如第一本《羊毛记》般蓬勃的愤怒和挣扎。这点是很不容易的事情，或许也是他的创作动力所在。

这次，重庆出版社的独角兽书系一次性出版七部作品，基本上算是将他的代表作一网打尽了。

2021年Apple TV宣布启动《羊毛记》的改编计划，并且已经于2022年5月拍摄完毕，这意味着我们有望在2022年底或2023年初在屏幕上看到筒仓世界的故事——在此之前，就让我们先通过文字领略作者讲述故事的神奇能力吧。

——丁丁虫

被埋葬的诸神的腰带

第一部 PART 1

THE BELT OF THE BURIED GODS

第1章 沙丘之谷

星光指引他们穿过沙丘之谷,前往北方的荒原。十几个男人排成一队,脖子上的围巾被拉起来,遮住口鼻,脚上的皮靴"吱吱"作响,剑鞘一下一下地在腰间晃动。他们选择的路线非常曲折,但如果走直路,就意味着要冒一脚踏进流沙的风险,还必须顶着呼啸的狂风。一条路很长,一条路充满艰辛。北方荒原上的土匪很少选择艰难的路。

帕尔默只是把自己的想法藏在心里,听其他人开着下流的玩笑,编造各种关于战利品的故事。他的朋友哈普走在前面,显然是想要讨好那些老人。和一群强盗在荒地上游荡是非常不明智的行为,但帕尔默是一名潜沙员。他一直都活在疯狂和理智之间的那一条细线上。而且,这些留着胡子、浑身散发恶臭的吹牛大王只雇了他们两天,却愿意付一个月的报酬。在一堆钱币面前,一场荒漠之旅和一次飞快的下潜根本算不上什么。

这群人吵吵嚷嚷地绕过一片高耸沙丘形成的崖壁,离开背风一面。风沙立刻扑面而来。帕尔默调整了一下被强风扯起的围巾,把围巾边缘塞到护目镜下面。沙子不断击打在他的右侧面颊上,让他知道他们正在向北行进。不用仰望星空,也不用看到西边的山峰,他能清楚地判断前进的方向。风势可能减弱,也可能骤然加强,但他们的前进方向就像太阳运行一样稳定。从东向西飞去的沙子不断洒落在帕尔默的头发上,塞满他的耳朵,在大地上堆积成蜿蜒的沙丘图案,把世界埋在上千米深、地狱般的沙砾中。

随着队伍中强盗风格的笑声渐渐平息下来,帕尔默听到了沙漠中的其他声音。所有这些声音组成了一首交响曲:呜咽的风推动细沙的波浪撞击沙丘,又像砂纸一样划过人们的身体,发出细碎的鸣响;砂砾相互摩擦,就像准备攻击的响尾蛇发出"沙沙"声。帕尔默刚想到此,他旁边沙丘上的一条皱褶忽然动了起来。一条蛇迅速滑进了沙洞里。帕尔默害怕它,就像它害怕帕尔默一样。

帕尔默还能听到更多的声音。沉重的装备在他背上"叮当"作响:潜沙气瓶和潜沙服、面罩和脚蹼、气嘴和信标——他这一行的全部工具。西方能听到郊狼在歌唱。它们极具穿透力的独特长嚎随风传播,警告邻近的狼群远离此处。它们在呼喊:"有人来了,没闻到吗?"

在这无数声音的背后,是沙漠的心跳。那轰鸣声永不停歇,从子宫到坟墓,每一个白天每一个黑夜你都能感受到它。那是从遥远东方的无人之地传来的低沉"隆隆"声,可能是滚滚雷鸣,也可能是叛军的炸弹,不然就是正在放屁的神——人们会相信各种各样鬼扯的事情。

循着那些遥远而沉闷的声音，帕尔默想起了父亲。他对自己父亲的看法就像这些沙丘一样变化不定。有时候，他认为父亲是个只会在夜晚偷偷溜走的懦夫；有时又把他看成一个大胆的混蛋，因为他竟然会跑到无人之地去。没有人从那个地方回来过。任何敢冒险进入那里的人肯定都不是一般货色。但如果一个混蛋抛弃妻子和四个孩子跑去了无人之地，可就不那么值得称道了。

西面沙丘崖壁上的一道裂隙中，露出了一大片繁星点点的天空。帕尔默扫视了一眼天空，急切地想要将思绪从父亲身上抽离。即使没有月亮，他也能看到无法逾越的巨岩山。那些令人生畏的锯齿状山脊形成了一片黑色的空无，布满星辰的天穹一到那里便戛然而止。

有人抓住了帕尔默的臂肘。他转过身，发现哈普来到了他身边。因为挂在脖子上的潜沙灯从下方射来的光线，朋友的面孔反而被笼罩在一层黑影中。

"你想当个沉默而强大的人？"哈普低声说道，他的声音被围巾和大风遮住了。

帕尔默把沉重的潜沙背包扛在肩上。他能感觉到衬衫和帆布袋之间的汗水。"我不想当任何人，"他说，"我只是在思考。"

"好吧。那就和其他人聊聊，好吗？我不想让他们认为你是个神经病，或者什么都不是。"

帕尔默笑了。他回头瞥了一眼，看了看身后其他人和他们的距离，确认一下风会把他们的话吹到哪里。"真的吗？"他问道，

"因为他们是老板？你是这样想吗？"

这句话似乎让哈普陷入了沉思。他"哼"了一声，好像因为之前没有想到这一点而有些不安。

"你确定我们这次能拿到钱吧？"帕尔默压低了声音，同时努力压抑住挖耳朵的冲动。他知道那样只会把沙子推到耳孔的更深处。"我可不想像上次那样被困住。"

"该死，不会的，这些人是讲道上规矩的。"哈普拍了拍他的脖颈，沙子和汗水已经在那里混合成了泥浆。"放松，殿下。我们会得到报酬的。一次快速下潜，肺里落下点儿沙子，然后周日之前就能在蜜糖洞喝冰饮了。说不定你妈还会给我跳大腿舞呢。"

"滚开！"帕尔默拍开了朋友的手。

哈普大笑起来，又拍拍帕尔默，放慢脚步，开始给其他人讲起了帕尔默妈妈的笑话。帕尔默以前就听过这个笑话。它本来就没那么好笑，哈普每讲一次，它就变得更加不好笑。帕尔默一个人在沉默中继续前行，脑海中涌过的思绪全都缠绕着他那个破碎的家庭。他脖子后面的汗珠在微风中渐渐冷却，粘在上面的沙子越来越多。不过老实说，在蜜糖洞喝一杯冰饮听起来似乎也没有那么糟糕。

第2章　诸神的腰带

他们到达营地时,发现一堆高高的篝火正在燃烧,跳动的火光越过沙丘,指引着他们在影子的舞蹈中回家。一群男人重聚在一起,拍打彼此的后背和肩膀,用力相互拥抱,扬起了一团团沙尘。然后他们捋着长胡子,又开始闲聊,交换各种玩笑,仿佛已经分开很久的样子。背包被扔到地上,水壶在一只桶里舀满了水。两名年轻的潜沙员被告知在火堆旁等候,其他一些人则穿过几座高耸沙丘的缝隙,缓步朝一片帐篷营地走了过去。

帕尔默很庆幸终于能坐下来歇一会儿了。他卸下肩头的潜沙装备,把背包小心地放在火边,盘起两条酸痛的腿,靠着背包坐好,开始享受在这些燃烧原木上跳跃的暖光。

哈普和另外两个人坐在一起,他们一路上都在聊天。帕尔默一边听着他们的吵闹和欢笑,一边凝视火堆,看着木头冒出的火苗。他想到自己的家乡泉石。在那里砍倒一棵树用来生火是犯罪行为,人们只能用干硬的粪团生火取暖,让屋子里充满了臭气;如果用的是管道煤气取暖,那么有可能今天它还能正常燃烧,明天就会把一家人在睡梦中闷死。然而在荒漠中,用木头生火不算什么大事。零星的树林会被砍光，偶尔出现的动物会被吃掉，流淌的泉水也会被抽干。

帕尔默又向火堆挪了挪，伸出手掌。长途跋涉的汗水，一阵阵微风，还有对家乡的回忆使他浑身发冷。高大的火堆旁爆发出一阵阵喧闹，他便随之露出微笑。人们大笑的时候，他也笑出声。如果他绞成一团的肠子发出声音，他就撒谎说是因为饿了。但事实是，他对这份工作有一种非常不好的预感。

首先，这些人他一个都不认识。他姐姐警告过他，就算是他认识的野蛮人也要小心提防，更不要说那些陌生人了。哈普为这群人做了担保，不过这份担保很难说有多可靠。帕尔默转过身，看着他的朋友在火光里讲着笑话，他的脸被篝火染上一片橙红，他的双臂在热情四溢地挥舞。他们在潜沙学校的时候就是最好的朋友。帕尔默觉得，他们会为了彼此在沙子里潜得更深。这就让哈普的担保有了意义。

在哈普身后，两座高耸的沙丘之间，帕尔默看到两艘萨弗船卷起风帆，放下桅杆。这种风力驱动的船只在它们光滑的橇板上轻轻晃动着，虽然停在砂砾中，但它们似乎正渴望着要跑到什么地方去，或者这只是帕尔默自己的想象。他在寻思，等到这次工作结束，也许这些人会送他和哈普回镇上？如果能够避免夜间徒步跋涉和在灼热的沙丘下露营就好了。

几个和他们一起从泉石来的人走过来，加入围着火堆的小圈子。他们中有不少人年岁已经很大，大概快要四十岁了，比帕尔默大了一倍还要多，一个人差不多只能活这么久。他们有着像游牧民和沙漠流浪者一样的皮肤——这说明他们一直睡在星空下,在太阳下辛勤劳作。帕尔默向自己保证,他永远不会变成那样。他会在年轻的时候就挣上一大笔钱,发一笔横财。到时候,他和哈普会以英雄的身份搬回镇上,住在树荫下。沙丘一样高的钱币完全可以让过去的罪孽得到赦免。他们会开一家潜沙店,以销售和修理潜沙装备为生,为那些在沙土下用生命冒险的倒霉家伙提供装备。那些追逐成堆钱币的傻瓜会为他们提供稳定的收入。为了这个,他和哈普现在要做的就是这种傻事。

一只瓶子从众人的手中传递过来。帕尔默接过瓶子,把它举到唇边,假装喝了一口,然后摇摇头,擦一下嘴唇,探身把瓶子递给哈普。笑声被投入到火中,火花四溅,飞向闪闪发光的天空。

"你们两个。"

一只大手按在帕尔默的肩膀上。帕尔默转头,看见了莫戈恩,带领他们穿过沙丘的黑衣强盗。莫戈恩低头看着他和哈普,高大的身躯形成一片黑影,遮住了星光。

"布罗克现在可以见你了。"强盗说完就转身走进了火堆后面的黑暗中。

哈普笑了笑,又喝了一大口,把酒瓶递给身边的大胡子,然后站起身,带着笑容看向帕尔默,那是一种古怪的微笑,涨满了他的面颊。他又转身向篝火吐了一口唾沫,火苗和笑声都变得更加旺盛。他拍拍帕尔默的肩膀,快步追上了莫戈恩。

帕尔默先抓起自己的装备。他不相信这里的人,不敢让自己的物品远离身边。他一追上去,哈普就抓住他的胳膊,把他拉到身边。他们一起跟随莫戈恩走在从沙堆里踩出的路面上,身侧全都是火堆和一座座帐篷。

"冷静点,"哈普悄声说,"这是我们走向成功的门票。"

帕尔默什么都没有说。现在他只想拿到一笔能让他退休的钱,而不是向这伙人证明自己,以便能加入他们。他舔了舔嘴唇,嘴唇上还带着酒精灼烫的感觉,他只能悄悄骂一句,后悔小时候为什么没有多喝点酒。他有很多事都没有来得及做。他想到了他的弟弟们,等他们团聚的时候,他会告诉他们,不要犯他这样的错误,要好好学习潜沙,学习喝酒,不要把时间浪费在学习没用的东西上。要学他们的姐姐,不要学他。这就是他要说的。

在星光中,莫戈恩几乎是隐形的。直到他们靠近营地,帐篷中跳动的灯光才再一次映照出他的身影。有人掀开旁边一座帐篷的门帘,释放出一团飞萤般的光亮,让他们头顶上的千万点繁星随之黯然失色,只有那位武士神明还在夜空中闪烁着夺目的光彩。那是科罗拉多,夏日里伟大的挥剑星座。他的腰带上有三颗星星完美地连成一线,仿佛正在指引着他们前进的道路。

帕尔默先是看着那几颗宝石般闪耀的星辰,随后又转而看向其他星星。随着帐篷帘落下,无数颗星星再次在他的眼前散发出冷冽的光线,组成了一条厚重的光带。这条星光长河从沙丘流上天顶,一直延伸到遥远的地平线。在镇上是不可能看到这条星河的,因为那里的夜晚有太多煤气灯会被点亮。这是荒原的标志,是高悬在头顶上的印记,让一个男孩知道自己距离家乡有多么遥远,让他知道自己身处在蛮荒的废土之上。这里不仅有荒凉的砂砾和沙丘,更充斥着野蛮的生命。作为一个二十多岁的年轻人,他已经抛弃了幼时的庇护所,却还没有来得及撑起自己的天地,所以他必须面对这些,这些没有帐篷的岁月,这些明亮耀眼的岁月,人们必须在荒野中游荡,就像行星一样。

一道明亮的光划过那些固定的光点,是一颗流星,帕尔默觉得自己可能更像这颗流星。也许他和哈普都是。他们去过一些地方,走得很匆忙。闪烁一下就离开,又要去新的地方。

帕尔默被绊了一下,一直这样往上看,他差点被自己的靴子绊倒。在他前面,哈普钻进了最大的一顶帐篷。帆布"沙沙"作响,就像靴子在粗糙的沙地上摩擦的声音。风从一个沙丘刮到另一个沙丘,呼啸着。头顶上的星星被火光吞没了。

第3章 地图

哈普和帕尔默掀开门帘走了进去,帐篷里的人都向他们转过头。风顽皮地用指甲刮挠着帐篷壁,也想要钻进来。这里充满了身体散发出的暖意,气味就像放工后的酒吧:汗水、劣质啤酒和穿了好几个月的旧衣服。

一个如同沙丘般高大的男人招手让两名男孩过去。帕尔默相信他就是布罗克,这伙人的头头,现在他的人马已经占领了北方荒原。他一眼看上去就能给人留下很深的印象,但就像大多数强盗头子一样,他仿佛是凭空冒出来的。前一年还在制造炸弹,为别人打工,但突然间就因为一连串的死亡被推上了权力的顶峰。

帕尔默的姐姐曾警告过他要避开这样的人。帕尔默没有听姐姐的话,反而径直朝那个男人走了过去,随手把装备放在一堆板条箱和一只盛着不知是水还是烈酒的桶旁边。帐篷中有一张轻薄的桌子。桌子周围站着八九个人。撑在帐篷中央的杆子上挂着一盏油灯,随着风对帐篷架的推搡而来回摇摆。带有刺青的粗壮手臂杵在桌面上,像小树的树干。那些文身上能看到凸起的疤痕，是砂砾摩擦伤口造成的。

"让开点。"布罗克说道。他的口音很重，但很难听出来自什么地方，也许有一点滥酒馆以南游牧民的轻快音色，或者是西部绿洲那些老种植人的口音。他在桌边的两个人中间挥挥手，好像在驱赶一盘食物上的苍蝇。那两个大胡子男人只是悄声嘟囔了两句，就急忙挤到一边。哈普在齐腰高的桌子旁站定，帕尔默站到他身边。

"你们一定听说过丹瓦。"布罗克跳过了介绍和寒暄的环节。他像是在提问，语气却不像。更像是推论又或是声明。帕尔默环视了一下桌子，发现有好几个人都在打量他，有些人不停地捋着打结的长胡子。强盗首领刚刚提及那个只存在于传说中的地方，却没有引起这些大汉的哄笑。在这里，一群成年男人们盯着两个还没有长出胡子的年轻人，就像是在端详自己的晚餐。不过这些人的脸上都没有北方食人族的文身，所以帕尔默相信他们只是在判断他和哈普是否胜任这份工作，而不是真的会被炖进汤锅里。

"所有人都听说过丹瓦。"哈普悄声说道。帕尔默注意到朋友声音中的敬畏之意。"这会指引我们找到那里吗？"

帕尔默转头看向他的朋友，又顺着哈普的视线低头看向桌子。在桌面上，一张大羊皮纸地图的四角被硕大的拳头、冒着热气的杯子和青烟缭绕的烟灰缸压住。帕尔默摸了摸离自己最近的羊皮纸的边缘，发现这块满是斑点的棕色纸张比普通羊皮纸要厚，看上去就像经过拉伸和晒制的郊狼皮，感觉很脆，应该是非常陈旧了。

其中一个男人听到哈普的问题后发笑。他大声喊道:"你已经在丹瓦了。"

一股烟从这张古老的地图上飘过,从高处看就像卷过了一场沙尘暴。布罗克伸出一根香肠一样粗的手指,点中了画在纸上的一个星座——帕尔默刚刚还在目不转睛地盯着这个星座。

"伟大的武士,科罗拉多的腰带。"桌边的人们全都停止了交谈,也不再喝酒。他们的头领开始说话了。布罗克的手指找到了一颗两个男孩都认识的星星。"滥酒馆。"他的声音就像塞满沙粒的风一样粗哑。帕尔默知道,他说的不是那颗星星的名字。滥酒馆是泉石南边一座无法无天的小镇,这座镇子不久之前刚刚兴起,就已经开始为了争夺水和油与它的邻居冲突不断。帕尔默看着布罗克在武士星座的腰带上画了一条线,他的指尖像一艘萨弗船一样在两个城镇之间航行,穿过这片充满争端的土地。而且他有意放慢了手指移动的速度,仿佛要向他们表明某种隐藏的意思。

"泉石。"他高声说道。这时他的手指正停在腰带中间的那颗星星上。帕尔默想到了家乡。他的目光扫过整张地图,那些线条仿佛组成了一座迷宫,上面点缀着他所熟悉的星团,还有箭头和斧子的标记,以及许多年来用各种墨迹写成的细小的文字——有数不清的人在地图边缘的留白上记下了他们的争论。

粗大的手指继续向北移动——也许那两颗星星真的可以代表滥酒馆和泉石。

"丹瓦。"布罗克最后宣布道。他的指尖重重地杵在桌子上。现在他所指的是伟大的科罗拉多腰带上第三颗星星。这张地图似乎在暗示,埋葬众神的世界是按照天上的星星来布置的。就好像人被困在上面和下面互为镜像的两个世界之间。帕尔默在不住晃动的帐篷中这样思考着。

"你们找到它了?"哈普问。

"是的。"有人应道。桌边的人们又开始抽烟喝酒。随着一只酒杯被拿起,地图的一边翘了起来,整张地图似乎都要随之卷起。

"我们有一个相当可靠的猜测。"布罗克用那种古怪的口音说道,"而你们要去为我们确认。"

"据说丹瓦在地面一英里以下。"帕尔默嘟囔着。随着桌子周围再次陷入沉默,他抬头瞥了一眼,"从没有人潜到过这个深度的一半。"

"没有人?"有人问道,"就连你的姐姐都没有?"

哄笑声从长满胡须的嘴里喷出来。实际上,帕尔默一直在等待着他们提起他的姐姐。

"没有一英里深。"布罗克抬起一只大手挥了挥,"忘了那些传说吧。丹瓦就在这里。它的财富比整个泉石城都要多。它是一座古老的大都市。这片土地上有三座被埋葬的古城,它们的位置对应着科罗拉多腰带上的星星。"他眯起眼睛看看哈普,又看看帕尔默。"我们只需要你们来确认它。我们需要一张真正的地图,不是这张皮。"

"那会有多深?"哈普问。

帕尔默转向他的朋友。他还以为这件事已经讨论过了,他们来到这里是为了一桩实实在在的工作。现在他开始怀疑那份承诺中的报酬能不能真的兑现,他的朋友是不是在吹牛。他们来到这里根本就不是为了寻找什么可以预见的财富,而是要潜到沙子里去找鬼魂,为了一些无稽之谈去挖开大地。

"八百米。"

除了一直在呻吟的风,所有声音都随着这个答案安静下来。

帕尔默摇摇头:"我认为你们严重高估了潜沙员能够……"

"我们先挖开最上层的两百米。"布罗克说。他又用指尖杵了一下地图,"据说在这个位置,最高的建筑物有两百五十米。"

"那就还剩……"哈普犹豫了一下,毫无疑问,他是在等其他人算数。

晃动的油灯仿佛暗了下去。地图边缘在帕尔默的视野中变得模糊。他说道:"三百五十米。"他感到一阵晕眩。他曾经有几次带着两只氧气瓶下潜到两百五十米的深度。他也知道有人曾经到过三百米。他的姐姐和另外几个人能够潜到四百米——甚至有人声称到达过五百米。帕尔默没有料到他们要潜到那么深的地方,也没有料到他们要帮助淘金者浪费时间去寻找丹瓦。他曾经担心会为叛军工作,但实际情况更糟。这帮人要的不是权力,而是财富。

"三百五十米不是问题。"哈普说。他在地图上撑开双手,俯身在桌面上,装出一副研究那些小字的样子。帕尔默却觉得他的朋友和他一样犯了晕。他们两个都没有那么深的下潜记录。

"我只想确认它在那里。"布罗克用拇指摩挲地图,"我们在进一步挖掘之前需要确切的坐标。要挖这么深的洞,光维护就是个大麻烦。"

有不少人都在低声嘟囔着表示同意,帕尔默估计这些人要负责实际的挖掘工作。他们之中有一个对帕尔默笑了笑:"你妈妈应该知道怎样维护那些窟窿。"这句话又引来了一阵哄笑。

帕尔默感觉到脸上有些发烧。"我们什么时候开始?"他在众人突然爆发的笑声中提高声音问道。

随着笑声逐渐平息,哈普似乎也从令人晕眩的地图中抬起头。帕尔默看见他大瞪着双眼,其中充满了恐惧。在强烈的恐惧中还流露出一丝歉意,后悔让他们因为这么疯狂的事情跑到这样遥远的北方来。所有即将到来的不幸在那双眼睛里一闪而过。

第4章　挖掘

那天夜里，帕尔默躺在一顶拥挤的帐篷里，睁着双眼，耳边全都是陌生人的呼噜和咳嗽声。风一直呼啸到很晚，其中夹杂着沙子的一阵阵细碎低语。最终，风声平息下去。渐渐亮起的晨光让帕尔默有些高兴，帐篷从黑色变成灰色，再变成奶油色。等到再也不能静静地躺着，憋住膀胱时，帕尔默便从哈普和帆布帐篷壁之间挤出来，拿起背包和靴子，钻出帐篷。

经过晴朗无云的一个晚上，空气依然保持着清冷，沙子已经退去了前一天吸收的热量，还有几颗星星攀附在西方残存的黑暗中。金星孤零零地悬挂在对面的沙丘上方。太阳已经升起来了，但还要过一个小时才会在这里的沙丘顶上露面。

帕尔默总是希望在灼烤的阳光到来之前就潜入沙层。他很享受大地深处的凉爽，即使那一团团的潮湿沙土让人很难行动。他坐到地上，把靴子倒扣，用两只鞋跟相互敲打，细小却又带棱角的脚渣子①从靴子里纷纷洒落出来。然后他又拍了拍袜子底

---

① 脚渣子，专指鞋子里的沙子。——作者注（后文如无标识，都是作者注）

部，重新穿好靴子，系紧鞋带，还打了两个结。现在他已经迫不及待想要戴上脚蹼开始下潜了。

他打开潜沙背包，又检查了一遍装备。一名采矿者从帐篷里钻出来，清了清嗓子，朝沙地上啐了一口。那口痰距离帕尔默足够近，让他无法视而不见，但也足够远，让帕尔默无法确定是不是在针对自己。当那个人开始在一座沙丘脚下撒尿时，帕尔默考虑了一下，决定将警惕范围确定在至少四到五英尺①——只有在这个范围内，他才需要考虑那家伙是不是在有意冒犯他——这感觉很科学。

一个高瘦结实、皮肤黝黑的男人从布罗克的帐篷里走出来，是莫戈恩。在熹微的晨光中，他看起来没那么可怕了。根据昨晚的谈话判断，他一定是布罗克的副手。他向帕尔默扬了一下眉毛，仿佛在问这个年轻人是否准备好了应付今天的挑战。帕尔默点了点下巴，表示问候，也算作是回答。现在他感觉很好，已经准备好了进行一次深潜。他检查了绑在潜沙背包后面的两个大气瓶，做了一系列快速深呼吸，让肺部做好准备。他没有必要一下子就到达布罗克所要求的深度。他的面罩能够看透两百米的沙子。他要做的就是下潜到尽可能深的地方，也许第一次可以到达三百米，记下在那里看到的一切，然后就回来。他们不能向他要求更多了。

哈普从旁边的帐篷里出来，抬手为眼睛遮挡住逐渐亮起来

---

① 1英尺约为0.3米。

的阳光。他看起来还没做好深潜的准备。帕尔默不由得想起了他认识的一些人——他们钻进沙子之后就再也没有出现过。那些人在最后一次早上醒来的时候会感觉到自己的命运吗？他们有感到某人将会死亡的预兆吗？他们是不是将预感抛到脑后，毅然下潜？他想到了罗曼，那个家伙曾经在泉石城外潜下去寻找水源，他没有找到水源，也没能回来。

也许罗曼知道自己不应该在那天下潜，也许他在最后一刻有了不祥的感觉，但他又觉得自己有必要完成工作，于是挣脱牵绊他的志忑。帕尔默觉得自己和哈普此时就和罗曼一样，拼命向前，尽管心中充满犹疑和恐惧。

他们在检查装备的时候都是一言不发。帕尔默从背包里取出几条蛇肉干。哈普接过一条。他们咀嚼着辛辣的干肉，从自己的水壶中小口喝着配给的清水。莫戈恩说时间到了，他们就收拾好潜沙包，把沉重的背包扛到肩上。

这些人声称已经挖了两百米深，为他们创造了必要的条件。帕尔默曾见过这样的工程，每个潜沙员都知道，要在起伏的沙丘之间选择尽可能深的潜入点，但是两百米深？这比泉石城的那口井还要深。他的小弟每天都要从那口井中提好几桶水。移动那么多沙子又要避免沙子流回去是很困难的。在流沙中挖洞本来就很困难，而且无论挖沙子的手有多少，风都会用更多的手把沙子推回去。沙漠甚至会掩埋建在沙子表面的东西，更不要说是地下深处了。现在他和哈普却只能指望这些强盗帮助他们把屋顶清理干净。

如果姐姐在这里，一定会抽他一耳光，骂他是个傻子，攥住他的脚踝，把他从灼热的沙丘上拖走。只是因为给强盗干活儿这一点，姐姐就会杀了他。这已经破坏了他们这行的老规矩。不过帕尔默的姐姐其实很虚伪。她一直都告诉帕尔默要质疑权威，只要不是她的权威。

"这就是你们的装备？"莫戈恩看着他们问道。他将一双黑色的手塞进白色长袍的袖子里，那件长袍白得刺眼，宽松得像女人的连衣裙，袍子下摆垂在他的脚踝周围，随着地面的热气微微飘摆。帕尔默觉得这家伙看上去就像被白昼包裹的黑夜。

"没错，"哈普微笑着说，"没有见过潜沙员吗？"

"见过不少。"莫戈恩转身就走，一边招手让两个男孩跟上，"前两个都各带了三只气瓶。所以有些惊讶。"

帕尔默不确定自己有没有听错。"前两个？"他问道。但莫戈恩已经走出营地，到了沙丘之间。帕尔默只好和哈普扛着沉重的背包，努力追了上去。

"他说的是什么意思？"帕尔默问哈普。

"专心下潜。"哈普严肃地说。

现在时间还早，沙漠的空气还算凉爽。但帕尔默看到朋友的脖子上已经有了汗水的光泽。帕尔默将背包向上顶了顶，大步在柔软的沙子上走着，看着清晨的第一缕微风发出轻柔的哨音，在沙丘上搅起了一团团尘雾。

走过聚在一起的帐篷时，帕尔默觉得自己听见了远处传来马达低沉的噪音。听起来很像是一台发电机。沙丘的间隙逐渐增大,地面变成了向下的缓坡。在成堆的沙子之间能看到一片开阔的天空。他们面前出现了一个比棚户区水井更加巨大的大坑。仿佛一座山从地面上被挖走,留下了一片倒金字塔形的空白。远方正有一股沙子从一根管道中喷出来,随风向西飘洒开去。

坑里能看到不少正在工作的人。坑底深度至多一百米,只有他们承诺的一半,但这项工程的规模在荒原中已经令人瞠目结舌了。这些强盗的确很有野心,平时他们这样聚集起来根本不可能超过一个星期。布罗克魁梧的身躯也出现在坑底。帕尔默跟随莫戈恩和哈普走下斜坡,一片片沙子不断在他们面前崩塌滑落。坑底的人们看着那些流沙,脸上都显露出忧虑的神色。

帕尔默一到坑底,发电机的轰鸣就减弱下去。他不得不一次又一次将靴子从松软的沙子中拔出来。他看见其他人都站在铁板上。那些被来来往往的人踢得松散的沙子遮挡住了它,使得这块板子很不容易被发现。帕尔默完全想不出这个大坑是怎么被挖出来的。旁边那股被喷出去的沙子又是怎么回事。哈普一定也有类似的困惑。他直接就问布罗克这是怎么做到的。

"这还不到一半。"布罗克说着,向两名手下打了个手势。那两个人弯下腰,扫去脚边的沙子。帕尔默被要求后退一步。有人提起了一个把手。随着一阵生锈金属的刺耳摩擦声,被沙子埋住的铰链缓缓转动,一道铁门被掀起。一束光射进这个黑色的门洞,让帕尔默看到了下面一百米的空间。

这是一座穿过夯实泥土的圆柱形竖井。一个人解开两根绳子，将它们缩好放在沙地上。帕尔默凝视眼前这个深不可测的黑洞、这个巨大而幽暗的深渊，感到自己的膝盖开始发软。

"我们可不会在这里等上一整天。"布罗克又挥挥手。

他的一名部下走上前，从嘴上扯开围巾，显然是打算帮助哈普脱下背包，穿戴装备。但哈普向那位老人摆摆手，示意不需要他的帮助。帕尔默也脱下自己的背包，注意力却落到那位老人的身上。他的胡须很长，显得纤细干枯，而且全都变成了灰白色。帕尔默觉得自己认识这个人。他叫耶格利，是和他姐姐做过生意的一名老工匠。

"你在滥酒馆开过潜沙商店。"帕尔默问他，"我姐姐曾经带我去过那里，你叫耶格利，对吧？"

那个人仔细看了帕尔默两眼，才点点头。当他过来要帮帕尔默穿戴装备的时候，帕尔默没有阻止他。他完全无法相信耶格利竟然会跑到这么遥远的北方荒漠来。片刻之间，帕尔默甚至忘记了马上要开始的潜沙，只是看着这位老人用熟练的双手装配他的潜沙设备，检查电线和阀门，确认好帕尔默的气瓶——帕尔默用砂纸打磨过这两只气瓶，好让它们看上去像是有过多次潜沙经历。

他和哈普脱下外衣，钻进潜沙服里，一边小心注意手臂和腿上的电线不会缠到一起。帕尔默的姐姐曾经告诉过他，耶格利对潜沙的了解，哪怕十个人加起来也比不上。现在这位工匠舔舔自己苍老的手指，捏了一下帕尔默面罩上的和电池连接的地方，然后再将耳机打开又关闭。帕尔默抬头看了一眼布罗克，再一次对这些强盗聚集人才的能力感到惊讶。他低估了他们，以为他们是一群毫无组织、只知道蛮干的寻宝者。他开始对今天的冒险有了希望。

"这道门可以将沙子挡在洞外。"耶格利说，"所以你们下去以后，我们就必须把它关上。"他依次看向哈普和帕尔默，确认他们两个都在认真听。"注意你们的氧气。根据地下回声，我们能够确认再向下大约三百米有坚硬物体。信号虽然小，但很稳定。"

"你们能探测到那么深的地方？"哈普问。现在他和帕尔默差不多都已经穿戴整齐了。

耶格利点点头："我在这里装配了我的两百套潜沙设备，就是用它们把井壁固化在一起，或者反向操作，将沙子软化，好方便把它们抽走。发电机里的燃料只能维持几天，不过到时你不是死了就是回来了。"

老工匠的脸上没有半分笑容，帕尔默意识到他没有开玩笑。他拉上面罩，只是将弧形屏幕保持在额头的高度，而不是遮住自己的眼睛，又将潜沙灯挂在脖子上，把脚蹼和靴子接好。他只能将背包和衣服留下，不过他还是将水壶紧紧地绑在身上——他担心自己不在的时候，这些人会向他的水壶里撒尿。

"另外那两名潜沙员。"他问耶格利，"他们怎么样了？"

老潜沙师傅嚼着嘴里的沙粒。他们的嘴里永远都有沙粒。"还是担心你们自己吧。"这就是他给两个男孩的建议。

第5章 下潜

帕尔默被放下竖井。绳索挂在他的腋窝上。他一次一次地突然停下,然后又向下掉落。这让他能感觉到上面的人在用戴着手套的手操纵绳子。潜沙灯照亮了光滑的竖井壁,他只能无可奈何地左右旋转。同样被吊索挂住的哈普在他下面几米的地方微微摆动着。

"这个该死的地方真是太安静了。"哈普说。

帕尔默没有打破这种寂静的冲动。他伸出手,摸了摸这条非自然形成的竖井墙壁,他的手指清晰地感觉到凝聚成岩石质地的硬碴①——这是潜沙装置的固定效果。这个竖井早就被建起来了。一阵寒意传遍了他的全身。他记得耶格利说过,这个工程耗费了两百套潜沙装置。"他们创造了这个。"他低声说。

他和哈普一点点下坠,同时不断地旋转。

"他们利用共鸣效果把这些沙子固定在一起。又把上面的沙子松解开,把它们抽走。"帕尔默还记得他们一路走下大坑时,

---

① 硬碴,专指被潜沙服固定住的沙子。

那种柔软而泥泞的感觉。

"就要到底了。"哈普宣布,"我能看到下面的沙子了。"

帕尔默想象着发电机关闭了,或者有人切断了维持这道竖井的电源,竖井在一瞬间向内坍塌。想到泥土的压力,帕尔默的呼吸变得困难起来。他差一点就开启了潜沙服,好以防万一。

"我到了。"哈普说,"小心你的脚踝。"

帕尔默感觉到哈普握住他的脚踝,引导他下降的方向,以免被他一脚踩到头上。竖井底部对于他们两个人来说有些狭窄。他们松开胸前的绳结,按照布罗克的叮嘱拽了两下绳子。"我在前面。"哈普主动说道。他拽起胸前的气嘴,查看了一下连接管线,然后伸手到肩膀后面转动空气阀,确认一切锁紧之后,他将气嘴咬在了嘴里。

帕尔默也在忙着做同样的事情,用牙齿咬紧气嘴,然后点点头。一种奇异的平静感笼罩了他的全身。他从气瓶中深深吸进第一口气。很快,他就会没入黄沙。只有在那里,他才能得到安宁,忘记疯狂的周遭。那里只有他和深不见底的、清冷的沙子,还有他的机会。无论有多么疯狂,他真的有可能在脚蹼的推动下发现丹瓦。

哈普拍一下胸前的大按钮,启动了潜沙服的能源。他们是如此靠近,帕尔默甚至能感觉到空气中的振动。他们都把归航信标放在沙子上,打开。帕尔默伸手到胸前,启动了自己的潜沙服,然后用皮革盖子将按钮遮好,这样在穿越沙漠的过程中,他就不会不小心把潜沙服关掉,让自己被困住。

哈普将面罩屏幕拽到眼睛前，微微一笑，最后挥了一下手。他脚边的沙子松开来，仿佛一下子把他吸了进去——哈普消失了。

帕尔默关掉潜沙灯以节约能量，然后拽下面罩，打开屏幕。整个世界先是变得一片黑暗，又凝结成一个形状不断变化的紫色斑点。空气和沙子搅在一起，让人什么都看不清。面罩头带紧贴在额角，帕尔默开始想象自己要让沙子做什么，沙子便服从了指令。他的潜沙服向外振动，发出的亚声速机械波让分子和原子随之震颤，沙子开始移动，就像水一样在他周围流淌，帕尔默随之向下滑落。

完全被沙子包裹之后，帕尔默的心中立刻生出一阵兴奋，就像翱翔在天空的沙丘鹰一样，那种失重和自由的感觉，那种可以随心所欲朝任何方向滑翔的力量。他依照姐姐多年前教他的那样，引导自己的思想，让下面的沙子松开，上面的沙子变硬，确保胸部周围总是存在一个宽松的空间，这样他才能呼吸。转移周围沙子的重量，顶住上方的压力。他必须平稳缓和地从气嘴中啜吸，以免氧气过度消耗。

摇曳的紫色斑点被一片彩虹般的色泽所取代，远离他的东西呈现冷暗的紫色和蓝色，坚硬或者靠近他的东西呈现明亮的橙色和红色。帕尔默抬头看了一眼，竖井方向发出明亮的黄色光芒。只有被潜沙装置硬化的沙子才会发出这样的光亮。它实在是太亮了，甚至应答器的白色脉冲都很难被看清，不过可以确定，至少有一个信标是完全正常的。他又低下头，找到哈普。现在哈普是一团边缘呈绿色的橙色光芒。他的新面罩功能非常棒,比上一副面罩隔绝沙子的效果要好很多,信号失真的情况更是有了巨大的改善。他能清楚地辨认出哈普的胳膊和腿,而以前他只能看到一个斑点。他跟着朋友一直下潜,同时在喉咙中说话,让哈普知道自己能看到他。

我能听到你,哈普回应。声音来自于帕尔默的耳朵后面和下方,是他的下颌骨振动的结果。他们两个笔直向下,让沙子在自己的周围流动。越深入地下,潜沙服承受的压力就越强,沙子的流动的力量更大,他们的呼吸也变得更加困难。帕尔默想象自己会快速下潜,然后就上去,这样的想法能够让他平静下来。毕竟,他们不需要在下面收集任何东西,只需要像那些喜欢吹牛的潜沙员一样,尽全力快速潜到尽可能深的地方,看一眼,然后就浮上去。他姐姐警告过他不要这样潜沙。但这次不是为了虚荣心,而是为了钱。这是他的工作,不是为了证明什么。

有没有发现什么?哈普问。

还没有。帕尔默看着面罩上的深度计。深度计上的数字是他们和信标应答器的距离。五十米。一百米。呼吸变得越来越困难,移动沙子也需要越来越多的注意力。他们越往下走,身体上方凝固的沙柱也会越发密集和沉重。许多潜沙员到这里都会开始惊慌失措,感觉自己进了"棺材",或者被沙子固定住了。他的姐姐曾经两次把他从这种"棺材"里拉出去。那时姐姐是在用自己的旧装备训练他。当沙漠用它巨大的双臂环抱住你的胸膛,决定让你不再呼吸,你才能感觉到自己是多么渺小,就像一粒沙子，被无数其他沙粒碾碎。

在穿过一百五十米的时候，帕尔默保持着神志的清明。他到了两百米。这差不多是他最喜欢的深度。他冷静下来，不去理会那一点从面罩进到耳朵里的沙子，不去在意嘴角处塞满嘴唇和气嘴之间空隙的沙子，不去感觉牙齿间沙子嘎吱作响的声音，只专注于沙流。他的潜沙服电池很足，在前几次潜沙的时候，他已经把电池组的数量加倍了。他的装备和意识都很好。他能将一口气屏住数分钟，并感觉到那种宁静，那种完完全全的和平。凉凉的沙子覆盖住他的头皮和脖子，世界越漂越远。

两百五十米。帕尔默突然感到骄傲。他真的很想告诉维丝……

该死，该死，该死。

一连串的声音振动着他的牙床——哈普一定是在喉咙里大喊。帕尔默低头去看自己的朋友。很快他也看见了——一块明亮的光斑，一个非常坚硬，非常巨大的东西。

地面在哪里？帕尔默问。

一点该死的迹象都没有。这是什么？

看上去像一个立方体。也许是一幢房子？被流沙埋住了？

流沙到不了这么深。该死，根本找不到它的底在哪里。

现在帕尔默也能够看得很清楚。随着他们靠近，这个方形的东西从明亮的红色变为橙色。他能看到这座建筑坚硬的边缘不断向下延伸，变成绿色和蓝色。这是某种方形的柱子，被埋在沙子里，垂直矗立，又大又深。

开始呼吸困难了,哈普说。

帕尔默也感觉到了。他觉得他们是因为看到这个怪异的东西而变得呼吸急促,但他也确实感觉到了沙子密度在增大,让沙子流动起来变得越来越难。他还能向下沉,但继续向下会为上浮增添变数。现在他已经能强烈地感觉到自己身体上方所有那些沙子的压力了。

我们回去?帕尔默问道。他的面罩显示现在深度是两百五十米。要真正接近那座建筑还必须再下潜五十米,如果算上强盗们挖开的那两百米,他们在理论上已经下潜到四百五十米了。该死。他做梦也没有想过能潜到这么深。只有两百五十米是他做到的——帕尔默这样提醒自己。但他的姐姐说过,他还没有做好能潜到这个深度的准备。那时他还和姐姐争辩过,但现在他相信了。真该死,姐姐有说错过任何事吗?

我们去看看那是什么,哈普说,然后就回去。

地面一定有一英里①深。根本连影子都看不到。

我看到了些东西,不只是这个。

帕尔默只希望自己能有哈普的面罩。他自己的面罩正紧紧压在他的脸上,推挤着他的前额和颧骨,仿佛要把他的头骨挤穿。他活动了一下下巴,想要减轻一些痛感,然后再次用力下潜。现在他也看到了。明亮的蓝色,是更多的方形柱子,在旁边更深一点的地方,只有一片紫色的轮廓。下面是地面吗?也许

---

①1英里约为1.6千米。

只需要再向下三百米?

我要去取一下样。哈普说道。他的声音很大。这里的沙子非常密集。面罩带子将话语从喉咙传送到下颌骨时要比以往更加响亮。帕尔默想起姐姐维丝告诉过自己这件事。他还在努力回忆自己听到过的关于沙子深处的一切知识。他现在需要非常用力才能吸到一口气,感觉就好像他的气瓶已经空了。不过气瓶指示灯仍然是绿色的。妨碍他呼吸的只是胸部的压力,但这种压力正变得越来越难以忍受。他觉得自己的肋骨要断了。他以前见到过潜沙员被绷带紧紧缠住全身,见过他们的鼻子和耳朵都在淌血。他集中精神,命令沙子流动。他跟在哈普后面,但他只有离开这里的冲动,想要转过身,去找到他的信标,想用尽力量把沙子向上推,让那堆钱币去死吧。

哈普已经到达了那幢建筑。它的墙壁看上去非常光滑。一幢真正的大楼。帕尔默现在能够很清楚地看到——一座高得令人难以置信的建筑。他甚至能看到屋顶上的一些小细节。那里的一些地方是如此坚硬和明亮,一定是坚固的金属。大量金属,应该是机器和各种小物件,看起来有些像管道,仿佛这幢建筑要用它们来呼吸。这不是人类建造的,至少不是帕尔默认识的人类。这就是传说中的丹瓦。远古的丹瓦。地下一英里的都市,被一群散发着恶臭的海盗发现,帕尔默想,不,是被他发现的。

第6章 丹瓦

哈普在帕尔默之前到达了那座大楼旁边。这座建筑让泉石所有摩沙大楼①都相形见绌，它能一次吞下所有那些大楼，就像一条蛇能吞下一大把虫子。仅仅它的顶部就全都是些好东西，那些没有被打捞者碰过的闪闪发光的金属：管子、导线，还有各种说不出名目的玩意。即使被沙子紧紧压住，帕尔默依然能感觉到自己全身都在起鸡皮疙瘩。

我要取个样，哈普说。

通常情况下，他们会取走一些松动的东西，比如一个人造器具或金属碎片，然后就带着样品开始上浮。帕尔默让身子进一步下沉，看到哈普正在这座大楼开阔的屋顶上搜寻。如此丰富的宝藏就在眼前，肾上腺素的刺激让挪动沙子也变得容易了一些。意志力和欲望的突然迸发立刻起了作用，但呼吸也变得越发吃力。

没有松动的地方。哈普一边搜索屋顶一边抱怨。这座大厦

---

①原文为"sndscraper"。作者生造的词。

的顶部肯定有泉石的四个街区那么大。

我拆些东西下来。帕尔默说。现在他已经降落到哈普的高度,甚至比哈普更低。少年的好胜心驱使他向下越过了大楼的边缘。现在他的下潜深度已经远远超过了三百米。与如此重大的发现相比,打破个人纪录的事情早就被他抛到脑后去了。他现在只担心没有人会相信他们。实际上,他们的护目镜会记录下这里的一切。他们整个下潜的历程、行进路线、沙流变化,还有这些如同神明手指一般被埋葬了不知多少岁月的巨型立柱,都会被记录在他们的护目镜上。

现在帕尔默已经能隐约看到这些高楼之间的地面——伟大神明的手掌。那里布满了明亮的大块金属。帕尔默认出了它们是汽车,从信号的反射来看,它们全都保存完好。不过在那么深的地方,要清楚地解读信号色泽是很困难的。他进入了陌生的领域。仿佛是为了强调这一点,他的面罩上的氧气指示灯从绿色变成了黄色。他的一只气瓶已经空了,阀门切换时发出沉闷的"咔哒"声。这不是什么问题。他们也不会再往深处走。他们的任务已经完成了一半。而且他上升时用气量还会减少。该死,他们要离开这里了,只能这样。但帕尔默只想找个可以拆下来的东西,一个纪念品。

他想要知道大楼内部有没有沙子,他可以让那些沙子向自己流动,这样就能打破大楼,抓到一件小工艺品。他面前的平整墙壁反弹了信号,在波动中闪烁的色彩如同玻璃发出的尖鸣。里面是空的,他告诉哈普,我把它撞开。

帕尔默在脑海中想象出一个沙子的攻城槌,想象自己面前的沙子变硬,周围的沙子变松。他一边集中精神,一边将左手向内扭转,这样深的沙子很凉,但他还是能感觉到自己在衣服里的汗水。攻城槌成形了。他让自己清楚地感知到那柄攻城槌,然后将攻城槌向前一掷,让它周围的沙子像水一样流动。片刻间,他失去了对身体周围沙子的控制,立刻感觉沙子从四面八方向他压过来,就像一口棺材。两只粗大的手掌掐住他的脖子。一条湿漉漉的、裹紧的毯子包住他的胸膛。他的胳膊和腿因为血液流动被切断而感到刺痛。然后,攻城槌撞上大楼,消失了。帕尔默强迫身体周围的沙子恢复了流淌。

他深吸一口气,然后又是一口。这种感觉就像是用一根细细的麦秆在吸气。但是他视野中的光彩停止了闪烁。帕尔默又下沉了一点,不过很快就稳住了身子。他面前的景象改变了。现在大楼里有了沙子。他把玻璃打碎了。一片摇曳的紫色告诉他那里有空气。一个空间,里面一定有许多东西。

我要进去,他对哈普说。

我要进去,他对自己说。

然后,摩沙大楼吞噬了他。

第7章　埋葬

从帕尔默记事起,他就一直梦想着成为一名潜沙员,梦想着进入沙子——但他后来才知道,真正需要练习的是从沙子里出去。潜沙员很快就能学会许多个进入沙丘的华丽方法,一个比一个更引人注目。从脸朝下,让沙子轻柔地接住自己,到高举双臂向后跳跃,不激起一粒沙尘就消失无踪,再到让沙子抓住自己的靴子,狂野地旋转下降。重力和流动的、急迫地想要吞噬人的沙子让许多光怪陆离的潜入方式都成为了可能。

真正需要高超技术的其实是如何离开。帕尔默曾见过许多潜沙员从沙丘中一下子被喷出半个身子,吐着嘴里的沙子,大口喘着气,挥舞手臂大喊大叫,因为他们没能集中注意力,所以腰以下还被卡在沙子里。他还见过更多人完全飞出来。他们上浮的速度太快了,只能旋转着落回到地面上,摔断一条胳膊,或者撞坏了鼻子。学校里的男孩们在尝试从沙丘中出来的时候常常会导致滑稽却又是灾难性的后果。帕尔默总是集中精神,做到平静而不惹人瞩目地与沙子脱离,就像他的姐姐一样。维丝告诉过他,平静要比炫耀更勇敢,也更专业。他希望自己能够稳稳当当地进入这座大厦,就像乘坐电梯来到大厦顶层一样。不过他终究还是没能如愿以偿。

这次脱离更像是从沙子不愉快的胃里被吐出来。大楼内部已经堆积起沙坡,他侧着身子被喷出,一下子冲进了空气中。

帕尔默先是肩膀狠狠撞上地面,随后便痛苦地仰卧在地上,背上的气瓶贴着脊柱震动个不停。他将面罩从眼睛上掀开,那股涌动的紫色随之消失。他的嘴里有沙子,气嘴半露在外面。刚才的撞击把他肺里的空气全都压了出去。

帕尔默取下气嘴,又咳又吐,直到自己能够再次呼吸。

我又能正常呼吸了。

这里的空气有一股肮脏发霉的味道。闻起来就像脏衣服和腐烂的木头。帕尔默坐在一片黑暗中。这里黑得就好像他在没有月亮的夜晚紧紧闭住双眼。他又小心翼翼地啜吸了一口。这里有空气,他用喉咙的低语告诉哈普,但是他的朋友当然听不到。他的面罩带被撞歪了,不管怎样,他不再是被埋在沙子里,就算面罩带贴着额角也不可能传送出他的声音。

在这里叫嚷也没有用,帕尔默摸索着找到潜沙灯,把它打开。众神的世界朦胧地展现在他面前。他转过身去,躲避开还在不断向大楼内倾泻的沙子。这些沙子一直在滚动着奔涌进来,仿佛也在逃避上方沙丘的沉重压力。

帕尔默能辨认出这个房间里的东西。泉石和滥酒馆地下都发现过类似的文物。几十把椅子,全都一模一样。一张桌子,比他见过的任何桌子都大,大得就像一间公寓。帕尔默扯下脚蹼,放在一边,把氧气罐放在地板上,关掉阀门,以节省里面的氧气。然后他关闭了潜沙服和面罩的能量,给自己一个镇定的机会,让一直在努力对抗沙子压力、维持呼吸的膈肌能休息一下,让他的胸廓能够重新感觉到自己的完整。

在靠墙的一张桌子上,他那双在拾荒中锻炼出来的眼睛发现了一台制造饮料用的机器。机器的管子都生锈了,橡胶也早就变干,布满了裂纹,但在市场上还是可以卖到50枚硬币。如果他的兄弟罗伯能修好它,那么价钱就会翻倍。这台机器的插头还插在墙上,好像有人还想用它。房间里所有的东西都恰到好处,给人一种既先进又古老的怪诞感觉。帕尔默潜沙得到的所有遗物和收获都会给他这种感觉,但在这里,这种感觉格外强烈,他感受到前所未有的巨大震撼……

"砰"的一声,紧接着又是一阵沙子倾泻进来的"咝咝"声。帕尔默吓了一跳,他以为是太多的沙子彻底压碎了大片窗玻璃。那样不等他戴好面罩、开启潜沙服,沙子就有可能将他彻底吞没。这时,他身后又传来"咚"的一声响,哈普咕哝着跌进了房间。

"该死……"哈普呻吟一声,帕尔默赶紧跑过去把他扶起来。沙子涌到他们脚边,不过很快就停止了涌入。这里的沙子很湿,无法自由流动,看样子不可能充满整个房间。不管怎么说,沙子应该不会立刻将这里塞满。在以前的下潜中,帕尔默进入过不少位置更浅的小型建筑,他知道沙子在一定时间里会怎样变化。

"这里有空气,"帕尔默对哈普说,"就是有点臭。你可以摘下面罩了。"

哈普想要稳住身子,却又被自己的脚蹀绊了一下。他的喘息很重。帕尔默能清楚地听到他的呼吸声,便没有再说话,只是等哈普先把气息喘匀。

哈普摘下面罩,眨了眨眼,一边揉掉眼角的沙子,一边扫视周围。他的视线从那些能够变成一堆堆钱币的古物上一扫而过,落在朋友的脸上。他们的脸上全都绽放出了笑容。

"丹瓦。"哈普喘着气说,"该死的,你能相信吗?"

"有没有看到其他那些大楼?"帕尔默也同样有些喘不过气,"我看到再向下差不多三百米就是地面了。"

哈普点点头:"我看到了。但我已经一米都下不去了。该死,这里实在是太紧了。"他又把护目镜放回到眼睛上,很可能是查看了一下读数,然后皱皱眉,一耸肩脱下了气瓶。

"别忘了关掉阀门。"帕尔默说。

"好的。"哈普伸手去转动阀门。他的脸和脖子上全都粘着沙子,看样子他出了不少汗。帕尔默看到朋友从头发里抖了一个沙丘出来。"现在该怎么办?"他问帕尔默,"我们要四处转转吗?你是不是已经把那台饮料机定下了?"

"是的,我早就看到它了。我们可以打开几扇门看看,喘一口气,然后再离开这该死的地方。如果我们在这里停留超过了两只气瓶能维持的时间,上面的朋友也许会认为我们就像之前那两个混蛋一样玩完了。到时候他们会关闭隧道。我可没有足够的氧气能一直回到沙丘上去。"

"是的……"哈普显得有些慌乱。他脱下脚蹼,甩出里面的脚渣子,然后把装备搬到远离破碎窗户的地方,以免它们被流沙埋住。"你撞碎玻璃那一招真漂亮。我只看见你消失了,完全看不见楼里面的情况。"

"谢谢。这样很好,我们能喘上一口气。上浮的时候我们一定会遇到很大的压力。现在我们至少可以恢复一些力气。"

"老天保佑。对了,你在下来的路上有没有碰巧看到其他那些潜沙员?"

帕尔默摇摇头:"没有,你呢?"

"没有,我一直都希望他们能突然出现在我面前。"

帕尔默表示赞同。遇难的潜沙员是最有价值的打捞目标。他的一身装备就能卖个好价钱,另外还很可能有额外的赏金和潜沙员的遗嘱。每一名潜沙员多多少少都害怕自己被埋在深深的沙子下面,连一块墓碑都没有,于是就有了所谓的尸骨奖金,这让每一名潜沙员都会成为遇难者的伙伴。

"我们去开几扇门看看吧。"哈普朝房间深处的双扇大门指了一下。

帕尔默表示同意。他第一个走到那两扇门前,伸手抚摸光滑的木门,"操你的,我真想把这东西从这里带出去。"

"如果你能把这些带出去,你能操比我更漂亮的人。"

帕尔默笑了。他抓住金属门把手转了一下,但门没有开。他们两个一起拽住一扇门,哼哧着用力去拉。哈普把脚蹬在另一扇门上。门终于开了。他们两个全都滚到了桌椅堆里。

哈普一边大笑一边喘气。门扇在铰链上"嘎吱"作响。除此之外,他们又听到了另一种声音,一种持续的"咚咚"响声,就像滴水的水龙头,又像一根巨大的横梁在重压下一点点变形。帕尔默仔细审视天花板。他觉得这声音好像是这幢大楼在调整自己,又仿佛巨人的肠胃因为有了新的食物而开始缓缓蠕动。

"我们不应该停留太久,"帕尔默说。

哈普端详了他一眼。帕尔默能感觉到自己的朋友就像他一样害怕。"我们不会停留太久。"哈普表示同意,"为什么你不先走。我先不打开我的潜沙灯,以免你的灯会熄灭。"

帕尔默点点头。哈普说的有道理。他穿过大门,进入走廊。在他的对面有一道玻璃隔墙,墙上有另一扇门。那些玻璃上布满了蜘蛛网般的裂缝,应该是建筑物沉降或被沙子挤压的结果。隔墙的另一边似乎有一个电梯大厅。帕尔默曾在一些较小的建筑物里进入过几部电梯,他发现,如果建筑物里满是沙子,利用电梯井上下就是一个好办法。走廊向他的两侧延伸,两边排列着一道道门。他的右侧有一个很高的台子,像是某种接待区。这里的每样东西都该死的那么漂亮。他用拳头抵住嘴咳嗽了一下,真希望这里的空气不是这么……

他身后的门猛地被关上。帕尔默慌乱地转过身。他相信一定是沙子涌进房间,把门挤上了。那样他们的装备就都被埋在了沙子下面。但走廊里只有他一个人。哈普不在。

帕尔默想要把门推开。门把手在他手中转了两下,但门没有开。他能听到门对面响起一阵嘈杂的声音,不知什么东西被抵在了门上。

"哈普？该死的你想干什么？"

"抱歉，帕尔默。我会回来接你的。"

帕尔默用力拍门："别胡闹了，伙计。"

"我会回来的。我很抱歉，伙计。"

帕尔默意识到哈普是认真的。他开始用肩膀撞门。门被撞开了一点。哈普一定是用椅子撑住了门把手。"把这该死的门打开。"帕尔默喊道。

"听着，"哈普的声音显得很遥远，他一定已经到房间另一边去了，"为了下到这里，我把氧气用光了。我们之中需要有一个先上去，告诉其他人我们找到了什么。我会带着更多气瓶回来，我发誓。但我要先上去。"

"应该是我上去！"帕尔默喊道，"那是我的氧气，伙计。我才有把握一直撑到上面！"

"我会回来的。"哈普也喊道。帕尔默能听到气阀被打开的微弱"咝咝"声，还有测试气嘴的声音。那是他的气阀，他的气嘴。

"你个混蛋！"帕尔默叫嚷着。他又撞了几下旁边的门，同样打不开。他把注意力转回到前一扇门上，先是用尽全力将门把手拽向自己，然后又拼命一撞。他觉得那把椅子动了一点。他不断这样重复。门开了一条缝，然后是一道空隙，足以让他把手伸过去。他伸手摸到椅子，一边把椅子扶起来，一边把门尽量向自己拽，椅子离开门把手，倒在地上。帕尔默挤进门缝，用臂肘撑住门板,把身体从两块无价的木板中推出来,随后立刻绊倒在椅子上。他看到哈普还在,正在蹬上一只脚蹼。

哈普看见帕尔默跑过桌子和长长的一排椅子,急忙从地上爬起来,放下面罩遮住一双睁大的眼睛,带着一脸冷酷的神情,踩着脚蹼笨拙地向流沙斜坡跑去——他的一只脚蹼扣子还没系上。

帕尔默猛地扑向哈普。哈普则已经一头钻进了沙子。沙子流动起来,将哈普吸进去。帕尔默总算抓住了他的一只脚蹼。沙子在一瞬间变得坚如磐石。帕尔默撞在上面,把肺里的空气全都撞了出去。他低头看看自己的双手,一只脚蹼被他拽了下来。他的朋友不见了,还带走了他的氧气。

第8章　强盗会干什么

哈普踢蹬着双腿离开那幢大楼,进入一堵沙墙之中。这堵墙实在是太厚重了。他还没有做好准备,感觉上,他应该是钻进了稠粥①。他将注意力集中在沙流上,努力呼吸。这时他才意识到自己失去了一只脚蹼。该死,他要死在这里了。死在这混蛋的丹瓦顶上。

他慢慢从帕尔默的气嘴中吸了一口气。他嘴里有沙子还没来得及清理。混蛋,现在他脑子里全都是帕尔默脸上的表情。但他有什么选择呢?待在下面,等帕尔默回来接他?不,该死的,绝不。

他让身体上方的沙子变得松散,同时踢蹬脚下硬化的沙子。他的手臂几乎无法移动。他让沙流完成大部分工作,心中努力回忆那些老潜沙员会如何嘲笑新手使用脚蹼。推动一个人的不是踢蹬,而是思想。他们都这样说。哈普从来没有相信过那些老家伙。但他现在必须试一试。他尝试维持呼吸,这里要吸口

---

①稠粥,专指潮湿的沙子。

气真是太难了。他的胸口仿佛绑上了止血带,肋骨就好像被缝合在一起,他觉得整个世界都压在了他身上。

向上。他错误地低头向下看去。他能感觉到重力的拖拽,那些紫色和蓝色要把他吸回去。那是下方遥远的地面,现在正渐渐消失,只剩下孤零零的几幢建筑,直到只有最高的那一幢大楼还在他的视野中。他让面罩转向上方,寻找信标应答器的闪烁。他看到深度计落回到三百米以内,两百五十米。好啊,喘口气。他吸着气瓶里的氧气,平生第一次因为帕尔默的肺感到高兴——这次没有半点嫉妒。他一直向上升,感觉到自己和朋友之间的距离在不断拉远。这要碾碎人的深度。在他心中一道黑色的缝隙中,他知道,自己不会再回去了。他发现了丹瓦。是他发现的。冒着生命危险去那里探索,把里面的财富全部带出来是其他混蛋要干的事情。该死,他还没有拿上那台饮料机。不过他也没有那个时间了。他深深地吸了一口气,把氧气指示灯从黄色吸到红色。已经不到一百米了,他不需要再关心气瓶里还有多少氧气。他能够上去。他能成功。上面的应答器亮得耀眼。他已经可以看到竖井壁发出橙色和黄色的光。哈普用力踢腿,朝白色的信标和被软化的竖井底部冲过去,他的两腿酸痛,肋部因用力过猛而被擦伤,但喜悦要从喉咙里溢出……

哈普!

他听到下颌骨传来微弱的呢喃声。是帕尔默。也许帕尔默把头伸进了沙子,正戴着面罩,屏住呼吸向他呼救。哈普没有回应,没有让自己的喉咙里出现任何声音。他想了很多,但他把想法全都留在了脑子里。

哈普，你个混蛋，快回来！哈普……！

哈普没有听到后面的话。他的头冲出井底。笨拙地站起身，把腿从沙子里拖出来，沙子因为潜沙服的振动变得松软，直到他又蹬又踹地让双脚回到空气中。

他吐出气嘴。气瓶空了。哈普把面罩掀到额头上，在黑暗中吸了几口气，一边努力压抑住欢呼的冲动。他活下来了！这让他只想大声尖叫。但上面等在铁板门旁边的人会听到。他要保持冷静，就好像以前经常这样做。要像个该死的英雄。他就是英雄，一个传奇。他这辈子都用不着在任何廉价酒吧里花钱喝酒了。他能想象自己老了的时候，四十多岁，满面风霜，头发花白，坐在蜜糖洞酒吧里，大腿上坐着两个姑娘。他会向人们讲述他发现丹瓦的那一天。帕尔默也将扮演一个英雄角色。他会提起帕尔默的。他会让酒保再请他喝一杯，这样他就可以为帕尔默的名字干杯。那些女孩……

他打开潜沙灯，脱下潜沙服，摸索着找到一根摇晃的绳子，牢牢地系在自己腋下，用力拉了三下。哦，女孩们。当绳子绷紧时，他还在想着那两个姑娘，差一点就忘记了信标——这东西的价格可不便宜。他急忙伸手拿起了自己的信标。绳子也在这时开始将他提起。哈普向上面喊了一声，要那些人等一下，随即就伸手去捞帕尔默的信标。一只信标就值整整二十枚钱币呢。当绳子再次揪扯他的时候，他的手指碰到了信标，迅速把那个小东西抓进了手心里。被拽上竖井的时候，他用戴着脚蹼的脚顶在井壁上,防止自己撞上井壁,同时把两只信标都塞进潜沙服腹部的口袋里。该死,他成功了。

▼▼▼

随着哈普被拉向井口,上方的光盘变得越来越大,越来越亮。他可以看到太阳从头顶直射下来,现在一定已经是中午了。该死。他们在下面待了那么久?上面有人在大声命令那些操纵绳子的人。他能听到人们嘟囔着,一把一把地扯动绳子,让他一下一下地升上去。当他到达井口边缘时,立刻帮了一下那些拽绳子的人,伸手抓住金属平台滚烫的边缘。虽然有手套阻隔,他还是感觉到了金属的灼烫。他踢动双脚,用疲惫的手臂把自己拽上去。

两名强盗抓住他的潜沙服和气瓶,把他提出井口。

"你的朋友呢?"有人看着井中问道。

"没能上来。"哈普说。他在用力吸气。那个为帕尔默检查过装备的老头打量了一阵哈普的脸,然后朝高高的沙丘上挥挥手臂,那里响起了发电机的声音,一股沙子立刻飞上了半空。但是布罗克推开老人,朝那座沙丘上瞪了一眼,挥手命令关掉机器。很快,每个人都在看着哈普。只有潜沙师傅仔细端详着深井,好像在希望帕尔默会从里面出现。

"你下去了多远?"莫戈恩问道。他的一双黑眼睛闪着光,"看见了什么?"

哈普意识到自己仍然兴奋地喘不过气来。肾上腺素的作用还没有消退。"丹瓦。"他喘息着说道,眼睛里全都是胜利的光彩,"没人见过的摩沙大楼。"他看着布罗克,双眼闪闪发亮,"到处都是摩沙大楼,足有几百米高,足有泉石城的二三十倍。到处都是老物件……"

"你们下去的时间已经远超过了两只气瓶的量。"潜沙师傅说,"我们差一点就要放弃了。"

"我们在最高的一幢大楼里找到了空气,所以就在里面看了一下。"哈普竭力装出一副随意的样子,"我们想要让你们的酬金花得值得。"他得意地看着布罗克。所有这些都会成为他的故事,在随后的许多年里被不断美化。

"你都录下来了吗?"布罗克用他那低沉怪异的口音问道,"你有那个地区的地图吗?坐标精确吗?一切都必须准确无误。"

"都储存在我的面罩里。"哈普轻轻敲了敲推到前额的头带。

"给我。"布罗克伸出手。另外两个人在哈普身后扶着那只铁门板。哈普正要说他要先看到钱,却感觉到面罩已经从头顶被扯下去,递给了强盗头领。他愣了一下,才意识到布罗克不是在对他下命令。

"谢谢。"布罗克向哈普微微一笑,"现在,我相信你们可以守住秘密。"

哈普刚要说自己肯定能保密,但他立刻又意识到这句话也不是对他说的。伴随着他电光石火的心思,莫戈恩已经一拳狠狠打在他的心口上。哈普感觉到自己在倒退。他挥动双臂,在半空中挣扎,一声闷哼从他的肺里传出来,随后又是一阵无助的尖叫,他在井口边缘危险地向后晃动几下,终于还是跌进了黑暗的竖井。

他撞到了坚硬的井壁上,旋转着继续往下掉落,空气从他耳边呼啸而过,他的胃顶住了喉咙,让他连尖叫都发不出来。在飞速下坠的时候,他感觉到一根悬空的绳子。他疯狂地摆动手臂,抓住了一只绳圈。绳圈缠住他的手腕,猛然勒紧。剧烈的刺痛和灼热随之而来。他还在不断向下滑,绳子随之发出一阵尖啸,与他的体重对抗,摩擦他的皮肤,啃咬、烧灼和割裂他的血肉,深深嵌入骨骼之中。他不停地翻滚,直到一阵爆炸般的剧痛狠狠击中他。

撞击的力量吞没了他的腿,他的背,他的气瓶,然后是他的头,一切都快得几乎无法分出先后。他感觉不到自己的身体了。他感觉不到自己的身体!他的胳膊悬在空中,吊在绳子上。借助潜沙灯,他可以看到绳子深埋在他的肉里,挤压着骨头,血液一直流淌到他的肘部。

他想要移动,却又动不了。他转过头,看到了肩膀附近的靴子。他的靴子就在肩膀旁边。在麻木和恶心的感觉中,哈普意识到他的脚还在靴子里。

哦,该死,哦,该死。他的身体完全毁了。他的意识还算清醒,还能明白发生了什么。他知道自己永远也无法恢复了。他已经变成了一堆破烂的骨肉,但他还活着。

在上面很远的地方,一些影子遮挡住那一小片圆形的光亮。

哈普想要向他们喊叫，大声呼救，用尽全力诅咒他们，但从他嘴里漏出来的只是一声呜咽，一阵喉音。一个影子在动，是一条挥舞的胳膊。哈普渐渐模糊的意识以为那是在向他招手。实际上，他们是在向大型沙坑外面负责固定竖井的人挥手——电源被切断，连接随之中断，竖井壁在眨眼间轰然倒塌。而哈普的嘴还在无声的痛苦中大张着，里面填满了沙子。大地一下子覆盖在他那破碎的胸膛上。

访客

第二部 PART 2

A VISITOR

第9章 生命中短暂的"嘶嘶"声

"你都把沙子带进来了。"康纳警告刚刚撒完尿回来的罗伯。

他的弟弟一屁股坐进帐篷里。不过罗伯总算还记得先把靴子在帐篷外磕一磕,再把两只脚收进来。然后他又开始和帐篷的帆布门帘扭打。"如果我们当时将门朝向西边,风就进不来了。"罗伯抱怨道。

"我们一直都是这样搭帐篷的。你只要在进出的时候不那么磨蹭就好了。"

当康纳准备好油灯时,罗伯只是闷闷不乐地坐着。外面的世界被即将熄灭的篝火染上了一层红色。风摇晃着帐篷,沙子打在帆布上,发出连续的"嘶嘶"声。"已经好了?"康纳问。

"是的。"

"还要再去吗?"

"等明天早晨再去。"

"那好,我们开始吧。"

罗伯站到帐篷的另一边。康纳又调整了一下灯芯,捏了捏灯芯头部,感觉它已经被油浸透了。于是他拿起火石和火镰,将它们相互擦撞,将灯芯点着,又关掉了潜沙灯。一团跳动的火焰让帐篷里充满了一种原始和变幻不定的光芒。这是童年的光彩,有一种怀旧的情绪在其中。它异常短暂,就像所有那些无法持久的东西。

两个男孩久久地看着这团跳动的火光,回忆起过去那些简单的日子,那些家中的日子。那时,光明意味着又一罐提炼的油脂,而不是充电电池。

"这是爸爸的灯。"康纳说,"他在离开的那个晚上把这盏灯留给我们,好让我们找到回家的路。"

康纳就这样开始了这个一年一度的仪式。他总是这样开始。以前是他的哥哥帕尔默说这些话,再以前是大姐维丝。

康纳从油灯上抬起头,中断了祈祷,他突然意识到,罗伯永远不会有理由说出这些话。因为没有人会听,没有人会在乎了。罗伯用小拳头抵住嘴,咳嗽了一下,似乎像是在说,我们继续吧。

"十二年前的今天……爸爸离开我们。我们永远无法知道是为什么。剩下的只有我们对他的记忆,这是我们唯一能够珍藏的东西。这顶帐篷……我们父亲的帐篷……是我们最后一次见到他的地方。那天我们早上醒来的时候,这里就不那么拥挤了。那时你还睡在母亲的子宫里。帕尔默说我踢了他一晚上,还抢走了他的毯子。维丝说她在爸爸准备走的时候醒了,看见爸爸在月光下掀开门帘。那时爸爸的脸告诉了她一切。到了早上,我们都知道了。那时我六岁,帕尔默比你现在大一点。母亲年轻又漂亮。那天早上拆帐篷是我们一家在没了他以后做的第一件事。"

康纳笨手笨脚地摆弄着水壶。他的手在和他的心一起颤抖。他在水壶盖里倒进适量的水,递给弟弟,弟弟一饮而尽。康纳给自己也倒了一壶盖水。"我们在一起的最后那个晚上,父亲用他的水壶给我们分水喝,一边给我们讲故事。妈妈那天晚上得到了两壶盖水,其中一壶盖是给你的。"康纳把水倒进嘴里,咽下去,又倒了一壶盖。

"父亲第一次带帕尔默和维丝来这里,还是在我出生以前。他和妈妈谈到了他们的父母,他们的过去,那些需要记住的事情。他离开后,我们发誓每年回来一次,这样我们才不会忘记。"

康纳发现罗伯正朝帕尔默通常会出现的地方张望。但帕尔默走了,就像维丝一样。他们都做过承诺,但也仅此而已。康纳把一根手指伸进水壶盖里蘸了蘸,又把指尖放到火苗上,他为自己的心愿感到羞愧——他一直都想长大成为像父亲那样的人。"这是生命的'嘶嘶'声。"他说。火焰因为受到水的冲击晃动了两下,又猛地跳起来。"我们的生命是沙漠上的汗水。我们飞上了天空,越过嶙峋的山脊,然后我们掉落在天堂,那里有大雨和洪水。"

他把壶盖递给罗伯,罗伯重复了这个仪式,念诵了相同的古老谚语。现在只有他们两个来完成这一年一度的仪式。没有牧师喝完壶盖中的水,于是康纳让罗伯喝了它。罗伯听话照做了。壶盖又回到了水壶上。

罗伯盯着灯火看了许久,眼睛里闪动着跳跃的火光。然后他抬起头看向康纳:"和我说说父亲。"

在那一瞬间,康纳仿佛看到了以前的自己。他变成了那个小男孩,他的哥哥在给他讲父亲的故事。那时,父亲是泉石的领主。那时的土地还没有被污染,高墙还没有倾颓,滥酒馆还没有独立。他们的父亲走在街上,和人们握手,相互拍打后背,私下里为自己掉落的头发暗自哭泣。那时父亲还没有因为领主的职责和人民遭受的苦难而前往无人之地,那个从没有人回来过的地方。

在重新恢复明亮的灯火对面,正坐着一个年轻的康纳,眼睛闪闪发亮。他可以看到自己挤在哥哥身边,听维丝讲述父亲年轻时的事情。那位伟大的潜沙员如何在吸过无数只气瓶的氧气以后依然没有罹患任何疾病;能够十分钟就下潜到不可思议的深度,带回各种神奇的东西;是他拯救了滥酒馆的水泵,并发现了后来成为西部花园的山丘。年轻时的父亲既胆大鲁莽,又英勇无畏。

但在康纳的记忆中,父亲是另外一个人。父亲留给他最后的印象是灰白的头发和满面的风霜,就像一块暴露在风沙和太阳下的木头。他想起那天晚上在帐篷里的父亲。他亲吻了所有人的额头,低声说他爱他们,说他们一定会平安无事。他还记得那可怕的一年,他们被迫离开高墙,开始顺着风向缓慢向西搬迁,穿过泉石最好的地方,然后是最坏的地方,最后离开泉石,来到棚户区。他记得自己曾经以为他们再也不会搭起家中的帐篷了。

但他们仍然会搭起这顶帐篷。从那以后的每一年都不曾错过,尽管家人逐渐凋零,承诺也没有得到坚守。在失去父亲的第一年,他们的母亲来了,帮助他们学会了如何搭帐篷,这是母亲与他们团聚的最后一年。那天晚上,她给他们讲述了父亲小时候的故事,那是他们听过的关于父亲最早的故事,讲父亲总是惹上无穷无尽的麻烦,讲他怎样驯养山羊,怎样驯服蛇群,怎样在沙丘上倒扣着埋下一艘艘萨弗船。

那一年,康纳在太阳还没有升起来的时候就惊醒了。他发现母亲走了。他本以为母亲会像父亲那样离去。但母亲只是在外面的星光下,在帐篷外摇晃着身体,失声痛哭。她的双脚悬在公牛裂隙的边缘,将还是婴儿的罗伯抱在心口,随着东方的鼓声不停地哀泣。

这一切康纳都记得,但这些不是他要讲的故事。"我对父亲的记忆是这样的。"他低声诉说起对于回忆的回忆,只有那些最美好的,因为过了今夜,这些故事将只有他的弟弟能够记起,再不会有别人了。

第10章　脚夫

一天以前

怪物尖叫着在帆布下面昂起头。在裹住它的破布中发出一声凄厉骇人的咆哮。它弯下长长的脖子,把钢喙深深扎进沙子里。它一遍又一遍地这样做,就像一只因口渴而发狂的蜂鸟,在同样干燥的沙漠花中寻找那一点点花蜜。

康纳看着这部机器往复不断地运作,还有他装满了沙子的那两只桶。风掀起了防护帆布松开的一角,让康纳瞥见了下面动力强大的水泵。沉重的电镀机头带动生锈的铆接杆起起落落,涂满油脂的活塞推入推出,水在管道中流动,就像硬币倒入口袋。

"你在等什么,孩子?你的桶已经满了。快走吧!"

康纳的目光转向工头布莱。那个工头正靠在铁铲上,一张咧开的大嘴几乎把脸分成了两半。康纳知道最好什么都不要说,否则他可能还要被迫再挑上一轮。这是他今天的第四十桶,已经足够完成课后作业了,而且很可能将是他这一生的最后一桶。

"是，长官。"他喊道。工头布莱向他露出一点牙齿。康纳弯腰挑起他的桶。细沙堆积成圆锥体，又从桶沿洒落下来，仿佛珍贵的面纱。他的肩膀扛着扁担。两只桶在扁担两端的槽口上来回摇晃。他强迫自己挺直酸痛的双腿，转过身来面朝通往外部的输水隧道，摇摇晃晃地走上长长的坡道。正是这些新的工作要求让他渴望离开，哪怕再也不会回来。也正是这些安排让他对那些领主感觉不到抱歉，无论是叛军的炸弹在泉石城爆炸，还是有人在暴力选举中下台。

棚户区唯一的一个水泵周围全都是斜向上的沙坡，更往上的地方，他可以看到明天要干的活正被风吹过来，越过这个大坑的边缘向下洒落。他用桶提上去的沙子，每分钟都在被补充回来，沙粒像弹子一样滚来滚去，又全都像干渴已极的小强盗一样，想要冲到水泵那里去喝上一口水。

康纳在上坡的时候遇到了其他几名脚夫。他们只是在扁担上挂着空桶，身上沾满了汗湿的污垢，就像康纳的身上一样。和康纳同班的一个女孩——葛罗莱拉——扛着她的桶，脸上带着微笑。康纳也向她报以微笑，又点了点头。但他随后才意识到葛罗莱拉是被赖德逗笑了。那个比康纳大一点的男孩跟在葛罗莱拉后面，宽阔的肩膀上扛着他的扁担和水桶。他不停地笑着，说着讨好女孩的话，就好像是在穹顶下面一样。当康纳经过时，他故意撞了一下康纳的桶，让桶里洒出一把沙子。康纳肩头本来就不太平衡的扁担立刻发生了倾斜。

康纳挪动扁担，恢复了平衡，却只能看着桶里珍贵的沙子飘回到原来的地方。他也许还能完成今天的配额。不管怎样，不值得为了这个就去骂赖德。今天是周五，明天就到了要去露营的日子，这些破事不值得计较。

他继续沿着铺在流沙斜坡上的之字形木板路往上爬。两个低年级的维护工在木板路两边走来走去，趁没人的时候用绳子把陷进沙子里的木板拉出来，免得它们被埋了。学生们都要来这里完成课后工作，是为了让每天早晚两班的维护工和脚夫能有个喘息的机会。风沙从不停歇，于是人们也不能停下来。大家都在这个坑里辛勤劳作，努力不让水井被埋没，而在沙坡上不断爬上爬下的人们也都知道这件事最终还是会发生。

但不是在今天。他们一边挑着沙子，维护着木板路，一边这样告诉自己。不是在今天，他们都在这样说。帆布下面的水泵赞同地低下了头。

康纳靠近了穿过大坑边缘的输水隧道。这是一个十年前的公共工程，也是在清楚地承认，沙子最终会赢得胜利。他们只能挖到这么深，出口已经太陡了。这时隧道里传出了笑声，康纳的几个同学回来继续挑沙子了。他们大多数人工作得很慢，拖着脚步一直磨蹭到黄昏。康纳更喜欢多用些力气，赶快把事情做完。

他走进隧道的阴凉里，一言不发地和朋友们擦肩而过。他在咀嚼嘴里的沙砾，这些沙砾在他小时候总是让他非常气恼，让他浪费了很多时间来刮自己的舌头，还浪费了宝贵的口水把它们从嘴里吐出去，但他终于学会了用牙把它们磨碎，咽下去。沙子想要埋葬他的小镇，想要渗入活塞和齿轮，直到一切分崩离析,但如果他把足够多的沙子从坑里挑出去,放到西边沙丘上,让风把它们吹走,他就能得到一天的饮水。旧的沙粒被吹走,从东方来的新沙粒又会取代它们的位置。一粒换一粒,非常公平的交易。

出了隧道,康纳来到称重站。他弯曲膝盖,直到扁担挂在磅秤的钩子上。称重人拨弄着一根长杆上的砝码。"不要按杆子。"他命令道。

"我没有。"康纳一边抗议,一边亮出双手。

称重人皱了皱眉,在账簿上记下数字。"配额够了。"他这样说的时候,声音中几乎流露出失望。康纳差一点倒在地上。他又扛起扁担,心中为了今天的劳作结束而感到高兴。他还要把这两桶沙子挑到前面那道高大的沙堆上去。那里被称作"水泵岭",是他们堆起的一座新沙丘。一道横亘在水泵下风处的人工山脊,而水泵本身就位于泉石棚户区的背风面。康纳登上这道沙脊,抛下他的沙子,看着他辛苦工作的成果盘旋着飞向沙丘后面的远山。走吧,他催促沙子。去吧,永远不要回来。

看着自己挑出来的最后一点沙子在风中旋转,他想到了沙和人的共同之处。两者都会永远地消失在地平线后面。沙子去了西边,人去了东边。这几年,越来越多的人选择离开。一家又一家人搬离这里。站在人工山脊上,他就能看到他们背着行李,奔向无人之地,逃离炸弹和暴力、邻里之间的战争和不确定的未来。现在康纳知道,正是这种不确定性把人们赶走了。他曾经把远方看作是巨大的未知,但沙丘中变幻无常的折磨只会让生活变得更加可怕。可以肯定的是,其他地方肯定和这里不一样。这是事实。一个让人无法忽视的事实。有多少人在泉石诞生,就有多少人被这个事实吸引去了东方。

一阵狂风吹乱了他的头发,撕扯着他的围巾。康纳转过身,看见葛罗莱拉正摇摇晃晃地扛着扁担走过来。他帮葛罗莱拉倒空了桶里的沙子。

"谢谢。"葛罗莱拉擦了一下额头,"你今天的已经完成了?"

他点点头。"你呢?"

葛罗莱拉笑了。她的头发一簇簇地披散在满是雀斑的脸上。她解开剩下的马尾辫,把脸上松散的头发拢起来,重新扎好。"我大概还要挑两次。要看我会撒出多少来。真想不到你会这么快。"

"因为我不想待在这里。"他希望她没听明白他所说的"这里"指代的真正意志。他想要离开的不仅仅是学校和水泵坑,而是整个棚户区。他拿起自己的扁担,调整了一下凹槽里的一只桶,让它不会滑出来。"来吧。我们每人挑一担,你就能完成今天的配额了。"

葛罗莱拉微笑着把头发扎好。她今年十七岁,比康纳小一岁,有着古铜色的皮肤,鼻子上长着深色的雀斑,是个很漂亮的女孩。康纳不愿承认,甚至对自己也不愿承认,但他的确有一点不愿意马上离开这里。只要不是强制性的,只要这是他自己的选择,再挑一担感觉也不会很糟。

越过葛罗莱拉的肩头,他看见赖德正吃力地爬上山坡。那个男孩似乎受到了这两个同学的刺激,把肩头的扁担一转,沉重的桶晃晃悠悠地被甩了过来。康纳不得不向旁边闪开,结果差一点失足倒在松软的沙地上。

"小心。"葛罗莱拉说道。

"滚蛋。"赖德对女孩说。

葛罗莱拉跟着康纳快步离开水泵岭。在棚户区杂乱的屋顶之间,一柄锤子敲出有节奏的韵律,一只沙鸥叫了几声。康纳一边和葛罗莱拉走回隧道,一边将家乡的景象和声音都记在心里。

"你是认真的。"女孩看着他说,"我觉得你很想离开这里。"

"嗯,我想你也一定在想着离开。也许,如果我帮你挑一担沙子,你会在潜沙酒吧请我喝一杯啤酒。"

"你真这么想?"女孩微笑着问。

康纳耸耸肩。在之字形木板路的底部,不断呻吟的怪物点了一下头,从地下抽出清水。康纳和葛罗莱拉站到队伍里,一边看着它上下摆动,一边等待他们的桶被装满。沙子在桶中不断堆高,直到从桶沿溢出来,康纳看到一名潜沙员出现在水泵附近,并把工具交给助手。他肯定是在修理连接杆或管道的某个部分。这才是康纳应该拥有的生活。如果他进了潜沙学校,事情就不一样了。潜沙员,而不是脚夫。就像他的姐姐和哥哥一样,在那些远古的城市中寻找宝藏和资源。也许那样他就不会如此疲惫不堪,不会一直遭受风沙的吹袭,那样他就不必考虑离开了。

"该走了。"工头喊道。康纳看到自己的桶都满了。葛罗莱拉已经挑起了自己的两只桶,正吃力地走上木板路。她回头催促康纳,说如果康纳不快一些,她就要把两个人的啤酒都喝光。

第11章　约会？

康纳和葛罗莱拉扔下沙桶，转身向镇上走去。他们站在人工沙脊上，能够望见棚户区贫民窟的全景。康纳辨认出他和弟弟的那间小棚屋的波纹钢屋顶。棚屋背后的沙丘一直在移动，已经把棚屋后面埋了半截。再过一个月，沙子就会滚过屋顶，堆积到门口了。他们可以暂时先挖个洞，然后就只能割舍下带不走的东西，离开这个小棚屋。如果只剩罗伯一个人了，他有天赋的话，潜沙学校会录取他；或者格雷厄姆会让他当学徒；否则帕尔默就必须安定下来，别再跟那个混蛋哈普混了。有些事情必须改变。

越过他的家，还有那些散落的屋顶和半被掩埋的店铺，他能看到泉石城中迎风矗立的一排排摩沙大楼，还有那些大楼以外勉强能够辨认的高墙轮廓。当他和葛罗莱拉离开沙脊，走到沙丘后面，他们就看不到那堵墙了。很快，他们的视野中只剩下那些最高的高楼顶部——那些歪歪斜斜、支离破碎的立方体——小屋、住宅和商店一个叠一个地被建起来，没有规划，不够协调。一股股细沙卷过那些屋顶，风咆哮着吹过它们的屋檐。终于，那座城市的最后一点影子也看不见了,唯一还能确定的只有沙堆的位置。那里有成群的乌鸦盘旋在半空中,形成一派壮观的景象。黑色的翅膀完全不需要拍动,从无人之地吹来的热风自然会撑住那些鸟的身体。伴随这滚滚气流而来的还有众神的雷霆和毁灭了众神的沙子。

康纳在仔细倾听,除了风声,除了靴子下沙粒的"嘎吱"声,他还能听到远处的鼓声。那是在男人胸膛中积聚的雷鸣,是那些叛军炸弹的回响。那些炸弹带来了恐怖,让康纳总是在担心自己的亲人会被炸成碎片。但这种声音不会停止,它们弥漫在人们的梦中,萦绕在他们清醒的时候,不停地折磨他们,让他们变得越来越疯狂,直到再也无法忍受,逃向远方的山岭,再也没有音讯;也有人会闯进东边的无人之地,去寻找这种酷刑的源头,去乞求它能停下。这也就是男人们背井离乡的原因。他们或者带走自己的家人,或者把家人遗弃在简陋的帐篷里。

"你有没有梦想过离开这里?"康纳问。

葛罗莱拉点点头。"一直都有。"女孩又抖了抖围巾中的砾子①,"我有个哥哥在滥酒馆,他说可以帮我在那里的酒吧找份工作。他是一个保镖。但我得等到十八岁。"

"哪家酒吧?"康纳知道十八岁的女孩会在酒吧里得到什么样的工作。他试着去想象葛罗莱拉做着母亲做的事情,一股怒火开始在他的心中积聚。

---

①砾子,专指衣服和嘴里的沙子。

"幸运卢克,那是一家潜沙吧。"

"哦,是了。"康纳用手指梳了梳头发,抖出里面的头粉①。

"你知道那里?"

"我知道。我的姐姐曾经在那里工作,是那里的女招待。那时候当女招待用不着等到十八岁。"

"现在当女招待也用不着等到十八岁。"葛罗莱拉领着康纳绕到一座沙丘右边,走到了一条小路上。一群孩子坐着白铁板做成的沙橇,又叫又笑地从他们身边滑过去。"你要过了十八岁才能在楼上的妓院工作。"她说。

康纳被沙子呛了一口。他摸索着去找水壶,尽管他知道壶里已经没多少水了。

"就是开个玩笑。"她笑着说,"我爸爸说,在我长大以前,我都只能和他们住在一起,遵守他们的规矩。标准的无聊父母。"

"是的,标准的。"康纳说。但他心里希望能有个人来给他们定些规矩。他和他的小弟现在只有彼此了。帕尔默和维丝都成了寻求财富的潜沙员,只留下他们两个自己照顾自己。他们的父亲失踪后,全家人一贫如洗,而他们曾经什么都有。他们的妈妈——康纳不知该如何说起。他有时只希望自己没有妈妈。

他把这些事推到脑后,就如同把明天露营的事情也推到了内心深处一个黑暗的角落里。现在他想的只有身边的葛罗莱拉,他要努力活在当下,趁现在还有可能。他们一起朝一排被低

---

①头粉,专指头发里的沙子。

矮沙丘半埋住的棚屋走去。其中一间棚屋顶上有一台发电机在发出"嘎嘎"的响声,不停地冒着烟。屋子里灯光闪耀,被沙尘覆盖的屋顶上挂着一个霓虹灯招牌,上面写着"康胜"①,还有锯齿状的西方山峰。康纳差一点就要告诉身边的女孩,这块招牌是他姐姐从沙子下面找出来的。康纳看到姐姐发现和打捞的东西时经常会这么说。

"嗨,"葛罗莱拉问他,"星期六你要去赖德的聚会吗?"

"唔……不去。"

女孩一定是察觉到了他的畏缩。"听着,他可能很混蛋,但我们会很开心的。我们会玩'找笑料'。你应该来。"葛罗莱拉向窗口的男人伸出两根手指,在窗台上放了两枚硬币。康纳发现了她手腕上自己做的小纹身,想知道她是否还有其他纹身。

"不是因为他。"他说。"我才不在乎赖德呢。我和我的兄弟这个周末要去露营。"

"你和帕尔默要带罗伯去露营?真好。"葛罗莱拉递给康纳一罐冒着泡沫的啤酒。康纳喝了一小口,感受到来自沙子深处的寒冷,然后抹了一下嘴唇。

"说实话,那不算什么好事,只是我们每年必须做一次。"他没有说自己很害怕、很紧张,也没有说他在收拾行李准备长途跋涉。现在这一刻太美好了,不应该被破坏掉。

"那帕尔默呢?他是不是搬到滥酒馆去了?"

---

①康胜 Coors 是美国丹佛城的一个啤酒品牌,作者以此暗指所谓"丹瓦"就是丹佛城。——译注

"我猜他现在应该不错,只是经常会跑到不同的地方去。他上个周末回来过,不过他还要去完成打捞工作,只是顺路来看看我们。他也有可能已经回到家里了,当然,也可能马上又要走。"康纳又喝了一口啤酒。"照顾罗伯的人应该是他,不是我。"

"你做得很好。而且,罗伯也能照顾自己了。"

"希望如此吧。"康纳又喝了一口。这时他察觉到葛罗莱拉脸上疑问的神情。"敬一年一度的传统。"他扬了扬手里的啤酒罐。

"是的,敬今天。"葛罗莱拉挑了一下眉毛。

"嗯……唔……实际上,确切的日子是明天。"康纳解释说。

"嗯,那就敬周末。"葛罗莱拉说。

"是的,周末。"他们一起喝了一口啤酒。一片沙子从屋顶上吹了下来,他们俩都笑着用手掌遮住啤酒罐。风将沙子吹向西方正在落下的太阳,所有的沙丘都在朝那个方向颤抖,仿佛稍稍挪动了一点。屋梁"吱嘎"作响,棚户区的居民从各种各样的工作和事情中抬起头来,望着自己房子正在沉陷的天花板,一只饥饿的小鸟在发出"哈,哈"的叫声。

"嘿,谢谢你的酒。"康纳一边说,一边举起啤酒向女孩致敬。他靠在酒吧的柱子上,望着天空渐渐变红,水泵岭上的小人像蚂蚁一样上上下下,油灯和电灯闪动着亮起来,工人开始换班,白天打起最后的精神,等待黑夜到来,愤怒的沙漠就在不远处低语。

"是的。"葛罗莱拉表示同意,她似乎明白康纳的意思,知道他说的不仅仅是啤酒,"这真好。为什么就不能一直这样呢?"

第12章 父亲的靴子

康纳回到家时已经很晚了。在他家后面的沙丘上能看到灯光,有两个人站在那里的脚手架上,正挥动锤子在他头顶上建造新房子。一块白铁皮从脚手架上掉下来,刺穿了他家门外的沙子。上面的一个人朝下面看了一眼,引得脚手架"嘎吱"响了一声。他没有对差一点被击中的康纳表现出任何关心,更没有道歉,只是因为地心引力的把戏恼火地咕哝了一声,很明显,他不想从脚手架上爬下来再爬上去。

"我还住在这里呢,你们知道的。"康纳喊道。但他瞥了一眼自己被沙子包围的家,知道他的抱怨很快就要失去意义了。

他拉开门,将鞋泥①拍打干净,才走进去。"嗨,兄弟!你在家吗?"要想把门关上,必须两手向上抬起门把手,才能让门闩就位。细小的沙尘②从天花板上掉下来,房梁的椽子在"吱吱"作响。房间里没有帕尔默的影子,没有靴子,没有沙子的痕迹,没有装备背包,也没有洗劫食品储藏室之后留下的碎屑。只有下

---

① 鞋泥,专指鞋底的湿沙子。
② 沙尘,专指细小的沙子,常指在空中飞扬的。

方传来一声沉闷的叫嚷,距离康纳很远,听起来像是罗伯。头顶上又响起了锤子敲打的声音。康纳朝天花板比了一下中指。

"你吃晚饭了吗?"康纳喊道。他把自己吃剩的东西放在门边摇摇晃晃的桌子上——半罐从潜沙酒吧买的冷兔肉炖菜。他的小弟大声回答,但话音依然低沉又模糊。听起来好像他正躲在一个窝棚里。

穿过门厅和厨房,康纳走了四步就来到他们共用的卧室,现在卧室里只有两张生锈的弹簧小床。罗伯的床被推到了一边,床下的三块地板也被搬开了。露出一个黑黢黢的大坑。这座小房子里唯一的光亮是透过前门的破玻璃透进来的微弱灯光。罗伯床边的一支蜡烛已经熔化得什么都没有了。康纳在自己床边的箱子里翻了半天,找出手电筒,打开。电筒一点光都没有。他把电筒扔回箱子,又向回迈了三步,把客厅里的汽油灯拉下来,晃了晃,听听里面还有没有油,然后摸索着把它点燃。"你在收拾装备?"他问道。

罗伯没有回答。康纳调节了一下油灯,让房间里充满灯光。他坐在卧室的地板上,把脚伸进坑里,跳下去,又转身拿起油灯。浅淡的灯光照亮了另一个曾经的家。

这是帕尔默的房子,这里支撑地板的架子曾经是一幢时间更久远的房子屋顶,那幢房子早就被遗弃,无人认领。用不了多久,康纳自己的家也将成为某人的地下室,而这里会变成一个满是沙子的地窖。就这样,沙子堆积上天堂,房屋下沉到地狱。

康纳用油灯来回照了照这个小空间。他和罗伯在这里存放了不多的几样东西:装有帐篷和他们全部宿营装备的袋子,它们都完好无损地存放在这里,除了被盖上了一层沙尘,和一年以前被放进来的时候没有两样。康纳把袋子上的沙子掸掉,一边寻思着罗伯到底在哪里。他推开一扇旧浴室的门,看到更多的地板被搬开。下面映出了跳动的灯光。"该死的,你在下面干什么?"康纳问道。

罗伯抬起头,透过旧地板上的洞望着他,内疚地笑了笑。他正坐在下面棚屋里的一堆沙子上。他最深也就只能下到这里了,再下面一层几乎已经被流沙①填满。罗伯的头发湿漉漉地贴在前额上,似乎他一直在用力做着什么事情。康纳急忙移开了视线。

"天哪,伙计,你不会是正在下面做什么不知羞耻的事情吧?你有吗?"

"没有!"罗伯吼了一声。康纳才把视线转回到那个地洞里。他看见弟弟在前后晃着身子。罗伯又抬头看了他一眼,气恼地咬着嘴唇问:"你跑到哪里去了?我一直在找你,一直在找你。"

康纳现在才意识到,他的弟弟有麻烦了。他蹲下身子,把灯伸到地板下面,看到沙子已经埋到了弟弟的腰部。沙子上还有许多被挖掘过的痕迹。

"该死的,你干了什么?"

"我只是在玩。"罗伯说。

---

① 流沙,专指进入房子的沙子。

康纳把油灯挂在一根钉子上,下到了罗伯所在的那一层。"我告诉过你,不要到这里来。流沙有可能一下子就涌进来。"

"我知道。但……流沙没有涌进来。是我把自己埋住了。"

康纳发现沙子上蜿蜒着几根电线。他想要把弟弟挖出来,但罗伯一动也没有动。他周围的沙子就像混凝土一样硬。"你在干什么?"

"我在做……一些事。"罗伯给康纳看了他手里的带子,一堆电线从那根带子中分散开,消失在坚硬的沙子里。"我没有潜沙,我保证。不是真正的潜沙。我只是想看看我的靴子能做些什么……"

"你的靴子……?"

"父亲的靴子。"

"你是说我的靴子。"康纳把带子从弟弟手中夺过来,"罗伯,你该死的才十一岁。你会因为玩这种东西而送命的。你是从哪里弄到这东西的?"

"我找到的。"

"你偷的吗?"康纳摇晃着手中的带子。他真有些想今晚就把弟弟丢在这里,让他得到个教训。

"不,我找到的,我发誓。"

"你知道如果帕尔默发现你在玩这个,他会怎么做吗?还有维丝?"康纳查看了一下这根带子。这其实是一副旧面罩的组件,只是被人拆下来了。"你是在垃圾堆里找到这个的?这种东西都会被丢到垃圾堆去。"

罗伯没有说话，算是一种打捞者的承认。

"这些线是你接的？"

"是。"罗伯悄声回答，"康纳，我感觉不到我的脚了。"

康纳看到弟弟在哭。罗伯的一只手臂也被定住了，现在不需要别人教训，他一定已经知道自己惹了多大的麻烦。

"听着，"康纳说，"你不能让这些接触点就这样暴露着。即使它们一开始会正常工作，但如果沾到你的汗水，它们就会短路。"康纳用衬衫擦干了带子内部，"如果发生了短路，你无论怎样做都只会让事情更糟糕。哪怕你想要沙子松开，它们也只会变得更紧。我们现在需要切断电源，那样沙子就能松开了。"

罗伯抽抽鼻子，"我把电源放在左边靴子里了。"

"在靴子里？该死的为什么你要这么做？"

罗伯用还能动的一只手擦了一下面颊，"因为我以为能够做一件不需要外套的潜沙服。只要有靴子就行。"

"耶稣啊，你是怎么长到十一岁的？"康纳又检查了一下带子，确保它是干的，然后他打算把带子按到自己的额头上，好解救弟弟。但就在这时，他想起了姐姐，还有姐姐会在这时采取的行动。

"不要动。"他说着从头顶脱下衬衫，在上面找到一块干燥的地方，擦干了弟弟的额头。

"我没有哭。"罗伯低声说。

康纳只是擦着他的头。"我知道你没有哭。我是要把你的额角擦干。"

罗伯没有再动。康纳检查了一下这根控制带，确保上面的连接没有错，又用了一点时间欣赏了一下弟弟做出的小焊点。"你做得不错。"他说道。然后他把带子按在弟弟的头上。"现在听我说，我不希望你只是让沙子松开，明白？"

罗伯点点头。

"我想让你控制沙子顺着你的腿流下去，好吗？感觉它在移动。指引它。让它推动你的脚底。你要想象有两只手在你身下，把你举起来。现在，这两只手握住了你的靴子，好了吗？你能感觉到手指吗？还有手掌？"

"我有感觉了。"罗伯咬住嘴唇。

"好的，试试看，快一点，否则你一会儿又要出汗了。"

"别催我，没用的。"罗伯嘟囔了一声，眯起眼睛，集中精神。康纳感觉到了弟弟身子下面的沙粒开始松动和流淌。

"很好。"康纳说，"现在，起来。"

罗伯尖叫一声，颤抖着冲向天空。他的头差点撞到房梁上。沙子把他从这间旧浴室的深坑里提出来，直到他的靴子踩在一堆高高竖起的流沙上。

康纳大笑着掸掉溅到自己身上的沙子。罗伯大叫着，挥舞起自己的拳头。

"干得好。"康纳说，"现在把靴子脱掉。赶快落到该死的地上来。"

第13章　妓女的儿子

那天晚上，康纳一直和罗伯躺在一起，等待帕尔默回家。但最后，他还是在罗伯的小床上睡着了。早上醒来时，他发现自己的床完全没有被睡过的痕迹。为了等帕尔默回来，他连家门都没有锁，但他的哥哥很可能已经在某个女孩那里找到了自己的好运气，今年又不会管他们了，虽然他已经答应了他们——是郑重其事的承诺。康纳一直抬着头，等得脖子抽了筋，最终什么都没等到。

他坐起身，伸了个懒腰。罗伯抓住落下来的床单，翻了个身，把自己裹成一个茧。康纳抓起一件前开襟的白衬衫系在腰上，然后走进盥洗室，用沙子擦了擦脸和手，洗净脸上的汗水、污垢和臭味，又在衬衫里放了些沙子，用拳头把布料揉搓了一下。盆中的沙子里还残留着一点被碾碎的干花香味，不过微弱得几乎和没有一样。

他把沙子抖回到盆里，穿好衬衫，没有处理自己的短裤，只是把衬衫系好，就匆匆走进了屋外清冷的晨光中，在附近公共厕所的大致范围内撒了个尿。一阵阵冷风中，流动的尿液冒起了白色的水汽。最后，他踢起一些浅色的沙子盖住了深色的沙子，又快步回到家里。

"嘿，罗伯，我去填个肚子，再去找帕尔默。你把帐篷拿出来，好吗？不要在下面搞什么事情。"

卧室里传来一声咕哝，罗伯形状的那一堆在被子下面蠕动起来。康纳收集起他的水壶：一只挂在门边的钩子上；一只有凹痕的被放在窗户上，就像一件遗物或一件装饰品——那曾经是属于维丝的，第三只被他藏在厨房橱柜的顶部。他把三只水壶都挂到肩头，又抓起他在这个世界上的全部硬币——它们可以很轻松地被握进一只手掌里。然后他再一次走进卧室。

"好吧，我会回来的。不要一直睡到中午，伙计。我想早点出发，我们不能像去年那样摸着黑搭帐篷。"

康纳坐在姐姐的一张旧椅子上，拿起他的靴子。这时他看见了父亲的靴子，他前一天晚上恰好把它们扔在那里，于是康纳决定穿上它们。也许昨天晚上他就已经在构想他的旅行，想要带上父亲的东西，或者这样做只是不希望罗伯一个人的时候再惹出什么麻烦来。

罗伯组装起来的那根控制带和一堆电线都被塞在右脚的靴子里。康纳首先得把这些东西安排好。他向卧室里瞥了一眼，但是那只漂亮的罗伯茧还没有张开，里面珍贵的小蝴蝶还没出来，所以他没有去问罗伯。他能看得出这根带子原本被分为两部分，细小的金属接触点相互扣合在一起。只需要轻轻一折就能被分开。他将两个半截带子分别从短裤的两个裤腿里拿上来，重新扣在一起，然后把控制带放进口袋里。这双靴子对他来说简直合适得令人吃惊。他抓起围巾，走出屋外，抖掉围巾上的沙尘，同时感觉自己又长大了一点。他没有关上屋门，好让阳光能照进屋里，以免罗伯睡过头。然后他就朝着泉石城走去。

他首先要去的是蜜糖洞。帕尔默肯定会去找妈妈要钱。然后他就去一趟潜沙学校。他非常害怕去蜜糖洞，但早晨是那里一天中最安全的时候。不是因为这时楼下不会有喝得烂醉、动不动就打上一架的酒客，而是因为现在妈妈最有可能还没开始工作。

蜜糖洞位于泉石城的边缘，就在城区和棚户区杂乱的棚屋商铺之间。这个地方可以让那些在棚户区工作和喝酒的混混远离城区，同时也让楼上那些诱人的果实就在贵族和富人们伸手可及的地方。没有人会愿意为了找乐子而穿过棚户区。否则漫长而充满麻烦的回家之路会让肉体享乐的吸引力大打折扣。

在泉石城的另一边，隐约可以见到高墙，康纳就在那里面出生。那座宏伟的混凝土大厦矗立在沙地上，足足有一百米高，是许多代人以前由一个罕见的领主联盟建成的，至今都是最大的一项公共工程项目。据说这堵墙比以前的任何一堵都更加庞大，而且将永远屹立不倒。但它现在明显地在向西倾斜，逐渐倒向泉石城。当它倒下的时候，将会覆盖城中最好的一部分。每当看到这堵墙，康纳都会想起他生命的前六年。那些美好的岁月。他可以把自己浸泡在浴缸里，整个身体甚至头都被水淹没。那里有电，厕所里可以冲水——不用出去在沙子里拉屎，不用自已挖坑,然后发现挖出的沙子里已经埋了两坨屎。罗伯永远不会理解那些只存在于他记忆中的奢侈,他只能努力向弟弟描述那些事,就像讲解他们的父亲的故事。童年时代过于久远,那时候他又将一切当成理所当然,所以这些回忆也不那么准确且日益模糊了。

在近一些的地方,两座摩沙大楼之间升起了一股黑烟。当烟柱顶端掠过高墙,遇到东来的强风,就一下子变成了丝丝缕缕的线条。康纳觉得自己在半夜时听到了一阵"隆隆"声。又是炸弹爆炸。他想知道这次是哪个混蛋干的。那些滥酒馆的自封领主?北方的强盗?城里的反对派?还是住在他隔壁的棚户自由民?当所有人都在制造它时,炸弹就失去了意义。人们都忘了这些该死的东西为什么要爆炸。

他绕过一座低矮的沙丘,来到蜜糖洞,这是一座永远不会被炸毁的建筑,再过一百万年也不会。沿着泉石城边缘出现的各种妓院一定是这千万座沙丘之间最安全的地方之一。康纳暗自发笑。也许这就是领主们会花那么多时间待在那些地方的原因吧,他想。

他先踢干净鞋泥,然后才拉开门,走了进去。希瑟正在吧台后面,用抹布擦着一只酒杯。一个男人坐在她前面的凳子上,弯着腰,头靠在胳膊上打着呼噜。希瑟朝康纳笑了笑,然后抬头瞥了一眼二楼的步道。"她应该起来了。"她的声音很高,似乎完全不介意会把面前的男人吵醒。不过那个男人也是一动都没有动。

"谢谢。"康纳应了一声。上去就能找到他的妈妈，打起精神来。他向楼梯走去，却差一点被躺在地上的醉鬼绊倒。是工头布莱。康纳压抑住心中的无数恶意，抬腿迈过这个家伙。把生活的苦难归咎于人比指责沙子更容易。冲着沙子大喊大叫对你没有任何好处。人们至少会大声冲你喊回来，至少会给你一个回应，一个对你的认可。承受折磨的同时又被忽视才是最可怕的。

他大步走上楼梯，朝二楼步道走去，每走一步，老木头都会发出"吱吱嘎嘎"的声音。他无法想象自己会成为那些醉鬼的一员，在朋友们的众目睽睽之下走进这个地方。然后那些男人们就会开始吹嘘他们前一天晚上在蜜糖洞钓到了谁。也许，只要在这段楼梯上走的次数多了，感觉就会正常起来。该死，他再也不想变老哪怕是一天了。他不禁开始想象自己有一天坐在这里，喝得醉眼昏花，胡子拖到了肚脐上，闻起来像个厕所，付钱让某个人躺下来，让自己睡。

尽管这种样子让康纳感到厌恶，但他知道，大多数男人最终都会变成这种样子，因为他们痛恨自己的生活，一心只想逃避。哪怕只能逃脱一个晚上。用酒精来淹没自己的痛苦，花钱短暂地释放欲望。也许他也会这样做，尽管他不愿意屈服于这种念头。如果他继续待在这里，可能迟早有一天会开始堕落。男人……他还记得，他曾希望生活能匆匆过去，希望时间会飞快地流逝，他可以一眨眼就变成大人，但现在他却希望生活能停止。在事情变得更糟之前停下。如果生活停下来，也许他还能清理一下头脑,不至于随波逐流,这样盲目地跑下去。

他停在妈妈的房间外面,几乎已经忘记自己为什么要来这里了。帕尔默,对了。他抬手敲了敲门,心中希望没有男人会叫嚷:"滚开,这里有人了。"开门的是母亲,肩上披着一件长袍。当她看到门口是谁,便急忙勒紧了腰带。

"嗨,妈妈。"

她转开身,没有关门就走回到床边坐下。她身边有个袋子,还铺着一些等待被刷子刷干净的衣服。她把脚抬到凳子上,继续涂起了指甲油。

"真是个漫长的夜晚。"她说道。康纳尽最大的努力不去想她的意思。但是这种努力反而让他无法忽略这句话。该死,他讨厌这个地方,不知道母亲为什么不把它卖掉,做点别的事,无论什么事都可以。"我一分钱也没有。"母亲对他说。

"我最后一次来要钱是什么时候了?"康纳气恼地问。

母亲瞥了他一眼。他还没有走进房间。"前一个周三?"她问道。

康纳想起来了。"好吧,但在那以前呢?那次是为了罗伯,你知道的。那个孩子在他的围巾上搞出了不止一个该死的窟窿。"

"别说脏话。"母亲用手中的小刷子朝康纳指了一下。康纳只好压抑住自己的冲动,没有指出母亲现在的职业正应了这句脏话。

"我只是来看看,你有没有帕尔默的消息,或者维丝的消息。"

母亲伸手到床头柜上摸了一下,那里的烟灰缸中正不断冒出一缕缕青烟。她拿起烟,重重吸了几口,让烟头重新亮了起来。然后她长叹一口气,摇了摇头。

"又到这个周末了。"康纳说。

母亲转过身,久久地凝视康纳。"我知道这是什么周末。"一截烟灰从她的香烟头落到了地板上。

"嗯,帕尔默答应过今年会来……"

"他去年就没答应过吗?"母亲吐出一口烟。

"答应过,但他这次说,他是认真的。还有维丝……"

"你姐姐已经有十年没露过面了。"母亲用拳头抵在口边咳嗽了几声,又拿起了涂指甲油的小刷子。

"我知道。"康纳没有纠正母亲,其实是八年,不是十年,"但我一直都觉得……"

"等你年纪再大一点,你就不会那样跑出去搭帐篷了。到时候就只剩下可怜的罗伯一个人还会去露营。你会因为抛下他而自责,只会觉得对不起他,却依然坐在家里,等他长大,想清楚我们都已经知道的现实。"

"什么现实?"康纳不知道自己到底为什么还要这样问。

"你的父亲早就走了,死了,你越是希望他还活着,你就越是让自己难过,这毫无意义。"母亲审视着自己的手艺,活动了一下两只脚的脚趾,将小刷子插回到盛指甲油的小瓶子里。康纳竭力不去想她是从哪儿弄来的这些小物件。拾荒者和潜沙者会来和她做交易。该死,他的脑子总是要想这些事。

"嗯,我猜,我到这里来没什么用。"康纳转身准备离开,"顺便说一下,罗伯向你问好。"这是个谎言。

"你有没有想过,我给你们起的名字是什么意思?"

康纳停下脚步,又向母亲转回身。他没有回答。他从没有想过他们的名字是母亲起的。仿佛他们的名字天生就是如此。

"帕尔默、康纳和罗伯——戏法、欺骗和抢劫。"母亲说,"你们全都是小贼。因为你们的父亲就是个贼。"

康纳在原地站了片刻。他不相信母亲。这只是个巧合。"那么,维丝呢?"康纳问。

母亲抽了一口烟,吐出一大团白雾。"我怀上维多利亚的时候,还不知道你们的爸爸是个该死的贼,不知道他会逃走,什么都不留给我们。"

"他不是贼。"康纳说,"他是一位领主。"他努力让自己听起来令人信服。

母亲长长地吸了一口气,又吐出来。"都是一路货。"她说道。

第14章 沙子陷阱

康纳离开蜜糖洞,沿着棚户区的边缘晃荡。他低头看着父亲的靴子,第一次认真思考父亲和兄弟们的名字。帕尔默、康纳、罗伯。该死,这有什么好想的?母亲现在说话越来越不过脑子了。这一定是个巧合。父亲离开后,她就有了各种疯狂的幻想。康纳只希望妈妈永远不要告诉罗伯,否则那孩子会崩溃的。他也许会给自己改名叫鲍比。

康纳越过一座低矮的沙丘,沙丘下面是一座刚刚塌陷的房子,上面是一座正在建造的新房子。几个人从废墟中拖出材料,在二十多步远的地方把它们钉在一起,再次重复着不可避免的循环。最令人不安的是,这一幕看起来是那么正常,康纳不知道自己看过多少次这样的事情在棚户区发生,被摧毁的房子成为了新房子的地基。但现在,母亲的话让他开始以一种新的方式看待这件司空见惯的事。如果说他的看法有了什么不同,那就是这个不正常的景象加强了他要在那一晚执行计划的决心。昨天晚上他和葛罗莱拉一起喝啤酒和吃兔子炖菜时所受到的影响被消除了。

他穿过一排紧靠潜沙学校背后的公寓。帕尔默可能已经回到家了,正在帮助罗伯打开行李包,把帐篷拿出来晒一下。不过康纳觉得自己最好还是去学校宿舍看一眼,确认帕尔默昨天有没有在那里过夜。

当他经过时,席勒女士从门廊里向他挥了挥手。然后她回去把房间里的沙子扫出来,她的一个孩子走进屋门,把一些沙子又带了进去。她转过身来对着那个男孩大喊大叫,她要把家里的沙子运出去,就像他们要运出水泵坑里的沙子。他们都要不停地干这件事。人们要用一幢房子剩下的东西建造新房子,所有这些工作都要一遍又一遍地重复,看不到尽头,灌满水壶、吃饭、拉屎、睡觉、期待着周末,却又为接下来的一周感到害怕。所有人都是周而复始的脚夫,一次一桶沙子。

他不能再这样想下去了。他们在某些方面会有进步。有些事情能够变好。这就是那些男男女女带着他们的全部家人向地平线蹒跚前进时所相信的。他们相信可以远离战争和炸弹,远离骚乱和清晨的枪声,远离会有阳光和沙子透过墙上的子弹孔灌进来,只能用变形的白铁罐去接住的商店,远离那些统治反复无常的领主,远离那些想用炸弹推翻领主统治的人。

这么多人离开后再也没回来,肯定是有原因的,是受到了美好生活的诱惑。或者只是因为他们再也不能忍受远处的轰鸣、鼓声和雷声。他们的心中有一种冲动,一种无法压抑的欲望,一定要去亲眼看看。他的父亲一定也是这么想的。这就是当时父亲的感觉。康纳的母亲只是想毁掉对他的记忆,因为她恨自己的生活。就是这样。

宿舍的门敞开着,放进了光线和盘旋的沙尘。康纳走进去。房间深处有两个潜沙学生,还有掷骰子的响亮声音。当康纳的影子让他们无法看清骰点,他们便转过头。"你们有没有看到帕尔默?"康纳问道。

一个男孩摇摇头。"他和哈普出去潜沙,到现在还没回来。"

"那不是一个星期以前的事了?"康纳又问。

"那就是他们潜得深得该死。我怎么知道?他们要去做什么根本不和别人说。"

"是的。"康纳灰心了,"谢谢。"今年哥哥又让他们失望了。可怜的罗伯。

"嘿,还是请闭上你那张该死的嘴吧。"床上有人喊道。

康纳道了歉,然后就离开了。掷骰子的声音再一次响起。

在回家的路上,他意识到晚上只有他和罗伯一起露营了,稍微打乱了他的计划,不过问题还可以解决。他将负责讲述和点灯。他还没有准备好。尤其是在见过母亲之后。不过他要讲的故事已经被讲述了那么多遍,早就被他牢牢记在心里了。

他徒步穿过学校广场,试图将自己对父亲的记忆去同母亲的描述对照。母亲对父亲的讲述要比他真正和父亲待在一起的时间多得多。父亲在他六岁时离开了他,之后他又在没有父亲的日子里生活了十二年,依靠的就是家人讲述的故事。维丝给他增添了许多新的故事,不过也让他的记忆变得更混乱了。他的姐姐讲过父亲年轻时的经历,他如何在滥酒馆长大,依靠当潜沙员赢得了名声，他又是怎么通过奋斗成为泉石城的领主，直到最后失踪。

康纳有些怀疑这样挖掘过去是不是个好主意。在很多方面，这就像一个潜沙员干的事情。只不过那些锈迹斑斑的伤痛都深埋心底。把那些伤痛重新挖出来，给它们涂油，打磨它们，痴心妄想地要将它们恢复原样——这怎么可能是健康的？也许想知道他们的父亲是怎样的人是一种不值得的努力。也许母亲是对的，他应该向前看。就算是父亲回来了，一定也早已变得老迈、虚弱、须发皆白，再不是原先那个人了。对美好过去的执着只是一种毒药，怀旧是一种该死的行为，它让人们误以为存在一个更好的时代和地方，误以为还能够回到那里。

康纳瞥了一眼高墙，那座宏伟的地标代表着他的过去，现在却变得摇摇欲坠。遥远的无人之地传来依稀可辨的轰鸣，那种微弱的"轰隆""轰隆""轰隆"，该死的，到底有谁能知道那是什么？也许那就是未来，近在眼前的未来。那种未知的咆哮，就像饥饿的胃知道自己需要食物，就像饥饿的灵魂需要新的冒险。"轰隆""轰隆""轰隆"，如同一个人的脉搏，害怕自己一事无成，害怕自己再静止不动，沙丘就会将自己埋没。

三只水壶在康纳的腰上不停地相互磕碰，让康纳想起来需要把它们灌满。另外他还需要买一些肉干。葛罗莱拉和他的母亲，还有那个混蛋的帕尔默，他们把他的脑子搞得一团乱。就算是有父亲的靴子，他当下的处境也没有丝毫改善。他穿过低矮的荒墙——这堵到处都是缺口的墙把泉石城和棚户区分隔开，它可以看作是对东边那堵高墙的简陋模仿。在上午墙壁投下的阴影下,一场橄榄球赛正在进行。球场边上摆满了水壶和鞋子。和康纳年纪相仿的男孩们在场上分成两边,一边穿布衫,一边穿皮衣,踢着一只充满了气的鹅皮球,相互扭打着,满身都是汗和沙子。场上有三个穿皮衣的和四个穿布衫的。吉拉是康纳的朋友,他正抓着一个泉石城的男孩。他们分开时,吉拉才发现康纳在球场边上。

"嗨,康纳!"他喊道,"我们少一个人。"

"我不行。"康纳说,"我也希望能上场。"

吉拉耸耸肩,男孩们很快又在一团团沙尘中纠缠到一起去了。

离开荒墙,康纳就看到了排队取水的人们。他从衣兜里找出三枚硬币,开始排队。他看到一位母亲在责骂儿子,詹金斯的爸爸从他们家被矮墙围住的花园里走出来,手里提着一条没有了脑袋的蛇,另一只手拿着一把锄头,大步走进家里,可能是打算煮了那条蛇。康纳对所有这样的细节都保持着高度警觉,正常的生活琐事仿佛变成了一个个在他耳边响起的警报。这都是因为炸弹不停地撕裂着人群。在葬礼、婚礼和宗教庆典上,在蓄水池、咖啡馆和抗议活动中。一个人哪怕是身处最平凡的生活里,也会时刻紧张不安,这种感觉太怪异了。他在等待,只能无奈地等待。这让康纳想要逃离自己的肉体,而不是一动不动地坐在这支缓慢蠕动的队伍里。这就是他必须离开的原因。

终于,轮到他了。他付了钱,看着水壶被灌满。"一直灌到壶口。"他说。抽水工人轻蔑地看了他一眼,不过丝毫没有克扣。康纳把三只水壶的皮带都套在头上。水壶又重又满地压在他的屁股上。他要去买肉干了。这次旅行会花光他所有的钱。他把手伸进口袋,摸到最后一枚硬币。一边走过贮水池和市场之间的那片沙丘,他一边在心里盘算着旅行要带的东西,就在这时,脚下的地面突然发生了变化⋯⋯

康纳踉跄一步,差一点跌倒,不得不伸开双臂保持平衡。一定都是因为这该死的靴子,肯定是他口袋里的那根带子因为碰到水壶的水短路了,该死的罗伯。但他听到了沙子流动的"嘶嘶"声,还有男孩们的笑声,康纳完全动弹不得。他低头一看,发现自己的腿被埋到了膝盖以下,小腿周围的沙子密实地挤压在一起,让他的脚隐隐作痛。现在就算他想摔倒也没有可能。

"你踩到了什么,妓女的儿子?"

康纳扭过腰,伸长脖子,看见赖德,另外还有两个人站在他身后。他们的头发和肩膀上都是沙子,额头上还挂着面罩。可能他们是在学校附近的训练沙丘上练习潜沙,看到康纳去了宿舍。康纳想要把靴子拉出来,但没有成功。

"放开我,赖德。"康纳停止了挣扎,抑制住自己的冲动,没有对赖德说:"这并不好笑。"因为这只会引来更多笑声。同时他也竭力告诫自己,不要提醒这些人,这样用沙子困住一个人是一种足以被活埋的恶行,因为那样只会给他自己带来更多危险。他把手伸进口袋,摸到了罗伯做的控制带。但如果靴子已经没有了能量⋯⋯

"嘿,妓女的儿子,我有个问题。"赖德笑着绕到他面前。另外两个人分别站到康纳两侧。"你还是婴儿的时候,喝一次你妈妈的奶要付多少钱?她每次可是会向我爸爸要五个硬币!"

笑声回荡在沙丘之间。这时太阳差不多刚刚升起,康纳却觉得自己好像正在被正午的阳光曝晒。赖德又向他靠近了一步。康纳能嗅到这家伙呼吸中陈啤酒和洋葱的臭味。

"我不想见到你靠近她。"赖德说。

康纳知道赖德指的是谁。他努力想要控制住自己的舌头,却没能做到。他应该告诉赖德事实——毕竟他确实再也不会见她了。这种无聊的争执根本就没有必要。而且他们都是孩子,没有人会真的在乎这种事。但他只是向赖德冷笑一声,控制不住地说:"那要由她来决定。"

赖德微微一笑,"这你就错了,小子。问问你妈妈在这里谁说了算吧。"他抓住康纳的后颈,用力一捏。康纳想要挥拳击打这个比他更高大的男孩,但他知道这会导致怎样的严重后果。他们有三个人,而且他的腿还被固定住了。"这些沙丘上有男人,也有你这样的小男孩。我是潜沙员,我们找到什么,什么就是属于我们的。是我先找到她的。"

"你只是个学生。"康纳说,"你甚至算不上一个潜沙……"

赖德的脸上涌起怒火——那两排露出的牙齿和那双紧皱的眉头都在发生恐怖的痉挛。沙子突然分开,康纳被吸了进去。

康纳的嘴里满是砾子。大地向他张开,让他掉进水一样流动的沙子里。他的脚撞上了一层坚固的东西。他张开双臂向上游,头却撞上了一堵沙墙。四面八方都是墙壁。赖德用流沙做了一个牢不可破的盒子,一口死亡的棺材。

康纳闭紧双唇。他的嘴里灌进了半个沙丘。砾子在他的牙齿之间发出响亮的"咯吱"声,他抑制住吞咽和呕吐的冲动。现在他只剩下了肺里非常有限的空气。他刚才还在说话。不过他的姐姐曾经对他做过相同的事,教导过他要平静,这足以让他坚持一分钟甚至更久。可能等他数到十,赖德就会把他拽上去。可能赖德只是想要吓吓他。康纳这样想着,但他的脑海中有另一个声音在尖叫:该死的,我们要被淹死了。快做些什么,混蛋。

康纳闭着被沙子刺痛的眼睛,盲目地摸索父亲的靴子。他的头已经翻转向下了。他必须记住朝上的方向,必须记住。该死,他不能呼吸,不能吞咽。他一只手按下左靴子舌头下的电源开关,另一只手把控制带从口袋里掏出来。来吧,罗伯,他心里想,来吧,兄弟。

康纳将带子按在额头上,他什么都感觉不到。有太多沙子阻碍了带子和皮肤接触。该死的,或者就是因为他上下颠倒的位置。电线从插槽里脱出来了。他又试了一次,终于可以感觉到沙子了。他不知道自己的力量够不够强。他肯定需要比赖德更强才可以。但他就快昏过去了。必须启动,必须启动。在绝望中,他没有让沙子流动,而是让沙子发生了爆炸。他将双臂举过头顶,等待着剧烈的碰撞,希望自己的方向是朝上的,一定要是朝上的,但他还无法确定——他感觉上方的沙墙在碎裂,感觉到自己的手臂冲出了沙子表面,然后是他的头、他的整个身躯都冲了出去。

其他三个人都已经失足倒在了流沙里。康纳趴在地上,不停地吐着嘴里的砾子——砾子已经变成了泥浆。康纳咳嗽着,喘息着,视野中发黑的边缘渐渐褪去。他的胳膊和腿都酸软无力,但他还在摸索那根带子,努力要把它戴回头上,以免赖德他们再对他做些什么——这双靴子——它们和一整套潜沙服一样强。这不可能啊,该死的罗伯……

一只手紧紧攥住他的指关节。康纳手指的骨头挤压在一起。他被迫丢下带子,神情中满是痛苦。赖德单膝跪立,脸上挂着一副愤怒的面具,在康纳身上投下一道长长的阴影。

"你以为你是个潜沙员,小子?"康纳看到赖德用空出的一只手抓住那根带子,用力一拽,扯断了电线。"巡逻队会因为这个把你埋起来。"他在康纳面前晃晃那根带子,然后收紧另一只手,狠狠捏着康纳的指节。"我不告诉他们,就是你的运气。是我救了你一命。"赖德向沙子里啐了一口,丢下那根带子。"你该死的欠我一个人情,别忘了,妓女的儿子。你是我的了,就像你那该死的妈妈是泉石城里所有男人的。"

赖德又狠狠踢了一脚康纳的肋骨,那三个人一同大笑起来。沙子颤抖着松解开,他们全都潜入其中,消失了踪影。

康纳将额头抵在温热的沙子上,深深地吸着气。他吐出一口唾沫,将沙子染成了落日的颜色。这就是我的人生,他苦涩地想道,但不会太久了。

第15章 父亲的罪行

康纳站起身,掸去身上的沙尘,摸摸自己隐隐作痛的肋骨。他呷了一口水,把嘴里的大部分砾子吐出来。他的怒气很快就消退了。现在他的注意力落在了地上。他看的不是父亲靴子间那片粉红色的沙子,而是那根被扯松了、蜷曲在一堆乱糟糟的电线里的旧控制带。

他弯腰拾起带子,将它又检查了一遍。赖德会让他上来的,那只是在逗他。该死,他应该耐心地等这一切过去。但是这双靴子——他想起了昨晚的沙子是多么坚硬,将罗伯的腿紧紧压住。他扫了一眼训练沙丘,又朝学校望去。他还要去买肉干,但他先要去干另一件事。晚上的旅行变得更有趣了。他要给一个朋友看看这双靴子。

在学校的拐角处,有一排专为打捞者服务的商铺。二手潜沙服、面罩、脚蹼、电子配件、所有残余物和工具,再加上修理摊位。这是一项至关重要的产业。几乎整个泉石城、棚户区、滥酒馆、派克镇和西部花园都是用沙土下挖出的各种材料建成的。潜沙员们还会发现被埋在浅层沙子下面的土壤堆,让人们可以进行回收——回收过程中的挖掘工作也要依靠潜沙员。另外，水和油气资源也都需要让潜沙员去寻找。潜沙是其他一切的基础，这就是为什么尽管有那么多人死在沙子深处，投身于这一产业的人数却丝毫不见减少，也是为什么大多数梦想进入潜沙学校的孩子都会发现他们前面还站着一大群人，他们之中的许多人永远得不到这样的机会。

康纳匆匆穿过潜沙区熙熙攘攘的周六市场，走进沙丘边缘的一条小巷，最终到了格雷厄姆的商店。这是一家规模比较大的商店。他推开门的时候，头顶上一堆铃铛和风铃被门板撞到，发出一阵恼人的"叮当"声。这家店的墙上挂着各种各样的东西：镜子、钟表、泵机、小型马达、一卷卷电线和软硬管材，还有一桶又一桶的螺栓、垫圈、螺母。天花板上挂着十几辆自行车的残骸。康纳不得不弯下腰才能从这几副残骸下面钻过去。

墙上和房梁上悬挂的大部分物品都是格雷厄姆自己找到的。其余的是用他的发现交换的。虽然它们都被挂在这里，偶尔还贴着价签，但几乎没有任何东西是出售的。说服格雷厄姆卖掉一台洗衣机可能要花上几周的时间。以物易物是这里唯一有效的办法，而格雷厄姆总是能赢得更有利的结果。他是个讨厌鬼，但他和他们的父亲是好朋友，这意味着即使没有公会的官方潜沙卡，康纳也能在这里做一些事。

"格雷厄姆？"康纳走过柜台，朝工作间里望了望。正在工作台后面的格雷厄姆抬起头瞥了他一眼。他一只手拿着钢丝刷，另一只手里的东西看起来像是步枪零件。

"康纳。"他露出微笑,"我还以为你这周末要去露营。"

"今晚才去。我正准备一些水,还有另外几样东西。罗伯会把帐篷拿出来晒一下。我想让你替我看一样东西。"

格雷厄姆把眼镜朝鼻子上方推了推。"没问题,你捞到什么好东西了?"

"你知道,我没有潜沙许可。"

"你头发里的沙子说明你下去过。"

康纳摸了摸头发。沙子像雨一样洒下来。他有些愧疚地看着一地沙子。"抱歉……"

"没什么。"格雷厄姆挥手示意他不必道歉,像是轰走了一只苍蝇,"这里从来都没有多干净。那么,你找到什么了?"

"是罗伯做的这根带子。"康纳伸手从口袋里把带子拿出来,递给格雷厄姆,"只是电线被揪松了……"

格雷厄姆瞥了一眼,便立刻从工作台上探过身来,仔细研究起挂在康纳腰带上的电线,然后又低头看向他的双脚。

"是我爸爸的靴子。"康纳解释道。

"我知道。你在那下面发现了一件潜沙服?"

"没有,只有这个。你知道罗伯,实际上,我昨晚正好抓住他想用这些东西潜沙。这看起来做得不算坏……"

"你们一家人都流着潜沙的血。"格雷厄姆说,"公会没有招募你真是大错特错了。"

"是的,嗯,其实就是这双靴子,明白吗?没有潜沙服。但我觉得它们就能潜沙。我想知道,你以前有没有见过这种东西。"

"你用过它了。"格雷厄姆说,"那么,你下去了多深?"

康纳回头瞥了一眼,确认店里没有别人。"一米,也许两米。"

格雷厄姆哼了一声。他把控制带翻过来,调整了一下固定在工作台上的多关节长臂灯。"以前的人们玩过这种东西。这样一双靴子可以给你带来不少乐趣。你可以用它们在沙面上溜冰,踮起脚尖或者做些别的什么动作。但是它们不适合潜沙。如果你不能控制胸口的压力,你就无法呼吸。就算你能,等你回来的时候,你也会受伤。是罗伯把线路接通的。"

"是的。"

格雷厄姆从控制带上抬起头。"他比你更优秀。"

"是的,我知道。"格雷厄姆这样说没有任何恶意。他不是那种心性冷酷的人。不过客观的评论有时也能给人带来同样的感觉。他在工作台上腾出空间,把原先那根长长的钢管放在一边,又把烙铁插上插头。

"我能看看靴子吗?"

"当然。"康纳将电线褪到膝盖上,踢下靴子,"他把电源放在左靴底了。"

"有趣。"格雷厄姆说道。他从桌子上抓起一只放大镜,朝一只靴子里看了看,又取下皮革靴垫,检查了另一只靴子。"看起来,他在右脚的靴子里腾出空间来收纳电线和控制带。还可以放面罩。"他抬头看了一眼康纳,"你说,下去了一米?"

康纳点点头。

"嗯。"格雷厄姆盯着天花板想了一会儿,"你能把这些东西在我这里放一段时间么？"

康纳皱起眉。"抱歉，我也想这样。但我现在只希望你能重新为我把线接好。我有一点钱。"

格雷厄姆拿起烙铁，用舌头试了试烙铁尖。"咝咝"的声音让康纳不由得打个哆嗦，咬了咬牙。格雷厄姆开始把电线接回到触点上，他仿佛一眼就能看出罗伯是如何布线的。"你总是盯着那边箱子里的那副面罩。就是那副绿色的。"他一边低头工作一边说，"那我就用那副面罩和一套几乎全新的潜沙服来换你这双靴子。"

康纳不知道该说些什么。"这个……呃……我很感谢你的好意，但这是我父亲的靴子。"

"它们是他的旧靴子，就连他也不在乎它们了。"格雷厄姆完成了工作，吹了吹控制带。一缕白烟从烙铁上升起来。他带着期望的眼神看向康纳。

"嗯，我会考虑的。"康纳说着，伸手去拿靴子，"修理费是多少？"

格雷厄姆有些不情愿地递过靴子。"这样吧，答应我，你不会拿它们跟别人做交易，我们就扯平了。我有收购优先权。"

"好的。"康纳知道自己不会这样做。他根本不打算卖掉父亲的靴子，尤其是有了沙底的经历之后。"你有优先权。"

格雷厄姆露出微笑。"很好，你和罗伯说一声，让他有时间的时候来看看我。他已经有几个星期没来过了。"

"是的，关于这个……"康纳把带子塞进靴底，把靴子穿上，但没有系上靴带,"我知道罗伯在这里会多有用,如果我出了什么事,而帕尔默又不回来照看罗伯……"

"我答应过你父亲,会照看你们几个。"格雷厄姆说,"我也早就和你说过这个。我是认真的,不用担心。"

"谢谢。"康纳说完转身要走,又在工作间门口停下了脚步。

"明天就是那个日子,对不对?"格雷厄姆问。

康纳点点头。他没有转回身。老格雷厄姆眼睛太毒了。他那双满是黏液的眼睛比任何人都能看得更清楚,一眼就能看出事情有蹊跷。如果康纳转身说再见,再问一个问题,甚至如果他伸手去擦脸颊上的水,老人就会知道。他会知道明天不仅仅是周年纪念,还会是一个新的开始。

第16章　漫长的旅途

"帕尔默这个吃沙子的。"罗伯喊道。他把大包袱扛在肩膀上。自从他们离开家以来,他一直在为要扛这么重的东西抱怨个不停。"他答应过我们的。"

"我相信他有他的理由。"说实话,康纳已经厌倦了为哥哥辩护。要让小罗伯不至于对整个家庭感到失望真是一份辛苦的工作。现在他又要为此而努力了。如同下一代人要面对堆得更高的沙子,最小的弟妹往往要承受家庭问题带来的最严重的后果。这是一种让人感到无力的堆积,也让康纳总是在想:可怜的罗伯。

他和弟弟绕过泉石城,向无人之地走去。他们避开沙丘群,只沿着市镇边缘前进,这样他们可以借助沿途的房子和商店躲避风沙。他们总是把围巾捂在嘴上,很少说话。在猛烈的风沙中,只有大声喊叫才能让对方听见。一只逃跑的小鸡扑扇着翅膀,"咯咯"叫着穿过他们面前的道路,一个女人叫喊着那只鸡的名字在后面追赶它,裙子不断被风吹起。远处,一排萨弗船的桅杆竖立在城镇边缘。康纳可以听到松开的吊索拍打铝制桅杆的

"铿铿"声。一张孤帆被风吹得高高飘起,那艘萨弗船正加速向西驶去。可能是向花园运送土壤,或者是去和派克小镇做生意。康纳和弟弟则继续向东前进。他的目光扫过地平线,寻找其他沙漠旅人,寻找那些背负重担前往远方的家庭,但几乎没有人会在周末离开小镇。星期一才是出发的日子,不管出于什么样的原因,还有周三也是。也许是因为周三距离休息日最远,所以格外令人郁闷。

当他和罗伯来到高墙时,他们拉紧围巾,调整了护目镜,迎着风向远处不断传来轰鸣声的方向继续走去。康纳走在前面,为罗伯挡风。在他们的身侧是泉石城的边缘。这座城市坐落在无人之地的边界附近——徒步到那里只需要几个小时——仿佛是要对无人之地发起挑战。但看起来,这座城市其实很害怕那个地方,仿佛蜷缩在沙子里,竖起一道巍峨的墙壁,想要挡住从那里冲过来的风、沙丘和恐惧。

几座最高的摩沙大楼都已经向西倾斜,随时可能倒塌。其中一座塔楼几年前就被废弃了,最后住在那里的居民们都能听到它不断发出的"咯咯吱吱"的声音,还有微弱的震动。它歪斜在沙地里,注定将会倒塌——却又拒绝屈服。那里已经很久没人居住了,人们曾经相信它很快就会变成一堆瓦砾,现在却渐渐失去了那种惶恐,甚至不再觉得它会有什么危险。越来越多的人开始谈论搬迁回去的计划。康纳知道,一些人已经擅自占据了那里的房间。晚上就会有苍白的灯光在那些被封禁的大楼上闪烁,从棚户区都可以看见。这些公寓的房契已经开始易手,投机者们有的赌它会坍毁，有的堵它会长存。他们的情绪也因此变得像巷子里的风一样变幻无常。

康纳一边走，一边把头转向那里，透过护目镜和弥漫在空气中的沙子望着那些歪斜的高楼，想象它们倾倒的时候会发出怎样的轰鸣。被它们的阴影覆盖的那些房屋都会被压成碎片，住在那里的人会被埋葬，那些店铺和摊贩将不复存在。那些高大建筑西侧的穷人一定每天都生活在恐惧之中，因为他们富有的邻居留下的这些危险建筑而胆战心惊。住在那片阴影中的人也都在下注，用的不是他们的钱，而是他们的生命。

那堵高墙总有一天会倒塌。康纳走过泉石城边界时，可以看到这堵墙的侧面，每一年他都会有两次看到这番景象：整个沙漠都被推到了墙后。那些沙子在过去的几十年里缓慢而无情地堆积起来，狂风呼啸，带来一层层沙浪，浪头已经吹过了古老的高墙，偶尔会被大风掀起，撒遍整个天空。如果气流更猛烈一些，更是会遮蔽下午的太阳。黄沙如同裹挟了地狱里的怒火。康纳很高兴自己不会见到风沙把这堵高墙推倒时的样子了。

"你都在这里装了些什么？"罗伯问他。弟弟的声音因为围巾的遮盖和强风的阻隔而变得模糊。

康纳等待弟弟赶上来。"和以前一样。"他撒了个谎。他看到罗伯被背包的重量压得几乎弯下了腰。康纳本打算自己扛着这只大包，这样就没人会怀疑了。他原先的计划是帕尔默扛帐篷，罗伯拿灯，他自己扛行李。该死的帕尔默，康纳在心中想。这时他才第一次想到，哥哥的缺席对于父亲的帐篷意味着什么。罗伯很容易就能回到镇上,因为回去的路会一直背着风,但帐篷很可能会被留下,吹得支离破碎,没有人会帮他拆卸帐篷,把帐篷搬回家。

"我们能停下来喝口水吗?"罗伯问。

"当然。"康纳帮忙把弟弟肩头的大袋子放到沙子上。罗伯差一点向后躺倒在地上。康纳又卸下自己的背包。他能听到背包中水壶里的水在晃荡。这些水足够他们八个晚上的往返消耗。他告诉自己,他们最多只会离开这么久。

"十二年了。"罗伯说。他坐在装备袋上,拽下自己的围巾擦了擦脖子。这块围巾被沙子磨出了几个洞,边缘也破烂不堪。康纳觉得自己是个糟糕的哥哥。

"是的,十二年了。"康纳将护目镜推到额头上,抹去钻进目镜缝隙、积聚在眼角处的黏沙①。"真无法相信,已经过了这么久。"

"确实过了这么久。也就是说,我今年十二岁了。"

"是的。"康纳不知道自己等了这么久还没有离开,会不会只是想要等到弟弟可以照顾自己的时候。他能照顾自己了。到了十二岁,罗伯就可以正式在一家潜沙商店当学徒,凭他现在的能力,他完全可以为自己挣到食宿。格雷厄姆会收留他。康纳知道葛罗莱拉会像照顾自己的弟弟一样照顾他……

"我们为什么要带上这么多肉干?"罗伯问。

---

①黏沙,专指在护目镜和眼睛周围粘着的沙子。

康纳从地平线上收回视线,看到他的弟弟正在鼓捣帆布背包。"把包口扎上。"康纳说,"你让包渣子①进去了。"

"但我饿了。"

康纳伸手到衣兜里。"我准备好食物了。把包口扎上。"

弟弟照他说的做了,似乎没有看到袋子里的其他东西。罗伯背着风坐下,嘴里嚼起了一块面包。从很远的地方,微风吹来了无人之地的鼓声和雷声,听起来比去年近,比前年近。康纳想,这些鼓声很快就会在泉石城响起来,很快就会在他们所有人的胸膛中响起来,把他们逼疯。

沙尘渐渐消散,阳光直射大地。一天之中总会有这样的时候。到了晚上,就只剩下寒冷和嚎叫的野兽。生活中的各种磨难总是轮流到来,于是就总需要有一个人值班,承受这些磨难。人类就这样日夜不息地被苦难榨取,就像水和油被从大地里抽出来。人们的出生都不是因为自己的意愿,但人们都要为自己的出生付出代价。

"我们走吧。"康纳站起身,调整了一下自己的围巾,重新戴好护目镜,"如果再这样耽搁,我们就要在黑夜里扎营了。"

他的弟弟毫无怨言地站起身,康纳帮他收拾好行李。他扛起沉重的帐篷,里面还有油灯、被单、木桩和防沙篷顶,两个人就这样离开了高墙,向雷声走去。他们在雷声中前行,渐渐踏上了雷声的节奏。

---

①包渣子,专指在包袋底部的沙子。

第17章 公牛和男孩

传说中,伟大的神明科罗拉多和白公牛"沙"并非一直处于战争状态。天上的星星也并非一直都是如此,勾勒出人和野兽轮廓的星星也在像行星一样移动,尽管速度要慢一些。

在古老的日子里,代表那位伟大战士的星星排列得更紧密。那时的战士只是个孩子,还没有长大成人。但在年幼的时候,他已经表现出了成为猎人和战士的潜力。在那些日子里,他和尾巴总是指向北方的公牛是好朋友。男孩骑在公牛背上飞过天空,向整个苍穹发起挑战。他们大笑、吼叫、游戏、狩猎,他们一起统治一切,因为长矛和蹄子是比土地或者头衔更有力量的工具。他们脚下的世界宁静安详,到处都是水,像最柔软的沙子。

但白牛不是男孩的,它的主人是独族酋长。"沙"是王者的公牛,受到保护,不会被狩猎和献祭。因此,当"沙"在离去很久之后回来时,人们看见它的皮肤上有一道伤口,这是科罗拉多长矛的过错。"沙"悲伤地说事情不是那样,但除了科罗拉多以外,没有人能理解公牛的哀鸣。人们听到的只有痛苦,这激起了他们的愤怒。

独族酋长被从帐篷里拉出来,人们请求他做出判决。他走近受伤的公牛,仔细审视那个伤口。他抬起触摸伤口的手掌,将傍晚时分的天空也染成了红色。"是那孩子的矛。"他说。

部落里的人们愤怒地把那个男孩赶了出去。他们朝他投掷石头,石头碎成了越来越小的石块。众人仍然在不断扔石头,直到再没有一块石头剩下。名叫科罗拉多的男孩一个人在锯齿状的山峰之外过冬,那里没有岩石会落在他身上。一万个世代的冬天就这样开始了。在这段时间里,伟大勇士科罗拉多的腰带从来没有升起在地平线上,就像现在寒冷的月份里也是如此。每当科罗拉多的腰带不再升起,寒冷的月份就会持续很久。

雨水汇聚在一起,结成冰川。冰越来越厚,把曾经是平原的地方变成了谷地。曾经把男孩赶走的岩石现在覆盖了旧世界。沙子和冰轮流埋葬这个部落。

数不清的月亮和风在天空中掠过。科罗拉多一个人在山间追赶一头郊狼,沿着郊狼的足迹翻过山峰,找到了他的族人。他离开了这么久,没有人还认识他。甚至连大公牛"沙"也认不出他了。公牛已经老了,皮毛和眼睛都变成了灰白色,只有在胁腹上还剩下一道凹凸不平的黑色疤痕。科罗拉多也不再认识曾和他一同狩猎的老朋友。这么多年过去了。世界早已天翻地覆。古老的地图都被重新绘制过了。

唯一还能让人记得的只有"沙"皮肤上的那道黑色伤疤。老公牛也只记得伤口是科罗拉多手中的长矛造成的。于是公牛和长大的男孩之间爆发了战争。人与沙成为对手,再也无法和谐相处。虚构的情节成为了事实。被遗忘的是科罗拉多拯救公牛生命的真实故事。没有人还记得那群紧紧咬住"沙"的郊狼,还有它们是如何被科罗拉多强大的长矛一击毙命。只是矛尖也划过了公牛的身子,留下一道伤口。真相像冰层一样消失了。公牛身上有一道巨大的伤口,就像科罗拉多曾经狩猎的平原上留下了一道锯齿状的界线,那就是无人之地的边界。

康纳知道这些传说,但他不相信它们。他已经长大了,知道这些故事有不止一个版本。他年轻时听过的故事到现在就已经变了。他估计这些故事在流传中不停改变。就像这些传说开始的时候,堆积成这些沙丘的沙子很可能还是坚硬的岩石。

但是山谷的确在那里,通向那个从没有人回来的地方。当他和罗伯把帐篷扎在离锯齿状边界十几步远的地方时,它就在他们的营地前。这是一条残酷的界线。沙漠的地面裂开,如同公牛身上的伤口。沙子从这里被风吹过,离开无人之地,飞过一个永远无法愈合的伤口。

无人之地。尽管它有着这样的名字,但就康纳所知,他这个年龄的男孩没有一个不会跑到这座裂谷来冒险,哪怕只是为了跳过去再跳回来。对于那些心中悸动着青春火焰的年轻人,这是一种胆量的测试,一个在长途旅行中会不断被悄声议论的禁忌。所有人都知道那个谣言:每一年都会有一个男孩失足跌入这道裂隙,他的尖叫声会永远回荡在裂隙中。"它就是有那么深。"年长的男孩总是会带着阴险的微笑发出警告,"如果你掉进去,就会永远向下落,不停地尖叫,直到你老死。"

康纳还是个孩子的时候就听过这样的警告。后来,他也会这样警告别人。他九岁时就知道那些所谓"尖叫"都是风的声音。至于谣传中那些每年坠崖而死的男孩,从没有一个名字被公布出来,也没有葬礼,没有哭泣的母亲。只是大一点的孩子吓唬小孩子的把戏而已。

裂隙本身只有两步宽,男孩们会站在它的边缘,勇敢地纵身一跃。双脚落在另一边之后,他们依然会颤抖不止、心存畏惧,却又会挺起胸膛,向裂隙深处喧闹的神灵发出挑衅,感觉风沙吹过面庞,想起父亲的告诫,但他们的父亲年轻时也做过一样的事。然后他们马上会跳回来,最终大大松一口气,把这个仪式抛在身后。

据说没有人能从裂隙对面的土地上回来,尽管所有人其实都在那边踩过一脚。当然,康纳和其他所有人都知道,传说和法律都没有在这里规定任何硬性的边界。就算有一点约束也是软性的,只要不太过分就不会有问题。生命中的危险在于,谁也不知道皮肤什么时候会被戳破,就像科罗拉多不知道如何帮助他的朋友对付敌人,不知道要瞄得足够准,只击中敌人。

他们支起帐篷,生起了火,默默地烤着面包和炖菜。这些念头一直在康纳的脑子里盘旋。他们点上了灯,喝了几瓶盖水,分享了一些关于很久以前死亡和离去者的故事。康纳想着这些事。那天晚上,他躺在父亲的帐篷里,窗外的篝火灰烬一直闪着红光。他仔细回忆那些传说,想着男孩们都能跳过那道裂隙并活下来,却没有一个男孩真正相信自己进入了无人之地。没有人会真心这样想。因为那是一个没有灵魂能够回来的地方。

　　至少没有男人可以回来。

第18章　无人之地

康纳躺在被褥里,数着时间,用心体会着父亲十二年前的感受。他的心脏跳得比远处的"隆隆"声还要响,甚至能感到太阳穴在跳动。他的血液在不停地跳动,就像格雷厄姆的一只旧时钟嘀嘀嗒嗒。他觉得这种动静仿佛已经持续了好几天,终于,他像父亲曾经那样悄无声息地站起来。悄悄迈步离开铺盖卷,他不仅能感觉到黑暗中罗伯的存在,还能感觉到帕尔默、维丝和他的母亲。他仿佛是背着他们所有人偷偷溜出去。

吵闹的风是他的帮凶。康纳等待着,直到一阵狂风袭来,用力拍打帆布帐篷,等风过去,沙子就不会被吹进来。随后他在风沙喧嚣的余音中迅速解开帐篷帘,偷偷溜进了黑夜。

外面的星星很亮,天空晴朗,空气凉爽。西边有半个低垂的月亮,将沙地照得一片洁白。他晚上到帐篷外面撒尿的时候,这半个月亮就已经高高地挂在了他的头顶上,他就趁着撒尿的机会把背包放到了帐篷外。现在他借着火坑里炭块的光亮找到那个袋子,从里面拿出父亲的靴子,磕了磕里面的脚渣子,坐在清冷的沙子上把它们穿好。康纳不住地打着哆嗦,牙齿"咯咯"作响,这既是因为现在的气温,也是因为他紧张的心情。他又想尿尿了,但他知道自己其实并没有这种需要。他的身体里没有水,只有恐惧。

一声哀号被风带过公牛裂隙,火坑里的炭块在微风中闪烁。从遥远的大地上,一种巨大而神秘的轰鸣传来,充塞在康纳的胸膛和喉咙中,那是敲打的鼓点,是永恒的回声。他站起身,把背包扛在肩上,系紧装有各种物品的腰带,最后回头看去,仔细端详帐篷的黑影。炭块给那上面染了一层非常浅的红色,他的弟弟正独自睡在里面。在下定决心之前,他感到了最后的内疚和怀疑,但他还是转过头,向那声音传来的地方走去。

月光让他看到了地上的裂缝,那道黑色的裂缝就像地图上的一条线一样真实。康纳看着沙子滚进去,又被吹过来。它已经存在多少个千年了?却还是没有被填满?这是一个无法痊愈的伤口,一个需要缝合的伤口。他曾经想过,人会一天一天长大,一分钟一分钟地老去。就像沙丘一粒一粒被堆积起来,就像沙漠一片覆盖一片,最后连成一片。但有一个事实却能让人真切地感觉到:一些特殊的时刻就像是地上的一道巨大裂隙;一些时刻就像一个小男孩的纵身一跃。生命被这些时刻划分为不同的阶段。这一刻在这里,下一刻就已经到了深渊的对面。眨眼间,一个男孩变成了他的父亲。

康纳仅仅迈了一大步,就跨过了年轻时需要全力以赴去冲刺的距离,这个代表改变的仪式让他充满了勇气。这是一次象征性的告别。剩下的就是要向雷声进军,在他之前已经有许多人走向那里,却没有再回来。他身后只剩下哀伤的长嚎。他不会再去听那些嚎叫。尽管骨髓里充满恐惧,但他告诉自己,这不会是他最终的结果。只要向前走四天,再向回走四天,就是这样。只要走四天,他就能看到地平线那一边有些什么。然后他就会回来。他这样告诉自己,就像他确信在自己之前的所有人都这样做过一样。就像他的父亲一样。他向鼓点走去,答应自己一定会回来,这时风刮起来了,冲着愚蠢的他发出吼声……

但这吼声不是来自于风。在他的前方,在惨淡的月光里,传来了某种全然不同的、痛苦的哀嚎。

康纳从腰带上抽出匕首,开始匍匐前进。他相信自己会发现一头郊狼,因为嗅到了他的气味而用嚎叫声将他赶离自己的巢穴。就在那边,有一头四足动物,果然……

郊狼向月亮扬起头,康纳看到一张憔悴的人类面孔正在盯着他。一个男孩。

康纳收起匕首,快步向前。一个从泉石跑来的傻孩子,想要挑战这道裂隙。康纳在黑暗中寻找其他男孩,他知道来的男孩一定不止一个,必须有朋友见证来冒险的男孩是勇士还是懦夫。康纳很生气,因为他的严肃仪式被这个小孩搅乱了。于是,他怒气冲冲地冲向那孩子,准备把他拉起来,扔到那毫无意义的裂隙另一边,扔回到他的朋友身边……

但是当康纳向那个男孩又靠近了一些,不由得停住了脚步。那实际上是个骨瘦如柴的女孩,她衣衫褴褛,用手和膝盖爬行,身后还拖着一只残缺不全的鞋子。她伸手向前,把手指插进沙子里,拉动身子。她似乎不知道康纳在那里,只是盯着前方,仿佛在眺望远处的火光。

"不要动。"康纳说道。他跪在孩子面前。直到这时,这个孩子才终于看见了他。她抓住康纳,一双眼睛大睁着,嘴唇干裂,皮肤白得像牛奶和月亮。康纳抱住这个虚弱的孩子,心中的怒气消失了,但这比那些胆大妄为的男孩更让他心慌意乱。鼓声仍然在他胸中激荡。这孩子的朋友们在哪里?他扫视了一下沙地,没有看到其他任何人。可能这孩子被一个人丢在了这里。或者是郊狼在追她,吓跑了她的伙伴。她在康纳怀里颤抖着,意识不清,呻吟不止。

康纳把她抱起来——发现她比自己的背包还要轻。他带着她跨过裂隙,回到帐篷里,让罗伯照顾她,带她回家。这个女孩玩了一场男孩的游戏,为此付出了巨大的代价。幸好她遇到了康纳。他会把她带到帐篷里,在罗伯照顾她的时候离开。什么都不会改变。这只是他作为自由人的第一个行动。这是拯救一个生命,代替一个即将逝去的生命。公平的交易。

这一次康纳抱着女孩,跨过裂隙会更加危险。不仅仅是因为重量增加了,还因为现在康纳已经看不到裂隙在哪里了。他搓着脚向前走,直到他的靴子碰到悬崖,然后他伸出另一只脚,盲目地向前探出身子。他的靴子碰到了另一边悬崖。当他匆匆向帐篷走去时,还在脑子里编着故事,他必须给自己在深夜里钻出帐篷找一个原因。

"罗伯!"他喊道,"罗伯! 醒醒!"

过了一会儿,帐篷里出现了一道亮光。当帐篷的帘子分开时,康纳正把孩子放在帐篷外面,他那睡眼惺忪的弟弟一边向外张望一边问:"什么时候了……"

"帮我把她抱进去。"康纳说。罗伯听话照做。女孩自己动不了。两个男孩把她抱进帐篷,罗伯封好帐篷帘,把风沙挡住。挂在帐篷支柱上的潜沙灯将光和影子洒在凌乱的床上。康纳放下女孩,解开腰带,又卸下背包。他发现罗伯正在审视被他放在一旁的那只沉重的背包。

"别只坐在那里。"康纳说,"给她找些水。"

罗伯抬起头看着哥哥,眨眨眼,驱散了睡意,突然行动了起来。他在铺盖里翻来翻去找到水壶。康纳这时才仔仔细细地将这个女孩打量了一遍。他在脑子里编造的故事被粉碎了。不是那个他准备讲给罗伯,关于他悄悄出去撒尿,却发现有小孩子在玩裂隙游戏的故事;而是他告诉自己的,关于这个孩子由来的故事。

泉石没有那么大,住在那里的所有人他都见过,虽然不是人人都叫得出来名字。但不知为什么,这孩子对他来说完全是个陌生人。她瘦骨嶙峋,两只胳膊就像小鸟的腿,一只胳膊捂在胸前,另一只胳膊弯在头顶。她的裤子破烂不堪,是用一种奇怪的布料做成的,膝盖处被磨破了。两只膝盖鲜血淋漓,黑色的血痕一直顺着她的小腿流下去。那些伤口至少在一天前就已经干了,现在全都是黑色的,但是结痂的伤疤又裂开来,渗出新鲜的血色。所有伤口里都是沙子。

女孩呻吟一声，嘴唇上全是干裂的伤痕。她的脸上带着日光的灼伤，上衣肩部被撕掉，其余的部分只是勉强挂在身上。看上去，她就像是被拖过了一千座沙丘。康纳看到她的手指尖上也全是血，指甲全都不见了。他才知道，这可怜的孩子把自己拖了有多远。

她已经失去知觉，半死不活了。康纳就像是从冰冷的沙子深处打捞出一件从未见过的东西，他就像潜沙员一样知道，这样东西不是来自泉石，也不是来自其他任何有人生活的地方。这个孩子就来自于无人之地。有人在那里出没，跨越了不可能的鸿沟。

"我怎么才能让她喝点水？"罗伯问。他已经打开水壶，正看着康纳寻求帮助。

"倒一盖水给我。"康纳悄声说。他的意识还在围绕这个女孩飞速旋转。"给我就好。"

罗伯倒了一壶盖水。水壶在他的手中颤抖，甚至有一些水被泼了出去。康纳有些怀疑弟弟知道了自己心里想的事情。有可能。罗伯很聪明。

"小心。"康纳接过那一瓶盖水，在女孩身边坐好，将女孩搭在头顶上的纤细手臂也放到她胸前，一只手搂住女孩的脖子，然后小心翼翼地抬起女孩的头，把一条腿伸到女孩身子下面，让她稳稳靠在自己的大腿上。女孩的嘴唇间又传出一阵细微的呻吟，一点脆弱的生命迹象。这个女孩看上去应该有八九岁，但这一点很难判断——她实在是太瘦弱了。

康纳把水滴在女孩破裂流血的嘴唇上。他觉得自己似乎听到了一点"嘶嘶"声,那是湿气打在干渴火焰上的声音。女孩的脸颊抽动着,因为疼痛打了个哆嗦。康纳不得不稳住她的头,试着把水从她受伤的嘴唇上滴进她的口中,一直滴到她的舌头上。

"你轻些。"罗伯悄声说。

"我知道。"康纳回了一句。他一直倒光了壶盖里的水,看着女孩的喉咙开始颤动——她的身体在无意识地吞咽。"倒满。"他把盖子递还给罗伯,罗伯的手现在握得更稳了,他又倒了一盖水。

这一次,女孩似乎能主动喝水了。一只虚弱的手抬起来,放在康纳的胳膊上。没有指甲、遍布血痕的手指瑟缩地弯曲着,仿佛是在向康纳表示感谢,又仿佛是在做着绝望的挣扎。

"喝。"康纳对女孩说,仿佛女孩还需要鼓励一样。女孩喝了这一瓶盖水,然后又是一瓶盖。她开始悄声乞求更多的水。但康纳告诉罗伯,暂时这么多就够了。喝得太多太快不是好事。他见到过干渴导致的疯狂最终会造成怎样的后果。

女孩的眼睛眨动两下,睁开了。但她的眼皮还在不断抖动。潜沙灯照射在她的脸上,让她眯起了眼。"把灯拿开。"康纳对罗伯说。他的弟弟已经在这样做了。罗伯像康纳一样能够敏感地察觉到女孩的痛苦。

随着罗伯把灯拿到一旁,女孩的面孔暗淡下去。"放轻松。"康纳对女孩说,"我们找到你了,一切都会没事的。"他的这句话也是对自己和罗伯说的。实际上,他并不是那样有信心。"我要处理一下你的伤口,我希望你在这个时候休息一下,好吗?等我清理好你的伤口以后,你可以再喝一些水。我必须把你伤口里的沙子清理掉。"

他伸手去摸自己的背包,心中庆幸带了额外的水,还有其他所有那些额外的应急物资。它们本来都是为了他的长途跋涉准备的。

女孩发出声音:"靠……来……"她的声音还是微不可闻。

女孩将这些话又重复了一遍,康纳才转回头问:"什么?"

女孩用满是血渍的小手抓住自己的衬衫,又说了一遍。

"她想要我们靠近一些,这样才能听清她的话。"罗伯说。康纳的弟弟立刻低头凑到女孩嘴边,一边问她:"你需要什么?"

但女孩的目光越过他,望向了康纳。她的眼皮翕动着,片刻间,她那双被阴翳遮住的眼睛明亮起来,就像沙尘暴中的一道缝隙。当女孩终于积聚起力气,拼命吸了一口帐篷里闷热的空气,开始说话的时候,康纳感觉那双紧紧盯住他的眼睛仿佛有些熟悉。

"康……纳。"女孩又说道。她发出每一个音节都需要拼尽全力。她的嘴角却流露出一点难以察觉的微笑,一种见到亲人,深感宽慰的微笑,"……父亲……派我来。"

她眼睛里的光彩又暗淡下去,伤口和疲惫吞噬了她。这个女孩从无人之地出来,又进入了死亡和睡眠的寂静,康纳的名字还在康纳耳边轻轻回响,他确信自己从来都没有见过这个女孩,这个女孩说起他的父亲,就像是她自己的父亲一样。

第三部 PART 3

回到丹瓦

RETURN TO DANVAR

第19章　流浪的女儿
维丝

维丝早就明白，生活就像深入沙海。从出生到死亡就是不断被压抑的过程，一遍又一遍，油腻的拳头抓住了不幸的灵魂。灵魂挣脱出来，喘上半口气，又会再次被抓住。这就是维丝对这个世界的看法。无论她往哪里看，都只能看到生活对人们的压迫，把人们从一个难关赶向另一个难关，厄运女神残酷的双手一直缠绕在人们不幸的脖子上。

她发现，要想熬过这些痛苦，秘诀就是在被扼住的时候别挣扎，学会不呼吸，在屏息中找到快乐。窒息和拥抱间的唯一区别是有没有可以撤离的通路。因此维丝学会了主动屏息。于是，生活就变成了一连串拥抱。

在六百米的深度，沙子会拒绝后退。作为一个自私的爱人，沙子开始对她的想法和愿望充耳不闻。它压住她，使她动弹不得。六百米远远超过了潜沙员的极限，是死亡的深度。大多数人在到达这个深度之前很早就死了，因为他们会拼命挣扎，同时又想要呼吸，又想让沙子流动。同时和两个对手抗争是徒劳的。

维丝很清楚这一点。

只依靠肺里的空气,再坚持两分钟她就会昏厥过去。她的视野边缘开始变得模糊,但有一点光亮在这时跳进了她的视野。从这样的深度,她要花三十分钟才能回到地表。三十分钟路程,要不断分成这种两分钟的屏息时间。她不会有事的。她发现了两个紧挨在一起的硬质行李箱,密封良好的那种。在她的视野中,这两只箱子在绿色和蓝色的软质包袱中呈现出醒目的橘黄色。那些袋子是从一个巨大的圆柱形运输装置中洒出来的。那个装置全部是金属的,被厚重的沙子保存下来,闪耀着灿烂的白光。这些钢铁将永远被保存在这里,被埋藏在地下,闪闪发光。这里太深了,没办法把它们分开再带上去。风险太大了。

维丝拿起两只箱子,希望它们是银色的,最好是新秀丽的箱子。她开始向上游动,穿过一个大洞,这个洞开在一片纤维质地的顶棚上,应该是一个帐篷顶,一个超过滥酒馆一半面积的帐篷。她不断向上升起,离开了那些巨大的金属鸟。它们都张开翅膀,整齐地排成两列,在它们的头部足有数百只玻璃眼睛。不断闪烁的应答器位于深度四百米的地方。维丝一直向上升,到达应答器时,她干瘪的肺叶中只剩下最后一点氧气。

她找到了埋在那里的气瓶,让气嘴周围的沙子流开,把气嘴塞进嘴里。一颗砾子刺到了她的舌头。她不再命令沙粒流动,只想着头顶上的那根沙柱,以及来自四面八方的压力。她移开这些压力,深吸一口气。再次上浮。她的潜沙服在充盈的能量中焦急地抖动着,这身装备就是为潜沙而生的。

她将旧气瓶和应答器都留在身后,向上方的另一个闪烁光点浮过去。还需要再停两站才能到达地面。不去思考对呼吸的需要。让人恐慌的不是空气的缺乏,而是想要呼气的冲动。有毒气体在她体内积聚,促使她的大脑要将肺里的东西排出体外。父亲教过她。她从父亲那里学到了关于呼吸的全部秘诀。父亲说过,身体是不可以信任的。没有空气,它也可以运行很长时间。一个人的大脑对肌肉的控制越好,能够坚持的时间也就越长。

到了下一站。这里有另一只被提前埋好的气瓶。在这里,沙子的压力几乎算是恢复正常了。随着沙子密度的降低,透过她的面罩能够看到光谱上的各种颜色。之前她透过面罩已经看不到任何颜色了,因为深处的沙子被挤压得几乎像混凝土一样坚硬。随着她不断上浮,周围的沙子轻盈得就如同空气一样,闪烁着紫色和许多不自然的色调。她潜沙服的能量进行过相应的扩充,即便如此,现在她的电池电量也非常低了。她能感觉到松软沙子的绵密震颤。她的衣服是为深潜设计的,在这里就会出现过度活化沙子的情况。她甚至能感觉到自己的牙齿也受到了潜沙服能量的影响。这是深潜的另一个秘密:你必须穿上一套感觉像是要杀死你的衣服,不得不戴上一副让你的视野变得光怪陆离的面罩,然后你就得一直往下俯冲,世界才会变得稍微正常。

维丝到达了最后一只预先准备好的气瓶,用它长长吸了一口气,甚至吞下了一些沙子。当然,深潜最重要的部分是让其他人相信这是不可能的，首先就是不能让人们知道她会在不同深度预先埋好气瓶。大多数情况下，她也许并不需要这样做。其他潜沙员曾见过她一口气下潜三百米。但当她开始埋设气瓶，准备进入更深的地方时，她不会告诉任何人。

这个秘密很重要，如果有人知道这是可能的，他们会努力尝试，最终找到方法。所有伟大的发现都是如此。少数充满希望的人向世界展示了我们可以做什么，然后是大群效仿者，那些曾经设置障碍的怀疑者和反对者会开始图谋垄断，要把所有人都隔绝在新发现以外。

维丝浮出沙面，感觉到冉冉升起的太阳照在脸上，微风吹拂着她的皮肤。她在此刻意识到，如果一个男人到达六百米的深度，他一定不会保守这个秘密。然后所有人都会到那个深度去，搜刮只属于她的宝藏。

她掀起面罩，躺在温暖的沙子上深深吸气。又一次成功。她再次启动潜沙服，把松散的沙子从衣服上和头发上抖下去。沙子像晨雾一样飘散在她周围。她把手伸到沙子里。沙子像水一样环绕着她的手臂，埋在沙子里面的装备包被她拖了出来。这里的沙子非常干净，没有被遗弃的杂物和垃圾——那些都是热门潜沙地的标志。这也是深潜最大的好处：能够避开人群，不用担心某个拾荒者会把她发现的东西捡走，不用对付那些坏人和在地表横行的强盗，那些人只会吵吵嚷嚷地去挖掘垃圾堆。

把沙子完全甩掉之后，维丝关掉了"嗡嗡"作响的潜沙服。她感觉自己的精神又回来了。各种嘈杂的声音正从远方的滥酒馆传过来。发电机的轰鸣、铁锤对钉子的敲击、零星的枪声,都是生活的噪音。

　　断断续续的风吹过沙丘,刮平了它们的顶部,不断地把堆积起来的沙子向西推动。维丝从背包里拿出水壶,喝了一大口,擦擦下巴。要算算账了。她希望能得到足够的钱来支付房租,还有她欠耶格利的气瓶和氧气钱。如果可以的话,她希望这周不要再深潜了。她的肋骨因为在高压下逗留太久而感到疼痛,左膝也感觉有点扭伤。在那么深的沙子中,只要对一条腿周围的沙子有不到一秒的失控就会将脚扭伤。她曾见到过潜沙者冒出来的时候,胳膊和腿都脱臼了,只能躺在地上,一边尖叫一边吐沙子。还有那些得了减压病的人,他们忘记移开身体周围的重量,导致皮肤下浮现出气泡,就像一颗颗小水泡。如果幸运的话,他们只是会感到关节酸痛。但更常见的是那些缺乏警惕的潜沙员再也没有回来。

　　她拧紧水壶盖,伸手拿起一只行李箱。两只箱子分别是银色和黑色。后者在沙子中穿行时油漆大部分被刮掉了。每只箱子大概可以卖30枚钱币。如果锁是好的,她的朋友J-麦克就能给配上钥匙。每把钥匙五枚钱币,但那样可以给箱子加价十五枚钱币。维丝知道镇上有几家商店需要更好的保险柜。在维丝眼里,她捞上来的这两只箱子已经卖掉了,现在她面前只是一些暂时以其他形态存在的钱币而已。

　　她首先拿起的是黑箱子。她用手掌根拍了拍箱盖的锁闩,把机关里面的沙子震松。锁闩卡住了。不过她有一根铁棒子专门用来对付这种事。她把棒子从靴子里抽出来,用棍头顶住箱子的一端,猛地一戳,两根锁闩"砰"的一声都被撬开了。她把棍子放回靴子里,放平箱子准备打开。她猜箱子里会有一大堆衣服。这时,沙子忽然在她身下发出一阵"隆隆"声——

不等维丝启动潜沙服,她和两只金属箱已经开始向下坠落。沙子随即在她周围硬化,只留下她的头和脖子还露在外面。

一阵恐慌涌上她的胸膛,沙子吹进她的嘴里,它和肾上腺素的金属味道混合在一起。她在被困住之前已经凭借本能在肺叶里吸满了空气,让她的胸廓扩张到最大,所以现在她仍然可以呼吸。她的手按向潜沙服的电源开关,只差了一点。她用力靠在坚硬的沙土上,扭动肩膀和手臂,只差一英寸了……

随着一股沙子如同喷泉般涌起,马尔科出现在她身边。他卖弄地转了个身,双脚站立在沙地上,抖掉脏辫上的沙子。维丝尽量把头转向一旁,在漫天飞舞的沙子中眯起眼睛。"干,我要杀了你。"她说道。

当她睁开眼睛的时候,她看见马尔科在她旁边俯下身,仿佛要做俯卧撑的样子,直到灰白的脸距离维丝只有几英寸远。"你是说,你要干我吗?"马尔科扬了扬一双浓眉,嘲讽地看着维丝。

"我说我要杀了你。"维丝啐了一口嘴里的沙子,"我数到三,马尔科,一……"

马尔科伏低身子,把嘴唇贴到维丝的嘴唇上。维丝咬了一口他的舌头。马尔科笑着向后退去。

"二,混蛋。"

马尔科伸出一根手指戳了一下维丝,"这样说可不公平。自从你和我的关系稳定下来以后,我就没找过你妈妈了。"

"三,蠢货。"

维丝的手指碰到了启动按钮。她的潜沙服涌起了能量。被钉在地上的怒火从她身上爆发出来,当马尔科在床上粗鲁地攥住她的手腕,她常常会感到这样的愤怒,同时也感觉到自己孤立无助,奇怪为什么游戏会变成虐待。但她会咬住嘴唇,不在马尔科面前哭泣,不去回忆之前那些曾经压倒她的男人。

只要她的潜沙服发出"嗡嗡"的声音,只要她的牙齿在战栗,就没有人能够将她压倒。

一股沙子从马尔科身下飞起,砸到他的胸口,把他和两只箱子都抛到空中。维丝听到了马尔科肺里空气被挤出的声音。马尔科尖叫着射向半空,徒劳地挥舞双臂,他周围全都是从箱子里飞出来的衣服,就像一群受惊的鸟。混蛋。维丝想要把马尔科送到三英尺高的地方。但马尔科一直飞上了三十英尺。这个蠢货要摔断脖子了。

维丝跪下去,将一只手插进沙子里,又用另一只手调整了一下额头上的控制带。她看到马尔科落回到地上,像只乌鸦一样叫个不停。能摆满半个店铺的衣服像雨点一样落在他周围。大片流沙被他溅起来。维丝不得不转过头,以免沙子泼在脸上。然后她又让马尔科浮回到地面上。马尔科一直面朝下趴着没有动。维丝用沙子把他翻过来,担心他会晕过去。马尔科的脸朝向太阳,开始吐出砾子,大声咳嗽,维丝把他半埋在沙子里,用硬化的沙子固定住他的肩膀,然后爬到他面前。

"干死我吧……"马尔科呜咽着说。

"唔,"维丝说,"你还有那个心情?"她伸手抚过沙面,让沙子覆盖住马尔科的下半身,"也许几粒沙子做成的针,能让你消消火?"

"求你……"马尔科说,"我的肋骨……"

维丝将一根手指放在自己情人的唇上。"我现在只想听到你的小嘴里说出一些让我舒服的道歉的话。我想要相信你这该死的。我想要看到你褐色的大眼睛里充满泪水。我想要你为我流点水出来。说点什么,让我的心也飘一下。来吧。"

一条裤子带着沙子掉在马尔科脸上,把更多沙子卷进他的嘴里。马尔科闭上一只眼,连啐了好几口。

"听起来不太舒服。"维丝说。

"该死的,我道歉。"马尔科说,"我是个该死的蠢货。我想要吓你一跳,只想让你不能动,好让我该死的狠狠吻你一顿,因为我爱你。你是只属于我的。我向一切神圣的家伙发誓,我决不会再这么干了。如果有谁对你不好,我还会揪掉他们的……"

一条粉红色的内裤被风吹过来,就像一只色彩鲜艳的鸟,扇动着翅膀落在马尔科的脸上,要去啄马尔科粉色肉虫子一样的舌头。马尔科大叫一声,声音却被内裤捂住了。他开始摇头,想把内裤弄下来,嘴里又啐又吐。内裤抖动着,却依然留在他的脸上。维丝捂住嘴,却没能捂住笑声。她用手掌拍打沙子,翻了个身,笑得前仰后合。

马尔科叫嚷着要维丝放手。他摇晃脑袋。但维丝几乎看不见他在干什么。她甚至有那么一瞬间的恐慌，担心自己再也停不住笑声。现在要她平静下来真是比要她在最深的沙子下面呼吸更难。

"该死。"马尔科在内裤下面大叫，"帮帮我！"

维丝努力坐直身子，擦了擦眼睛，低头看向自己的手指。"混蛋，"她一边笑，一边难以置信地说，"你竟然让我哭出来了。"

第20章　打捞者的交易
维丝

十五分钟以后,维丝还在大笑。她还在这段时间里收拾起了被风吹散的衣服。她把找到的每一件内衣上的沙子抖掉,问马尔科是否需要新的围巾。面对她大声的问话,马尔科根本不理她。当他们拖着收获和她的潜沙装备越过沙丘,向马尔科的萨弗船走去时,他还是显得闷闷不乐。马尔科放倒了船桅杆,这样这艘船就不那么容易被发现了。一根竖立在空旷地带的桅杆是召唤其他打捞者最好的信标——或者是警告一个女孩,她的混蛋男朋友要来捉弄她——而不是像她要求的那样来潜沙地点接她。维丝则笑到了最后。他们走到萨弗船时,她还在笑。

"这根本不像你说的那么有趣,"马尔科说。他把维丝的潜沙装备装到船的拖曳架上。"也许,如果箱子里装满了干净衣服,还算是一件好事。"

"哦,该死。"维丝抓住马尔科的胳膊。她刚才一直没有闻闻那些衣服,确认一下它们是不是新的。那两只新秀丽箱子的密封状况看上去真的很不错。

"是的,"马尔科说,"该死的没错。"

过了半分钟,马尔科不得不把维丝从地上拽起来。维丝擦着眼睛,看到手上的泪水。她对马尔科说:"这是我这辈子最高兴的一天。"

"是的,你个混蛋。我得到教训了。耶稣啊,你能不能别跟别人说?"

维丝冲着他笑。

"啊,该死,维丝,你不会把这件事说上几个星期吧?"

"哦,天哪,不会。我会说得更久。而且,如果这些衣服因为你弄上去的沙子少卖了钱,哪怕是一个钱币,你都要给我补上。"

马尔科就像是被踢了一脚的狗。维丝几乎要为他感到难过了。当然,只是几乎而已。她把黑色的箱子放到拖曳架上,马尔科也把银色的箱子放了上去。在他们身后,沙丘上还有两道橇板划出的痕迹。更远处的印痕已经被风吹得模糊了。维丝曾经不止一次为她在深深的沙子下面看到的轮式交通工具感到惊讶。想想看,在遥远的过去或某个地方,人们还在使用轮子……

"唔,马尔科!"

维丝转过头,发现了马尔科正在注视的东西。在初升的朝阳中,马尔科用手遮着眼睛,目光落向不远的地方。那里有一个身影站在一座沙丘顶上,一只手拿长矛,另一只手举起打着招呼。沙丘的另一边,可以看到一根竖起的萨弗船桅杆,船帆紧紧地卷在一起。

"你在乱搞的时候,有人发现了你的船。"维丝说。

"该死。"

"等等,那是达明吗?哦,他听说这个一定会很高兴的。"

"求你,求你,求你。"马尔科乞求道,"至少等我们回到镇上吧。或者等到今晚所有人都喝醉了,那时候他们什么都记不住。不要让他第一个知道,不要是达明。"

维丝捏了捏马尔科的脖子,笑着说:"你可是个自由斗士。"

马尔科绷紧全身的肌肉。"当然,我就是一名斗士。"他挥了挥拳头,他那硕大黝黑的二头肌鼓起来,身上的伤疤和文身全都胀大了不少。

维丝不再笑了。"我要说的是自由。你把它忘记了,只知道打架。我想告诉谁就告诉谁。想在什么时候说就在什么时候说。自由,马尔科。别像那些混蛋一样喜欢打架。你不能只是因为喜欢爆炸的声音就引爆炸弹。"

达明这时正滑下沙丘,马尔科什么都没说,达明用手中的矛保持平衡,只带下来很少一点沙子。然后他笑着大步走了过来。当他看到拖曳架上的两只箱子,立刻扬起了眉毛。"耶稣啊,收获不错,伙计们。"他的目光转向沙地上留下的轨迹,沙子正在迅速将它们填满。"你们怎么每次都能有这么大收获?在这样一个荒无人烟的地方?"

维丝没有说这都是她的收获,马尔科只是负责在地上看东西。"我猜,大概是运气好。"

"衣服?"

"大部分是内衣。"维丝说。不等马尔科开口,她又说道:"女士的。"同时她还在努力压抑自己的笑声。

"嗨,我妻子一定想要一些。也许你们在金宝或者桑迪那里销货之前可以先叫我一声。他们肯定会压价的。他们出多少,我就出多少。"

"慢着。"马尔科笑着说,"先别着急动我们的短裤。"

"也许这些短裤是为他准备的。"维丝用揶揄的口气对达明说。

"那好吧,你们两个该死的。我本来打算给你们一个人情。不过我猜,你们到镇上就能知道那个消息了。如果你以为我会求你们……"他转过身,大步向他的船走去。

"等等,什么消息?"马尔科问道。

达明比了个中指,头也不回地走了。

"告诉我们,到底是什么该死的消息?"马尔科又问道。

"我可以和你做笔交易。"维丝高声喊。

达明放慢脚步,回头瞥了一眼两只箱子。"什么交易?"

"告诉我消息,我就和你讲一个在你混蛋的一生里能听到的最有趣的故事。"

达明挥挥手,啐了一口沙子。"这样的消息可不是玩笑能换来的。"

"该死的你敢。"马尔科嘶声叫道,但这似乎反而引起了达明的注意。

"不是笑话,"维丝说,"是一个真正的故事。我保证不会让你失望。我发誓,你一定会是占便宜的一方。"

"这可说不准……"达明向他们走了回来,"这是有史以来最大的消息。不过该死的,我倒是宁可亲口告诉你们。"

"你先说。"维丝说道。实际上,她并不在乎达明会说出什么消息。她只是在专心思考该如何把自己的故事讲得更精彩,这个故事一定会被很多人不断提起来。

达明深吸一口气,又仔细端详了一下他们两个。两名潜沙员等待着。滥酒馆的各种声音隐约飘荡在这片沙丘上。沙子飞过他们的头顶,一直冲上天空。

"该死的丹瓦。"达明终于开了口,"有人找到它了。"

第21章　活埋
帕尔默

这是国王的墓穴。他的朋友哈普把他丢在了一个该死的国王墓穴里,这个墓穴里藏着无数的财富。帕尔默将在一座宝藏中咽下最后一口气。任何一名泉石领主都没见过的宝藏。一个真正让伟大的人安息的地方。

也是我安息的地方,他忧愁地想。

地下深处的摩沙大楼中只有陈腐的空气,而且其中氧气的含量似乎越来越稀少。不过他首先会干渴而死。帕尔默给自己倒了半壶盖水。这点水差不多让他坚持了五天。他有两条肉干,一次他只会咬一小口。就像一只老鼠试着从装满奶酪的捕鼠器上咬一点奶酪下来。现在,水和食物都没了,连同他自己的十五或二十磅体重也完全消失了。在来到北方荒漠之前,他就吃得不太好。深潜的压力总是让他食欲不振。不……不是因为潜沙,而是一场即将到来的周年露营之旅。在露营之前,他从来都吃不好,但他去年就没有参加。该死……也许他已经在这里待了整整一个星期。康纳和罗伯没能等到他,就像去年一样。

康纳、罗伯,他们再也等不到他们哥哥的消息了。

或者时间没有过去那么久。他数了五天——五次想要睡觉,不过也许只有四天。该死的,从哈普丢下他到现在,可能过去了十天,也可能只有十个小时。他的意识一直在戏弄他。他听到了细碎的声音,还有说话声,做了一个关于父亲的无比真实的梦。那时他真的以为自己死了,上了天堂。啊,一个国王的坟墓。他那位混蛋父亲被埋在哪里了?父亲[的坟墓渐渐]地变成了沙子。一位领主可怜的葬礼。[这场葬礼]就像帕尔默这个华丽的坟场一样讽刺。

帕尔默的年纪足够大,所以他清晰地记得领王的[生日。当]妈妈把他们从高墙边拖走时,他曾经嚎啕大哭;当他被送进另一所学校,和身上散发着怪味的孩子们在一起时,他也在嚎啕大哭;当他再也闻不到他们的气味,他哭得更凶了,因为他已经开始像他们一样发臭。如果一壶盖水能让这些眼泪都不用流。他不会用这盖水来换。

他舔了舔干裂灼烫的嘴唇。关于父亲的梦现在讲得通了。他内心深处还在想着那场周年纪念。他再一次让康纳和罗伯失望了。他是个烂哥哥,一个糟糕的儿子,不应该死在这么好的地方。

当他放弃了等待哈普回来的希望,离开那间会议室的时候,他的脑海里就飘荡着这种疯狂想法。他摇摇晃晃地走出去,穿过黑暗的建筑物。他已经尽可能调暗了潜沙灯的亮度,但潜沙灯里那块旧电池也像他的食物和水一样,几乎快要耗尽了。也

Sand / 131

许他能找到一池水、一个地下泉眼，或者被厚厚的沙子覆盖的水汽会在某个地方聚集起来。但这种希望几乎是不存在的。为了摆脱噩梦和挫败，他离开了会议室，让自己动起来而不是继续胡思乱想下去。

在死去之前，他应该最后一次进入沙子。就算是死在沙堆中，也要好过被另一名前来这座城市寻找财富的潜沙员发现。他的潜沙服中电池还算充足，可以在沙子灌满他的肺叶之前将他送出很远。但他内心中某个天真的部分一直相信，哈普会回来，布罗克会派其他人来，如果在这幢大楼里还有空气可以呼吸的时候就出去送死，那他就真是个傻瓜。哈普随时都有可能带着两只新气瓶冲进来，笑着说他才走了两个小时，那些强盗已经付了钱，泉石所有啤酒和女人都是他们的。

帕尔默一直在想这件事，但希望就像氧气一样变得越来越陈腐和稀薄。曾经把他和那些椅子、那张大桌子，还有那台饮料机囚禁在一起的希望已经破灭了。他不再需要潜沙员去那里找他了。随着希望的破灭，他穿过了那扇诅咒他的门，那扇沉重的门，哈普曾经"砰"的一声将它关上，潜沙灯发出微弱的光，他第一次在他的坟墓里四处看了看。

他在泉石城外见过许多满是沙子、摇摇欲坠的大楼，但从未见过规模如此宏大、如此完整的建筑。几个世纪以来，地面上的那些建筑不断被翻建。人们在沙地上挖了许多大洞，打捞出几乎所有值得带走的东西。但帕尔默现在看到的是那个早已死去的世界，是那个世界真实而完美的样子。这是一座博物馆，其中埋葬着神和他们生活的地方。当帕尔默摸索着经过走廊，他已经恍惚的头脑便下意识地开始清点一堆堆钱币。这里有时钟、镶嵌在画框中的绘画，在完好无损的玻璃后面，有隐蔽的灯和绵延数英里的铜线，还有完整的瓷砖、木制台面。到处都是钱币。

其他潜沙员会来拿走这些东西。也许哈普不会，因为内疚会折磨他。至少帕尔默希望如此。会有别的潜沙员发现他的骨头，不会是哈普。他们会把帕尔默的骨架一件一件地从他的潜沙服中取出来，惊奇地发现他的电池还没用光，因为他太害怕，不敢浮向地表。有人会指出，他其实是没有氧气了。另一个混蛋会说，一位滥酒馆的女孩就能轻松潜到这个深度。他们都不会知道，他们手中的骨头正是那个女孩的弟弟。

他走进另一个房间。这是一间浴室，有陶瓷装置和室内管道。拧水龙头的时候，他觉得自己疯了，不过至少不会有人看到。

隔壁房间绝对是个宝库，一个富有的矿藏。一个只有一张床那么大的小房间，却装满了工具。扫帚，拖把，还有很多别的东西。他拿起了一把扫帚。合成纤维、塑料。和它诞生的那天一样好。帕尔默在外面的大理石瓷砖上跺掉一些鞋泥，然后用扫帚把掉落的湿沙扫在一起。他的母亲——他年轻时的母亲——就喜欢这样的扫帚。帕尔默回忆起他们还是孩子的时候，他追着康纳穿过房子，打了他一顿，然后他姐姐追上了他们，打了他们两顿。回到壁橱里，他摇晃一下几瓶液体，打开其中一瓶的盖子，闻了闻。气味刺鼻。如果他需要一个比沙子更容易的自杀手段,这就是。

他把全部有用的东西都看了一遍,这些东西都塞在这么小的一个空间里,把它们换成钱币,就足以让他退休了。然后他关上壁橱门。别人会来拿走这些东西。他们会想办法潜入沙层深处,把所有这些东西都带走。但也许不会带走他。帕尔默想到那座将会建立在这些沙丘上的城市,这里的一切财富都会被搬到那座城市中去。那将是一场放纵的狂欢。就像老一辈人口中滥酒馆兴起时的淘金热一样。没有人会记得谁第一个踏上这里的摩沙大楼。帕尔默想象着哈普在蜜糖洞里的快乐时光,他会喝得酩酊大醉,到处都是美味的金色啤酒。他会告诉大家,是他第一个进入丹瓦,是他一个人发现了丹瓦。该死的哈普。

隔壁是一间办公室。帕尔默查看了那里的抽屉,希望能找到一只水壶,尽管古代人似乎很少会使用水壶。这里只有干燥的笔、小物件、一把银钥匙,帕尔默忍不住拿起这把小钥匙,丢进腹部的口袋里。抽屉中还有一张叠起来的纸。他把纸拿出来,靠近他的潜沙灯。是一张地图。有黑色的线条和地名。"科罗拉多"这个词引起了他的注意。帕尔默也把这个塞进了口袋。当他们发现他的尸体时,他们终究会发现一些有用的东西。发现他是有意义的。

在中间的抽屉里,他发现了原始的财宝。钱币。真正的一大堆钱币,好像很久以前就被收在这里。这只抽屉甚至没有被锁起来,回形针、钢笔和其他毫无价值的古董也和钱币放在一起,仿佛这些小装饰就像钱一样珍贵。

这里有铜币也有银币，完全没有被沙子刮伤的痕迹。帕尔默把它们一枚一枚地拿出来观赏，然后将它们都扔进腹部的口袋，和那把银钥匙放在一起。轻微的"叮当"声和肚子的"咕噜"声一同响起，如同一支两个人的乐队。至少他死的时候是个富翁，又饥饿，又富有。找到他的人会好好地埋葬他，并在他的坟墓里倒一杯啤酒。他还找到了纸条！帕尔默会在钱币旁边写两张纸条，一张给他的抬棺人，一张给他的姐姐维丝。他会在第一张纸条里吹嘘自己很勇敢，在第二张纸条里承认自己是个白痴。他翻来翻去，找到了一支铅笔，便拿出他的潜沙刀，把铅笔削尖。有事情可做的感觉真好，哪怕只是像削铅笔这样简单的事情。他把刀塞回到靴子里，找了一叠纸。这些纸都被虫子蛀了，不过还能用。他匆匆写下了葬礼的指示；又给维丝写了一张简短的便条，说他很抱歉。他签上自己的名字，开始写日期——他想猜一个日子，最后还是写了父亲的周年纪念日。也许日子不对，但应该足够接近，而且很有诗意。诗意比事实更重要。他将两张纸条叠好，也收到因为钱币而变得沉重的袋子里。希望不会是哈普找到他。哈普不会回来了。但也有可能哈普已经回来过，只是被他错过了。

虽然已经注视了那堆流沙好几天，仍然没有看到哈普的影子，帕尔默还是开始在恐慌中想象——他的朋友刚刚回来了，却没有看到帕尔默，于是他第二次离开了帕尔默。帕尔默冲回那座会议厅前，双手按在肚子上，防止硬币飞出来。这时，他听到一阵声响。那是一座古老建筑因为整个世界的重压而发出的

"吱嘎"声，正从走廊对面传来。

"哈普？"帕尔默高喊着朋友的名字，同时觉得自己有一点精神错乱。他上一次睡觉是在多久以前了？他还在做梦吗？
"父亲？"

门的另一边传来一阵响声。帕尔默在走廊中抬头观望，潜沙灯微弱的红光勉强能照到十几步的距离。他试图弄清自己的方位。面前就是他停留了很久的房间？他有没有转错方向？在微弱的潜沙灯光照射不到的黑暗中，一切都显得那样遥远而宁静。他推了一下门，发现没上锁。一道单扇门。是另一个房间。他走进去，看到一排排桌子，每张桌子上都有一块塑料屏幕。有几张桌子杂乱地放在一起，被一大堆涌进来的沙子挤到一旁。

帕尔默的脑子里纠结着各种可能性：一个早就有的缺口，一座因为多年挤压而即将倒塌的建筑。这里可能在他和哈普进来的会议厅对面，所以他原先没有看见。否则他可能会直接从这个缺口游进来。

也许这是其他潜沙员弄出来的。是一个新窟窿。那些潜沙员是在他睡着的时候进来的，是布罗克的人，和老潜沙师傅耶格利是一起的。他们来确认这个发现，并打捞了一些东西。是的，有迹象表明其他人来过这里。沙子上有靴子印。还有两张桌子被拼在一起，远离其他桌子，桌面上什么都没有。是的。对这里的打捞已经开始了。就在他待在这里的时候，一定有潜沙员来过这里。他会得救的。

或者有可能是哈普？也许哈普已经回来了。哈普回来找他了,只是没有找到原先的路,于是他另开出一条路,并给他留了几只气瓶,这样帕尔默就可以自救了。一定是这样!这里有三只气瓶,就放在流沙不会淹没的地方,仿佛是神赐予的礼物。除非他疯了。除非来的是像他父亲一样的幽灵。除非他还在做梦。

帕尔默跌跌撞撞地走过一排排桌子,走向潜沙气瓶,想要摸摸它们,看看它们是不是真的。他想了那么多的可能性,为什么那么多的沙子会流进大楼,但从来没想到真相,从没想过,虽然他应该记得。他应该记得他和哈普不是第一批被派下来寻找丹瓦的人。他们没有在沙子里找到另外两名潜沙员的尸体。他的醒悟来得太晚。那头野兽已经从桌子后面冲出来,伸出爪子,亮出牙齿,扑向他,不顾一切地要将他杀死。

第22章　与疯狂的搏斗

帕尔默

这个人全身赤裸,瘦骨嶙峋,大张着嘴咆哮着。他的脸上全是血污,被潜沙灯微弱的红光,映出一片黑亮的颜色。这个可怕的画面刚刚闪现在帕尔默面前,那个人就撞上了他,把他压倒在地上,一双疯狂的手紧紧掐住他的喉咙。

头撞在地板上时,帕尔默看到了几点亮光。他无法呼吸。他听到自己喉咙里发出的"咯咯"声和身上那个人的嘶吼声混在一起。一个疯子。一个瘦弱的、快要饿死的、彻彻底底的疯子。帕尔默挣扎着想要吸一口气。他头上的面罩被撞掉了。他放开那个人的手腕,伸手去拿潜沙刀,但他的腿被定住了,他的靴子离手还太远。他伸手到头后,摸到了自己的面罩。他的脑子里出现了一个疯狂的计划。他要把面罩按在额角,同时开启潜沙服,搅动周围的空气,甩掉压住自己的那个人。但是当他的手指抓住硬质的塑料——当黑暗开始挤压他的视野——他抬手把面罩朝咆哮的男人脸上抡过去,在通往国王墓穴的大门在他面前关闭前,这是他最后的动作。

一阵穿透耳膜的尖叫声让帕尔默恢复了理智。或者是因为掐住他脖子的手松开了？赤裸的男人嚎叫着，再次向他扑来，但这一次，帕尔默抬起一只脚踹在了他的胸膛上。赤裸的男人踉跄着后退。帕尔默也急忙向后撤身。另一个潜沙员。布罗克的潜沙员。帕尔默翻转过身子，手脚并用向前爬行，想要逃离这个家伙。他以最快的速度绕过一张桌子，心怦怦直跳。两个潜沙员。当时有两名潜沙员。他开始等待那个疯子的搭档跳到自己的背上，等待那两个人把他打死，因为他肚子里装满了丁当作响的钱币……

……当他撞到另一个潜沙员，才借助自己的潜沙灯看出那个人完全没有威胁。帕尔默忽然明白了，追杀他的疯子身上为什么有那么多血。这让帕尔默感到一阵恶心，立刻又向前爬了一段。他不知道这两个人在这里待了多久了，其中一个人以另一个人为食又有多久。

两只手落在他的靴子上，猛然把他拉住，用力向后拖。一个尖细的声音命令他不要动。他感觉到自己的潜沙刀被从鞘中拔出，被偷走了。他转过身来，抬起手保护自己。他的刀子在他头顶上闪动着凶恶的光芒。那只如同枯柴般的手臂高高举起刀，要把他戳死。

只听到"咔啦"一声，他的肚子遭受了一记重击。空气从帕尔默体内被压出来。疯子举起匕首想要再次攻击，但刀刃上没有血。帕尔默的小命被一大堆钱币救了。

帕尔默抬起膝盖，那人再次挥下匕首。小腿撞到小臂有什么折断了。随着一声哀嚎,刀子掉在地上。帕尔默摸索着找到它。在他的潜沙灯下,整个世界沉浸在昏红和暗影中。帕尔默紧紧握住刀柄,用力向空中猛砍。疯子向后倒去,举起手喊道:"不要,不要!"

帕尔默飞快地跑开,把匕首举在面前。由于持续的睡眠不足和缺乏食物,他已经很虚弱了,但是他面前这个可怜人似乎更虚弱。只是因为这个人的狂暴和出其不意的突袭,帕尔默才差一点被他杀死。这就像是与一个睡在沙丘下面,只想抢一点面包的无家可归者作战。帕尔默大着胆子将潜沙灯调亮了一点,好看清楚这个人。

"抱歉,我很抱歉。"这个人说道,"我还以为你是幽灵。"

这个人的下巴上全都是血,黑红色的血迹一直延伸到他的脖子上,让帕尔默胃里一翻。"你以为我是你的搭档,回来找你算账的?"

枯瘦的人抬起一根干细的手指,指向帕尔默,"你是一名潜沙员。是别人派你来的?哦,谢天谢地。感谢老天!"他低头看向自己赤裸的身体,又向尸体所在的两张桌子之间扫了一眼,"不,不。我没杀他。他死在了沙子里。是我把他带进来的。我……我太饿了。哦,神啊。食物。你有吃的吗?有水吗?"他蹒跚着向帕尔默靠近。

"停下。"帕尔默说。

这个人犹豫了一下。"电。"他说道,"我在下来的路上把电都用光了。你有带多余的电池吗?我还有一瓶氧气,但没有电了。

救救我。"

"你想要杀死我。"

"我以为你是幽灵。"他又向前迈出一步,一双狂野的眼睛盯住帕尔默的潜沙灯,"把我的刀子还给我。"他露出染血的牙齿,"是我找到的。我在你的靴子里找到的。在我的靴子里找到的。"

这个人尖叫一声,猛扑过来。那是一声嗜血的尖叫。赤裸的肢体上只剩下了骨骼和筋腱。帕尔默那闪烁的、即将熄灭的红灯时断时续,映照着一个绝望而疯狂的怪物。两个人撞在一起。地板上响起金属撞击的声音。一枚钱币从帕尔默潜沙服的破口中掉出来。两名打捞者都很清楚这声音意味着什么。这是一条命被拯救的代价,与之相对的,是另一条命被夺走。赤裸的皮肉被潜沙匕首刺穿。肚子如同被打开的钱包。这一次的代价要远远超过掉落在地上的钱币。

第 23 章　失落的宝藏
维丝

维丝和马尔科回到了已经一片混乱的滥酒馆镇。他们通常都会在黎明前潜沙，回来的时候，滥酒馆还是个沉睡中的小镇，但今天这里完全不同了。现在这里充满了震惊和疯狂，一个消息让这个镇子发生了翻天覆地的变化。丹瓦被发现的故事使潜沙圈子和这个南部小镇的其他居民都激动不已。那些在垃圾堆里翻找垃圾的人，那些改造废旧钢铁的焊工，那些迎合男人欲望的女人，那些商店老板和酒吧老板，以及所有喜欢钱的人，所有人似乎都在街上交谈，或者收拾行李，或者检查装备，打算去发现那座据说被埋在一英里深的沙子下面，宏伟而且未被破坏的城市。

但是，人们一遍遍重复一个传说可能会增强它的吸引力，却不代表会有任何确定的回报。达明警告他们，没有人知道那座城市的确切位置，只有消息说几个潜沙员找到了它。一个强盗在一个拥挤的酒吧里喝醉了，口齿不清地宣称他目睹了那个伟大的发现。而现在，那个强盗据说已经死了。在维丝看来，这就像是那种最合拾荒者和阴谋论者胃口的、毫无根据的胡言乱语。但就在她和马尔科把船停到镇子码头上，开始对这些关于丹瓦的传闻产生怀疑的时候，其他萨弗船已经在向四面八方驶去。他们可以听到流言在呼啸的狂风中从一艘船传到另一艘船，每个潜沙员都选中了在他们看来最有可能的位置。从码头周围的混乱中就能明显看出来，没有人确切知道丹瓦在哪里，但这不会阻止人们去寻找那个已经被确认真实存在的地方。这太疯狂了。维丝正要对马尔科说出自己的想法，马尔科却说出了像别人一样疯狂的话。

"那么，我们应该向哪里出发？"他问道。

维丝走到桅杆底部，帮马尔科把帆从桅杆上落下来。"什么出发？"她问道，"你不会是相信了这些胡言乱语吧？"她将帆绑在桁杆上，却看到马尔科只是在打着活结。就好像他马上就要启程。但维丝想要留下来。

"也许这是一堆屁话，但如果消息是真的呢？你难道宁可坐在这里，错过找到这个世纪最大宝藏的机会？"

"是的，我宁愿坐在这里，也不会跑到沙丘上去追逐我的尾巴。如果有什么世纪大发现，我会去的。但我们都知道没有。"当马尔科解开她打好的一个绳结，改成活结时，她翻了个白眼。"你想做什么就去做吧。我今天可是四点钟就起床去潜沙了，那时你还在你的萨弗船里睡大觉呢。我要把衣服上的沙子抖一抖，看看另一个箱子里有什么，然后睡一觉。"

马尔科显出一副受伤的表情。

"如果你找到了丹瓦。"维丝又说道,"就来叫醒我。"

"好吧,我需要先回去拿上我的气瓶。相信我,我回头再来接你。"他从桁杆上俯下身,向维丝要一个吻。维丝亲了他。

"一会儿见。"维丝扛起装备包,跳到沙子上。她的膝盖还有点疼。她又从萨弗船的拖曳架上拿起了那两只箱子,拉开箱子背面的伸缩手柄。用那些又小又没用的轮子把它们拖回家。一路上,她不停地诅咒那个旧世界的诱惑竟然把男人们都变成了疯子。他们的脑子都被所谓的宝藏搞成了一团糨糊。维丝可不愿意变成他们那种样子。

当然,她也在做着一夜暴富的梦,并且她对丹瓦的位置也有自己的猜测。一个没有被时间和打捞者破坏过的城市对她同样有着巨大的诱惑。虽然周围的人都在发疯,都已经歇斯底里,虽然她会取笑马尔科和那些精神错乱的人,但她知道她自己也不太正常。她现在多多少少感到了一点眩晕,仿佛一件非常重大的事情正在从她的脚下冒出来。她终于开始问自己:如果这是真的呢?如果是真的呢?

但只有傻瓜才会跑来跑去地吆喝:"找到了!找到了!"而他们实际上根本没有透过自己的面罩看到任何东西。对吧?维丝试图说服自己。但也许,只有更傻的人才会独自坐在酒吧里,喝着热啤酒。说不定正在此时,一车车的硬币已经开始被运进镇里,许多故事成为传奇,在酒吧里被一遍遍讲述。无论怎么选都是犯蠢,其实一切选择都是成本问题。那么,她到底更厌恶怎样的愚蠢?

在沙地上拖着两只箱子,她一步不停地走着。时间已经是早晨了,但很多人都在室外走动。如果换做其他时候,一定会有不少潜沙员问她这两只箱子是在哪里找到的,但现在他们全都从她身边匆匆走过。那些店铺主人本来都会央求她把箱子放到他们的柜台上,打开看看里面有些什么,现在却都在忙着兜售电池和拖网,出租发电机,换上更高的标价。维丝穿过人群,回到家里。在她的小屋门外放下箱子,从口袋里摸索钥匙。出于习惯,她的脚趾在门前的板子上拍了几下,好把鞋泥磕下来。随着这个动作,屋门打开了一点,铰链发出刺耳的声音。维丝把手从口袋里抽出来。她非常确定自己走的时候把门锁上了。

"帕尔默?"她喊道。

她的弟弟经常把这里当作自己的家。现在帕尔默待在滥酒馆的时间已经和在泉石差不多了,反正维丝大部分晚上都和马尔科在一起,所以帕尔默也很愿意占这个便宜。他是除维丝以外唯一有这里钥匙的人。门里没人应声。维丝仔细看看屋门,发现有人用螺丝刀撬门的划痕,维丝自己也曾经用螺丝刀撬开过这道该死的门,前后差不多有几十次了。不过她在进门之前还是犹豫了一下,想回忆起自己是不是没有让门闩插好。当时天很黑,她走的时候也昏昏沉沉的。

"嗨,帕尔默? 你睡了吗?"

维丝把手伸进靴子里,拿出她的撬棒,用铁棒子把门推开。屋里很黑,朝西的窗户几乎无法让早晨的阳光透进来。她没有听到任何的声音。一定是她走的时候没把门关好。就是这样。

她点了根蜡烛,检查了卧室和浴室,对自己的结论感到满意。她又转身去拿那两只箱子,把它们拽进来,然后抬脚踢上了门。

最多两天。两天以后,他们就会知道丹瓦是否真的被发现了。等一等,迟一些没什么坏处。她还有很多别人去不了的地方。等大家都走了,滥酒馆周围可能会安静几天。这将是一个令人愉快的变化。

维丝来到她用来做引体向上的横梁下,跳起来,抓住了那根被手掌磨得光亮的木头。她用一只手吊着身子,另一只手在横梁上拍了拍,找到钥匙,松手落下,打开客厅地板门上的挂锁,拿起装满衣服的黑箱子,放到下面的沙坡上。只有银色的箱子还被留在外面。维丝在休息之前想要看看这只箱子里有些什么。

她打开冰箱,抓起半只干瘪的青柠和一罐自制啤酒,把柠檬汁挤进啤酒里,开始小口吃起早餐。她把银色的新秀丽箱子竖起来,试了试锁闩。它也和黑箱子一样卡住了。她又喝了一大口冰凉的陈啤酒,擦擦嘴,忽然听到一阵敲门声。

"就算是求我,我也不会改主意……"她正要这样告诉马尔科,门却已经被打开,两个男人冲了进来。从气味和装扮来看,他们都是强盗。维丝认得其中一个,保利。他以前是滥酒馆军团的人,因为当不了潜沙员,就干起了凭肌肉吃饭的行当。但现在他已经不戴红色的军团围巾了。这两人都戴着北方荒原人的金色围巾。维丝很好奇这些人跑到这么远的南方要干什么。然后她看到那个比保利更高大的家伙腰带上挂着把枪。可能根本不能用——大部分枪都只是个摆设——但问题在于,它也有可能是真家伙。

"嗨,你们走错门了,混蛋。"维丝站起身,挡住新秀丽箱子,"如果你们要找丹瓦,我的地窖里可没有……"

"省些力气吧,维丝。"保利说,"帕尔默在哪里?"

"我怎么知道?你们把沙子都带进来了。"

身上带枪的那个高大家伙大步走到卧室门前,向里面看了一眼。

"他不在这里。"维丝说,"你们该死的找错屋子了。"

"是吗?我们听说他一直住在这里。"

"他可能在泉石。"维丝只想把他们赶出去。

"我们已经在泉石找过了。"保利说。

"是这样?听着,我不在乎他欠你们什么。但你们现在把我的地方弄脏了……"

"我们还能用点厉害手段让你放松一下。"大家伙伸手指向维丝,"他该死的到底在哪儿?"

"就算我知道,我也不会告诉你们。"

大个子强盗向维丝迈出一步。但保利拦住了他。"她不知道。她只是在生你的气。"

大个子强盗朝维丝的靴子啐了一口。

"真可爱。"维丝说,"我会告诉我弟弟,你们想要和他玩玩。"

"告诉他吧。"保利说,"我们是认真的。你的弟弟惹上了你根本想不到的麻烦。如果你看见他,告诉他来找我们。这样对他会更轻松一些。"

"把门关好。"维丝说。

大个子强盗最后朝房间里扫了一眼,目光落到了锁着的地板门上。但是保利已经拽着他向前门走去。大个子没有再说什么。他们最后也没有关上门。维丝走过房间,把门关上,插上门闩,靠在满是凹痕的白铁皮门上。这次她弟弟又在该死的搞什么鬼?一定是那个混蛋——哈普。帕尔默总是跟那帮人混在一起,想出人头地,但这么做只会让他把命丢掉。她早就和帕尔默谈过这件事,告诫弟弟另找一个潜沙搭档。帕尔默到底卷进了什么勾当里,才会让几个强盗跑到这么远的南边来?让他们一直穿过了泉石来到滥酒馆。而现在所有人不是都在寻找丹瓦……

"不可能吧,"维丝说道。她在自己的小起居室里兜起了圈子,"该死的不可能。帕尔默,不是你干的。"

她朝自己的潜沙包瞥了一眼。该死,她太累了,真是太累了。但弟弟一周前的确来找过她,问能不能借她的面罩。那时她大笑了一阵,要帕尔默滚蛋。那时帕尔默还问过她关于双气瓶阀门的事,那个阀门也是她给帕尔默的。她清楚地记得那次交谈,好像就发生在昨天。她还记得弟弟离开前拥抱她的样子。他从来没有那样做过。至少她已经不记得弟弟前一次那样做是在什么时候了。

"你都干了什么,帕尔默?你该死的干了什么?"

维丝走过房间,抓起那罐陈啤酒,里面还有皱巴巴的青柠。她把苦涩的早餐一口吞下,抓起潜沙袋。该死,她太累了。但她只希望马尔科没有丢下她,自己一个人离开小镇。

第24章 疯狂冲锋
帕尔默

潜沙灯和潜沙员的眼睛同时没有了光亮。帕尔默感觉到这个疯子倒在地上,没有了半点生气,他脖子上的灯泡也在同时发出最后一线红光,如同另一个熄灭的灵魂。在一片漆黑中,帕尔默害怕得浑身发抖,感觉手中的潜沙匕首无比沉重。

帕尔默在大腿上擦了擦刀刃,一只手按按腹部,摸到那里的钱币。他想起有一枚钱币掉了出来,便弯下腰,在地板上拍了拍,找到了那一小块圆形的金属。他的潜沙服上有了一道裂口。于是他继续摸索了一番,想确定是否有电线被切断——不能肯定,但他觉得应该没有。他又将刀子插进靴子里,把折叠起来的地图放在腹部的口袋里,这样就能挡住那个破洞,让钱币不至于掉出来,否则这个伤口就太昂贵了。

帕尔默又抓住潜沙灯,把它关掉,摇了摇,试着再次打开,又把电池取出来,用舌头舔舔引线,但都没能让它重新亮起来。他摸索自己的面罩,想检查一下潜沙服的电量,然后才想起面罩被撞掉了。于是他只能在黑暗中摸索,试图原路返回。这里的空气中充满了死人的臭味,混合在陈腐、稀薄的氧气中,吸起来真是糟透了。帕尔默的膝盖在颤抖。他撞到了一张桌子。伸手摸着转过桌角,他的一只手按在了另外那个潜沙员血肉模糊的尸体上,这才让他知道自己走得太远了。

"该死,该死。"

帕尔默向后退去,在地上擦抹自己的手,又在一张办公椅上继续擦这只手。他撞到各种东西,发出各种声音,到处都是鬼魂。他几乎是在地上爬行,胳膊在地板上扫来扫去,摸到了一些小玩意,一枚钱币从口袋里滚出来,他急忙去追,却没能找到,就在这时,他撞上了自己的面罩。

气瓶,那个疯子说过,他的气瓶里有氧气,只是他没有电了。帕尔默的电池里还有电,气瓶里没有氧气。该死的哈普。他试着回忆那些气瓶在什么地方。看不见真是太麻烦了。他甚至连面前的手也看不见。他的脚蹼还在另一个房间里。维丝总是笑话他要使用脚蹼,说只有菜鸟才会用那种东西,只要真正学会了如何让沙子流动,潜沙员就算是只穿着靴子,甚至光着一双脚也能行动自如。

帕尔默努力调动自己的其他感官。他倾听着沙子在沙子上滚动的声音,那些针尖大小的岩石会在微小的崩落中低语。他在寻找关系到自己生命的声音,那声音关系到他整个该死的人生:沙子和沙子的摩擦。

他听到一声叹息。微弱得难以察觉。一点最细小的窸窣声,也许是他的呼吸声,或者是心跳声,也许是他颤抖的双膝间衣服的摩擦声。

但不是……是沙子滑动的声音，在向他滑动。

帕尔默朝那里爬过去。

他在桌子间爬行，努力回忆房间的布局，那些气瓶的位置，和流沙的相对距离。到处都是椅子和桌子，还有一堆乱七八糟的电线和一个键盘。帕尔默想戴上面罩，用它来导航，在面罩上，空旷的地方应该呈现闪动的紫色光芒，但他脖子上灭掉的潜沙灯提醒他不要浪费电池。他的潜沙服有足够的电力让他潜到这个深度，再返回地表，而现在他还有一半的路要走。他在黑暗中摸索时就是这样对自己说的：他的潜沙只完成了一半。他还在这里待了几天，或者几个小时，谁知道待了多久？他在最深的沙层下面忍受干渴和饥饿，比任何人停留的时间都要久，但他并没有倒下。他虚弱、疲惫、满心恐惧，但他还没有完成任务。

帕尔默的手掌终于摸到了沙子。他几乎要弯下腰来，吻一吻这些让他想起家乡的冰凉颗粒。他转向一旁，一只手摸着流沙形成的斜坡，另一只手凭空挥舞，膝盖一点点向前蹭，直到他的手指终于碰到了冰冷的金属。

泪水涌上他的双眼。帕尔默发出一声如释重负的叫喊。但他仍然不敢抱太大的希望，他还有许多事需要确定。他在气瓶上摸索着阀门——这种气瓶上所有东西的位置都和他的不一样，一种对他而言完全陌生的结构，一种不同的模式，三个该死的气瓶。他必须找出是哪一个还有气。他打开一个气瓶顶部的阀门，摸索软管，找到气嘴。他的心怦怦直跳，不能呼吸、不能思考也不能吞咽,他摸到了气嘴中央的通气按钮。

什么都没有。空的。他又试了下一个,一边在心中不断祈祷。他该死的真的在向那些旧神祈祷,那些他从没有相信过的神。但他向神明承诺,现在他会相信他们,一定会,只要能给他一些氧气。

这一次,气嘴也没有发出声音。他试着吸吮气嘴,但结果只是让自己一阵头晕。

最后一瓶。他没有希望了。他取消了向神明的承诺。现在他只剩下了疲惫和绝望,还有愤怒和恐惧,然后——一股气体涌出来。

我有气了,你去死吧。他在心中对哈普说,对任由他死在这里的朋友说。哈普曾经答应过会回来找他,拯救他。等到他离开这里,他一定会去找到哈普,就像复仇的鬼魂一样出现在哈普面前。他会杀了那个混蛋。他一定会这么做。这给了他行动的勇气。离开这里。帕尔默摸索着固定气瓶的带子和扣环。将两只空气瓶推到一旁,让它们在一阵"哐哐当当"的声音中滚进了看不见的家具里。就算是有鬼魂,也一定会被这声音吓跑。

他的胳膊穿过气瓶的带子,将气瓶扛到背上。他的面罩无法与气嘴连接,也就无法让他知道自己有多少氧气,但这不重要,不是吗?要么就是够,要么就是不够。死去的潜沙员发现自己潜得太深时已经回不去了。帕尔默这样告诉自己。他拉下面罩,启动电源,咬住别人的气嘴,吸了一大口别人的氧气,然后爬上流沙斜坡,命令潜沙服向外发出振波,撼动这个世界,撼动坚硬的沉积沙层,让沙子抖动,变得像水一样可以流淌,然后他就沉了下去,被深深的沙丘包裹,紫色变成橙色和红色,他又能看见了。

第25章　相信的风险
维丝

维丝在码头上找到马尔科。马尔科正在把他的气瓶装到拖曳架上。现在码头上只剩下他这一艘小船了。而远方的沙丘上到处都能看到竖立的桅杆和高高扬起的船帆。它们全都在向远方疾驰。每个人都在寻找丹瓦。维丝不知如何向马尔科解释，他们需要用他的萨弗船去寻找她的弟弟。

"你一个人走？"她问马尔科。

马尔科转过头，脸上满是笑容。他将护目镜推到额头上。"我还以为你要睡一下。"

"不用。需要睡美容觉的时候，我只要眨眨眼就好。"维丝夸张地眨了眨眼睛。

"你现在更美了。"马尔科帮助她把装备包和气瓶绑好，"那么，我觉得我们应该向南。有一个传闻说丹瓦和泉石、滥酒馆在一条线上。许多人都去西边了。因为那里的沙子不是很深。我觉得那是错的。"

"我觉得我们要去北方。"维丝说。

"你一定会这么说。"马尔科检查了一下船尾部的风力发电机。它在风中飞快地旋转,发出一阵阵鸣响。然后他又检查了电池的电量。"如果我说要去北边,你就会说我们应该往南走。"

"不,我觉得我们要去找我的弟弟。"

"帕尔默?拉他入伙?难道我们不应该先找到地方吗?"

维丝跟着马尔科走到桁杆旁,帮他拽开帆索。"我没有睡午觉,因为我一到家,就有两个混蛋冲了进来。是保利和另外一个人。"

"保利?他回到镇上了?"

"是的,他们在找帕尔默。"

马尔科摇摇头,"你告诉过你弟弟,离那些家伙远一些。"

"我是这么对他说过。"

马尔科放下护目镜,解开系缆桩上的绳子。萨弗船在微风中晃动,仿佛急着要出发。风力发电机发出"飕飕"的响声。他把舵放到沙地上,试了试舵柄。"我们不如先去南边,看看是否有人发现了什么,然后我们再去找你弟弟,怎么样?"他朝桅杆点了点头,"你把主帆升起来,我就把船开出去。"

维丝没有听马尔科的话,反而退到驾驶座旁。抬手稳住在风中摆动的桁杆。"我想找帕尔默,不是要让他和我们一起潜沙。"她说。

"很好。我们要出发了。"

"我们需要找到帕尔默,因为……"她不知道该怎么说,"该死,马尔科,我想他可能就是找到丹瓦的人。"

第26章 向上的长路
帕尔默

帕尔默轻松地穿过了大楼内松散的流沙带,楼外面的密集沙层让他大吃了一惊。当他重新进入这个世界的时候,大地立刻就想要把他再推回去。他一口气还没吸完,胸部和颈部的压力就让他无法继续吸气。他可以转身,回到大楼,逃离这种恐怖的挤压,但那里只有一个更缓慢的死亡在向他招手。如果回去,他可能就再也没有勇气出来了。

死亡突然一下子无处不在。他完全没有意识到这就是最后的一刻。现在,就是现在。他会死在这里,他的骨头会被埋在这里,他再也看不到星星了。

他半口气半口气地吃力喘息着,拼命转向上方。只有保持高楼在自己身后,他才能确认上去的路。他对抗砂砾的挤压,对抗大地的压力,挣扎着让沙子流动,同时保持呼吸。但他仍然无法甩开沙漠扼住他喉咙的无数只手。他的背上绑着一瓶氧气,但他没办法从气嘴中吸到任何东西,无法让自己的胸部扩张,他需要上升来赢得呼吸的可能。

帕尔默用力踢腿,拼命让可怕的沙子流动起来。他应该是在三百米左右。他的面罩上没有深度读数,一切只能凭感觉。向上五十米。他应该就能喘一口气了。他的信标电池肯定也耗尽了。没关系,只要不停踢腿,不停向上。只要面罩感受到地面,深度就会显示出来。他本应该能呼吸的,但他实在是太虚弱、太疲惫、太饥饿、干渴和害怕了。

太阳每天都要从沙漠深处升起来。他听姐姐这样说过。帕尔默感觉到意识正从他的指缝中溜走。他仿佛回到了维丝身边,他们一起在沙丘上,在最松软的沙地上学习潜沙。他担心自己没有掌握诀窍,担心自己没有潜沙的天赋,担心父亲的技能全部遗传给他的姐姐了。

看着太阳,姐姐对他说。太阳刚刚升起,他已经穿着姐姐的潜沙服练习了几个小时,却连一掌深的沙皮都没有钻进去。这身潜沙服对他来说也太大了。他变得越来越沮丧。他不想再听姐姐的训导了。

"每一天。"维丝对他说,"每一天,太阳都会从沙漠中升起来,毫不费力。它在沙中滑行,在燃烧,熔化了一路上的所有沙子。然后它又会在晚上笔直地穿过那道锯齿状的山峰,穿过坚硬的岩石。帕尔默,你要做的只是在沙子里移动。"

太阳。他的父亲在呼唤。他的父亲说他有朝一日会成为伟大的潜沙员。帕尔默坐在父亲的腿上,那是他最早的记忆,那时的父亲是一位伟人和统治者。他对他的长子说,有朝一日他会成为最伟大的潜沙员。十岁的维丝在旁边听着,和他们坐在一起,但父亲没有提起她,完全没有提起。

这个儿子会像太阳一样没有阴影,不,这个儿子实际上就生活在阴影里。他住在阴暗凉爽的沙地上。看着他的姐姐潜沙,再浮上来,沐浴着阳光,散发着荣耀,她是一个反叛者、一个劫掠者和打捞者、一个伟大的潜沙员。但帕尔默……是他发现了传说中的丹瓦……他用潜沙刀杀死了一个人……他背着一瓶氧气,潜沙服还有四分之一电力的时候死在沙子里……他的白骨会被埋在三百米深的地下。

三百米。这个深度在帕尔默的意识中闪过,就像他高烧时看到母亲的脸,像噩梦中有人敲门。他大脑的一小部分对着其他部分高喊:嘿,你可能想要看看这个。

但他一直在向上。现在应该不到三百米了。他的肺被压得很紧。然后他想起了他们挖的大坑,他们在沙地上挖了一个深坑,那是另外两百米高度。该死,他才刚刚开始。做不到,做不到,做不到。

帕尔默停止移动。他已经不太担心沙流,而是更担心呼吸。沙子挡住了他的去路,但他总还是能够通过气嘴中吸进氧气。一次呼吸。一口气。活着。超级真实的感觉带他回到了维丝教他潜沙的那一天。姐姐教过他如何在被沙子埋住头的时候呼吸。他的身体告诉他这不可能,他的大脑在说无法这样做。姐姐在对他高喊,她的声音遥远而模糊,该死的呼吸。

呼吸。

帕尔默终于吸进一口气。他望向下方已经模糊的摩沙大楼。他得向上。要远离丹瓦。他踢着腿，努力地咕哝着，他的尖叫声被困在他自己的脑袋里、他自己的喉咙里。他已经走了那么远。他在什么地方？没有应答器，也没有信标，但他的面罩现在有深度显示了，所以地表就在上面的某个地方。没有信标给他指路。而且布罗克的人挖的那个竖井，那个位于地下深处的，明亮的黄色光点，已经不见了。这就是为什么他感觉这么深。

呼吸越来越困难了，哪怕他已经穿透了两百米的沙层。他应该能感到更轻松的。一定是氧气快耗尽了。该死。氧气要耗尽了。一瓶氧气只够他回到井底。不。他已经这样接近地表了。他不要在这样接近成功的时候死掉。他感觉到即将枯竭的气瓶产生的阻力，刚才那些无效的挣扎让他把气瓶吸干了，他的氧气没了。也许他还能用最后的一口气再上升五十米。也许吧。现在还有两百米。不管怎样，他还是在踢腿。他做不到的。这个想法就像沙子里的金属一样变得明亮耀眼。他活不了了。他能感觉到自己在失去知觉。还有一百五十米，许多潜沙员只敢潜到这个深度，在这个大多数潜沙员的纪录深度，他的肺里只剩下了毒气。

上面的沙子里有一个橙色斑点，距离他三十米远。一个可以为他定向的东西，一点即将熄灭的光，浩瀚无垠中的一个小岛。他的身体需要呼吸。他的身体要他吐出气嘴，吸进沙子。这是窒息前最后的冲动，一种想要把无论什么东西放进肺里的冲动，哪怕只是沙土。只要是呼吸就可以，只要能吸一口就行。

必须这样做。用沙子堵住肺,痛苦就会结束了。他会的,他会的。但那里有一个橙色的斑点,一具尸体。

帕尔默没有力气了。沙子已经不再流动。他来到了另一名潜沙员身边,在他那逐渐衰弱的灵魂的某个角落里,他麻木地、模糊地,知道了哈普为什么不再回来找他。

哈普根本没能上去。

帕尔默吐出气嘴。他的舌头尝到了沙子。他可以看见哈普的脸,看见他的身体扭曲变形的样子,有点不对劲,有什么地方出错了。是哈普的脸上凝固的表情,他张大的嘴巴和眼睛,挂在一旁的气嘴。帕尔默的气嘴。帕尔默的气嘴。

帕尔默让气嘴周围的沙子流走,伸手把气嘴抓住,放进嘴里。不要有希望,不要有希望。但氧气不在乎他的希望。或者有,或者没有。一定要有,一定要有。

氧气。

能量像电流一样涌进帕尔默的细胞。他在面罩后面眨掉泪水。维丝和父亲都在向他呼喊,还有他的母亲,他的弟弟们。还有哈普。他们全都在向他呼喊。快,快,赶快喘气。

距离地表还有一百米,那里就是正慢慢被沙子填满的坑底。没时间换气瓶了。不过这里的沙子是他完全可以掌控的。他能尝到舌头上湿漉漉的金属味道,这让他知道这只气瓶也快耗尽了,他非常熟悉这只气瓶和这个气嘴。他也了解这里松动的沙子。他还认识这个死掉的潜沙员。帕尔默是一名打捞者,一名潜沙员,他善于从沙子深处带回古老而沉重的货物,让这些古物在许多个世代以后再一次见到阳光。他拉住哈普和他的气瓶,让沙子向上流动,在最后一百米的沙子里上升,他的氧气耗尽了,但他知道,维丝告诉过他,他能做到。他相信。

第27章　母亲

维丝

维丝和马尔科乘风向北航行,船帆拉得又紧又满,缆绳一路都在欢快地歌唱。马尔科在一排沙丘中找到了一条很好的穿行槽,这意味着他们不需要有太多转向。这是一种让人心旷神怡的航行。沙地上被风吹出的浅沟槽就像老人手上的皱纹,行驶在上面,只有一些微弱的震动会透过铆接的钢制船壳。金属橇板压在结实的沙地上,发出细微的"沙沙"声,紧绷的缆绳和承受重压的木架"吱嘎"作响,快乐的桅杆被强风压弯,发出一阵阵呻吟。

维丝看着远处的高墙渐渐靠近,在那里的沙丘上矗立着高耸的堆叠在一起的楼房。时间还不到中午。他们走得很快,这真是让人难以相信,今天黎明前她还在潜沙。她想到了帕尔默,她的弟弟可能是发现丹瓦的人之一。多年前,他们的父亲就说帕尔默会是那个发现诸神埋葬地的人,父亲是对的。作为打捞者,维丝找到了大笔财富。但她也飞快地把这些财富都挥霍了。她把钱都用在追逐下一个目标上,她的境况就像月亮一样忽上忽下,而她一直都在寻找真正惊人的发现,那种让她永远不会再用命运赌博的东西。但帕尔默才是那个人。

马尔科拍了拍她的胳膊。他坐在她旁边的网状座位上,指指舵柄,又指了指船头,示意自己要到前面去。维丝接过船舵。她喜欢舵柄在自己手中"嗡嗡"作响的感觉。萨弗船采用了和潜沙服一样的技术,可以让锋利的舵刺穿沙子,让沙子像水一样从它的两侧流过。她掌着舵,看马尔科工作,忽然意识到母亲对她的爱情早就做了正确的预言,就像父亲对她潜沙的预言一样。她妈妈说她会和一个危险的人在一起,一个总在冒险的人,这就是她的结局。"你的未来只会跟强盗和混蛋在一起。"她妈妈说。好像她知道自己在说什么似的。

维丝看着马尔科用力揪扯前帆的绳索,直到三角帆上的褶皱消失,在风中完全铺展开。他没有返回驾驶位,而是继续站在船头,向接近泉石城的方向望去。不管他在想什么,那些想法都藏在他那副黑色护目镜的后面,消失在那些帆索的绳结中。维丝看到马尔科的那些文身、疤痕和伤口,他们到底是为了什么样的理想才有了这些痕迹?维丝觉得他们两个应该都不记得了。他们到底在为什么而战?

如果她重新来过,会有什么不同?如果她认为父母是对的,她会改变吗?维丝什么都想不到。她身上的文身墨迹和沙子造成的伤痕永远不会消失,她也不后悔。如果帕尔默是找到丹瓦的人,她会为他感到骄傲。为他和他的朋友哈普感到骄傲。为他们感到高兴,同时仍然会爱上她的强盗男友,如果她的父母把一切都说对了,那就随他去吧。等她发了大财,等她有了自己的孩子,把他们送到外面的世界,她会把自己学到的东西都告诉他们,然后对他们说,要学会这些事,他们只能靠自己。每一代人都是如此。要改变这件事就相当于朝着风大喊,希望风能停下来。

平整的向北沟槽在前方就要结束了。维丝绕过一个沙丘,又穿过一处缺口,找到另一条沟槽。这样做的时候,她不得不调整船帆。马尔科却只是稳稳地站在船头上,丝毫没有要回来帮忙的意思。也许他知道,自己跑过来帮忙只会让维丝生气。他用一只手握住前桅支索,继续眺望地平线,可能他正在想着自己的财富,或者正忙着给孩子起名字。或者在担心孩子们的母亲告诉他们曾经有那么一天,他们的父亲差点被一件女士内衣杀死。

在看到摩沙大楼和高墙之后,棚户区终于出现在他们的视野中。低矮的小屋杂乱地聚成一片,经过沙暴打磨的铁皮屋顶在冉冉升起的太阳下闪闪发光。她费了好大劲才找到南边的码头,因为那里几乎已经是一片空地。只停了两只船,而且都没有桅杆。维丝相信,如果这是两只好船,一定也都被开进沙丘中去寻找丹瓦了。

他们在滥酒馆和泉石之间则看到了前所未有的繁忙景象。她和马尔科经过的沙丘间停泊着几十艘萨弗船,每艘船上都升起了潜沙旗。更多的萨弗船正鼓满了船帆,朝东方以外的所有方向全速行驶。维丝松开船帆,降低速度,驾船驶进码头,马尔科放下了三角帆。在滥酒馆和泉石之间行船的感觉很好。关于寻宝的焦虑随着航船的行驶减轻了。现在她只有一种强烈的欲望,想要找到她的弟弟,再和其他人分享她的兴奋。无论成为第二名还是第十名都挺好。她因为父亲已经不在了而感到难过。如果父亲知道帕尔默可能是第一个找到丹瓦的人,他会多高兴啊。

她把船开到一片开阔的沙地上,完全松开主帆。这时她才意识到,这是自己近一年来第一次回到泉石。天啊,就是今天,对吧?还是昨天?她知道那一天要来了。康纳和罗伯会出去露营。也许帕尔默也会去。该死,也许帕尔默根本就没去发现什么丹瓦,而是正在露营。不管他和哈普的计划是什么,他肯定已经完成了带着双气瓶潜沙的任务,然后去无人之地度过周末。维丝刚刚让马尔科燃起希望,怀疑却悄悄爬进了她的心里。她真的有可能把方向带错了。

"我要在这儿看船。"马尔科的话打断了她的思绪。风帆声和橹板的滑动声都消失了,只剩下发电机微弱的咆哮。在船行驶的时候,他们需要互相大喊才能听到彼此说些什么。

"不,你和我一起。"维丝把主帆卷好,脱下手套,然后向系泊柱那边的小屋点了点头,"我会给码头管理员一枚硬币,让他看管我们的东西。"

马尔科耸耸肩,"如果你非要这样。"他将缆绳在柱子上缠好,确保萨弗船不可能挣脱。他们只给主帆的帆索打了活扣,让桅杆继续竖着,这样他们一找到帕尔默就可以离开。维丝又固定好升降索,以免它来回晃动,发出撞击声。然后他们检查了拖曳架上的潜沙装备,确保没有任何东西松动。维丝从水壶中喝了一大口水。她怕得要命,比任何深潜时都更害怕。她率先向蜜糖洞走去,马尔科不得不慢跑才能赶上她。

第28章 没有喘息的空间
维丝

妓院位于棚户区和泉石城的中间地带，两座人工堆积的大沙丘之间，发电机不断发出嘈杂的噪音，明亮的灯光从不会熄灭，波纹铁皮屋顶下面藏着一个个阳台。维丝无法确定这栋建筑属于哪边的城镇。似乎双方都不想要它，但又都不想失去它。它是最后一块腐烂的蛇肉，两个饥肠辘辘却又对它感到嫌弃的人在不情不愿地争夺它，都在暗地里希望对方能赢。

白天，阳光开始撞击妓院的后墙，把它炙烤到中午，然后太阳在缓慢西沉时又会让它尽情地享受着那血红的光辉。这时，无事可做的女人们会离开她们空闲的床，靠在阳台栏杆上，乳房诱惑地在火红色蕾丝花边和午夜般的黑色吊带中垂下来。她们向走了十二个沙丘下班回家的男人们微笑，抛出一个又一个那些男人负担不起的媚眼。直到那些男人拐进妓院，拿出他们负担不起的钱。

维丝一直在躲避这个地方，除了这里，沙漠中没有什么地方是她不敢去的。她会跟随父亲进入无人之地，或者游过毒蛇的窝,但她就是不愿意踏足这里。在泉石,她的这种反感给自己带来了很大的不便,因为潜沙员的大部分工作都是在这里楼下的酒吧中找到的。他们会在那些各式各样的桌子周围交谈,男人们凑在一起,头靠在青烟袅袅的烟灰缸上,查阅用木炭涂在餐巾纸上的专业地图。从某种程度上说,她母亲拥有这个地方并在这里工作应该算是一件幸事。这让维丝有借口回避这里的潜沙员聚会。否则她必须做出解释,不得不承认自己的逃避和她母亲无关。如果没有这个借口,那些主宰潜沙世界的男人就会认为她不够勇敢,没有价值。

"你进去吧。"她抓住前门的把手,对马尔科说,"去找罗丝,让她到后面见我。"

"为什么不和我一起进去?"马尔科嘲弄地扬了扬眉毛,"你真的那么在意你妈妈?"

维丝犹豫了一下,"这对生意不好。如果我走进去,那些醉鬼看我一眼,就会决定一个星期都不要别人。对我妈妈的生意不好。"

马尔科笑了,"耶稣啊,你还真能想。那我要为了你去和你妈妈订一个小时。"

"好吧,你这该死的……"

但马尔科已经进了门。蜜糖洞的门一打开,一阵嘈杂而巨大的声音立刻从里面传出来,现在这里的人已经非常多了,也许是因为丹瓦被发现的消息,或者是前一天晚上在这里寻欢作乐的人情绪还很高涨。维丝让这座两层建筑给自己挡住风,拿出烟叶袋,给自己卷了一支烟。她的烟叶不多了,需要到花园那边去,找到她的供应商……

"何不等到我们完事后,好好躺在床上抽一支,亲爱的?"一张脸和两只乳房从上面的栏杆上探出来,"如果是你,就只要二十枚硬币。这可是特价。你说呢?"

维丝用打火机点着香烟,朝阳台吹出一股烟,嘟囔了一声:"去你的。"她离开这个避风的地方,开始在沙丘之间绕着这幢房子遛弯。这些沙丘的沙子都来自于那些最神圣,受到最好保护的建筑周围。她想到了弟弟康纳,想到了这里的沙子是如何每天被挖走的,还有其他所有为了维护重要资源而不断被挖走的沙子。

在这幢房子的后面有一扇被矮墙围绕的小门,不断有醉汉和垃圾从这道门中被拖出来。维丝享受着自己的烟草,深深吸了一口,让自己因为靠近这个地方而过度紧张的神经平静下来。满是沙子的生锈铰链发出一阵尖叫,她的母亲出来了,嘴里叼着一根没有点燃的香烟。维丝的父亲从滥酒馆地下打捞出来的白色长袍在她膝边飘动。

"有火吗?"她的母亲问道。

这是她们一年以来第一次交谈,维丝非常确定上一次见到母亲的时候,首先听到的也是这句话。而且她们站立的地方也完全一样。她用手紧紧握住自己的银质打火机,她的妈妈把烟头探进火苗里。烟头亮起了红光,冒出青烟。

"新文身?"妈妈用点着的香烟指了一下维丝的手臂。

"是的。"维丝回答。她抑制住自己的冲动,没有低头去看妈妈说的是哪一个文身。太阳刚刚超过最高的大楼。她知道这将是炎热的一天。"听着,我很想聊聊天,但我得找到帕尔默。你见过他吗?"

妈妈吸了一口气,点点头,转过身去,朝那扇满是沙子刮痕的门喷了一口烟。"上个星期见过你弟弟。他需要钱买一副面罩。他说这次一定会好好报答我。"

"你知道他去哪儿了吗?"

妈妈摇摇头,"不。我也不在乎。你不想问问我有没有给他钱?"

"不,不想。他有没有提起他要干什么活?"

她的妈妈耸耸肩,"他说他再过来的时候会顺道把钱还我。就这些。他昨晚本来应该和你的弟弟们去露营,但是康纳昨天来找他了,所以他又食言了。"

"康纳有没有说为什么要找他?"

妈妈的眼睛眯成两条缝,"因为他本来要去露营的。问这个干什么?帕尔默有麻烦了吗?"

"没有。我觉得他不是有麻烦,而是可能有好事。今天早上这里所有的骚动,都是因为有人发现了丹瓦。"

她妈妈长吁了一口气,"总是有人找到丹瓦。最后无非是一个无名的小镇,里面堆满了半腐烂的碎片。看着吧,会有更多的人破产,结果却一事无成。这几天我们的生意可能会好一阵,然后这里就要变成鬼城了。"

"我觉得这次不一样。"维丝说。

"每次都不一样。听着,除非你想进来谈谈,否则我必须回去了。我可不能因为你不喜欢我的工作就要多洗个澡。"

"好吧,随你。很高兴见到你。"

"我也是。"妈妈把香烟弹到沙子里。一只乌鸦飞下来看了一眼,然后飞走了,因为自己被骗了而叫了好几声。

"嘿,"维丝又说道。这时她妈妈已经打开了小门。"他拿到面罩了吗?"

她妈妈看起来有些难过,嘴角上一下子出现了许多皱纹。"是的,我给了他钱。"

"他从谁那里买的?格雷厄姆?"

"去问问格雷厄姆吧。"妈妈说完就回到了屋里,风沙把门撞上了。

第29章　灵魂的重量
维丝

"怎么样?"马尔科问。他正在前门等着维丝。

"丹瓦就在北边。"维丝说,"我相信。"

"你相信?是你妈妈说的?她知道你弟弟去了哪里?"

"不完全是。但帕尔默告诉她,他回来的时候会顺道来见她。另外,我不认为他来这里是为了往南或往西。他和哈普从滥酒馆经过泉石时,曾经过来向我妈妈要钱。我们得赶紧去趟潜沙店。我还得问一个人。"她抓住马尔科的衬衫,把他拉近,深深地吻了他一下。阳台上的一个女人吹起了口哨。

"这该死的是怎么回事?"马尔科微笑着问。

维丝抹抹嘴唇。"确保你身上没有口红。你是干净的。"

"哦,是这样吗?"马尔科跟着她向潜沙学校走去,"我是干净的,嗯?"

"是啊,不过你嘴里有点内裤味。当然,这可能有别的原因。"

"这个笑话很快就会过时的。"马尔科跑着追上她,"那我们要去哪家潜沙店？你有线索了？"

"是的。我们家的朋友。我爸爸以前的潜沙伙伴。他的名字叫格雷厄姆……"

"格雷厄姆·赛勒？"

"是啊，你认识他？"

"我知道他。不管东西多么珍贵，他都不想出一毛钱。一个囤积者，对吗？我认识一个人，他曾经发现过他的一个地下宝藏。据说有价值十万钱币的古物埋在那个两百米深的地方。"

"胡说八道。都是些谣传。"

"不，那个人是认真的。但他什么都没有碰。他说他听说过，格雷厄姆在自己的储藏点都放了饵雷。我不是在开玩笑。这家伙有时还会去那里，潜下去，只是看看那些东西。我曾经试过让他带我一趟。"

"他不会带你去的，因为那种地方根本不存在。他跟我爸一样是个废物。嘿，那边的沙子够稳吗？好像它在动？"

马尔科抬头注视她所指的沙丘。那里还有一小股沙子正从沙丘上滑下来。"是风吧。"马尔科说。

"感觉有人在盯着我们。走吧，从这里到他的店有一条小路。我们可以不经过市场。现在那里应该全都是疯子。"

"是的——"马尔科落在后面。他还在研究那座沙丘。维丝拐进一条小路，然后是一道狭窄的小巷，这里的棚屋从堆得很高的沙土中探出来，他们头上的屋顶连成一片，形成一条黑暗的隧道。细沙从白铁皮屋顶间的裂缝中丝丝缕缕地落下，仿佛金色的面纱。维丝在经过一片这样的面纱后低下头,找了一间用台球做门把手的小屋。这就是格雷厄姆的家。敷衍地敲了两下门之后,她把门推开,头上的铃铛也随之响起。

"格雷厄姆?"

柜台边一个人也没有。一盏灯随门口吹进来的风晃动着。马尔科在门框上磕了磕靴子,才跟着维丝走进屋,关上了门。门铃又响了一阵。他们两个的影子随着屋门的关闭消失了。"看这些自行车。"马尔科悄声说道。

维丝没有理睬他,径直从自行车把下面钻过去,向屋后张望。工作间里同样空无一人。"格雷厄姆?你还在床上?"她爬上两级梯子,去阁楼检查店主人的床垫,却看到了工作台后面的尸体。格雷厄姆的凳子侧翻在地上。"马尔科!"她高喝一声,她从梯子上爬下来,匆匆绕过工作台。工作台上的一盏电灯还亮着。她把灯光转向地板,好看得更清楚一些。

"你还好吗?"马尔科问。

"该死。"维丝挪开了尸体身上的凳子。

"是格雷厄姆?"

"不是,我从没有见过这个家伙。"维丝把灯光又调整了一下,"混蛋,看看这个。"

这个人的脸有些不正常,有些向内凹陷,就好像被什么东西打了一下,可能是一支拍子,但皮肤几乎没有损伤,只是从鼻子里流出不少血。"怎么回事?"

"嘿,我认识这个人。"马尔科在那人旁边跪下,拿起他的手,弯起手臂,仔细观察尸体手腕上的文身和沙子刮痕。"危险,"他说道。他抬起头看向维丝,发现了她脸上的困惑,"这是他的名字。反正他就是这么说的。他曾经是滥酒馆军团的一员。一个打手,一个混蛋。只要给够钱,他什么都干。因为北边的人给的钱更多,他就去了北边。"

"那些食人族?"维丝一直都尽量远离北方荒原。那里有一片树林和几处水源,还有一些潜沙的好地方,但那片沙漠一般都很不安全。

"不,是一股新势力。我们有一个搞炸弹的也跟他们勾搭上了。据说他们出手很阔绰。至今他们还没有发动袭击的记录,但这并不意味着他们不会干这种事。他的脸怎么了?"

"看起来他被什么东西击中了。"

马尔科俯下身,摸摸死者的脸颊。那里的肉像腐烂的水果一样随着他的手指蠕动。

"混蛋,"马尔科说,"它就像一块海绵。"

维丝将手掌放在那个人的脸上,小心翼翼地不碰到它。她只是用手掌量了一下创伤的面积,"格雷厄姆一定是戴上了潜沙手套,打开潜沙服的电源,狠狠揍了你这位朋友的脸。可能是在你的朋友绕过工作台,想要威胁他的时候。"

"你认为他是用潜沙服把他打成这样的?"

维丝点点头,"一拳就能把他的脑壳打成粉末,或者是沙子。我估计从他鼻子里漏出来的除了血,还有脑浆。"

"哦,该死。"马尔科站起来,"他就把一个死人丢在这儿了?"

"嗯,要么是格雷厄姆离开得很匆忙,要么是这个'危险'还有同伙。他们把格雷厄姆拖走了。他不锁门,也没人看店,这一点就很奇怪。不过他一直都是个怪人。"

"是吗,嗯,不管是谁把他带走了,他的面罩还放在工作台上呢。这同样很奇怪。"

维丝转身去看工作台。"别管那个了。"她看到马尔科伸手去拿那只面罩。

"我只是想看看。"

"我的一个朋友可能有麻烦了。"

"那我们该怎么办?你认为'危险'想要什么?也许你的朋友欠了他的钱?"

"你觉得呢?你这个笨蛋。你一定能想得到。也许不是所有人都在忙着开船到沙丘上去蹦跶?也许不只是我们两个想要根据一些线索找到丹瓦?也许还有别人认为格雷厄姆知道丹瓦在哪里。或者,该死……"维丝站起身,"也许还有别人知道能从格雷厄姆这里打听出帕尔默的下落。也许我们已经晚了两步了……"

"不,不,不。"马尔科在工作台后面来回踱步,对着地上的死人摇了摇手指,"我明白了。哦,该死,我知道了。你是对的。就是在北边。那里有个叫布罗克的人,就是我跟你说过的那个家伙,他一直在招兵买马,到处大把扔钱。我打赌这一切都是他资助的。没错。"马尔科把一根脏辫的末梢塞进嘴里,咀嚼着陷入了沉思。维丝耐心地等待马尔科理清头绪。她给马尔科制造过不少麻烦,而马尔科最让她倾倒的不是美貌,而是他的头脑。"如果不是你弟弟发现的丹瓦呢?"马尔科问道。他似乎有了些推测。

"我在听。"

"如果他们认为,是他走漏了消息呢?"

"达明说的那个强盗已经死了。"

"嗯,也许他没死。也许那就是你弟弟,现在他们在追杀他,想让他闭嘴。也许他们认为可以从你的亲戚朋友那里找到他。我觉得他们只是想要他的命。"

"我不喜欢你的推测。"

"但这个推测有道理,对吧? 不然,你弟弟在哪里? 没人见过他和他的朋友,对吧? 我敢说他们俩都有麻烦了。"

"或者他们正在丹瓦上面,在潜沙和捞取货物。或者他们都已经喝得烂醉。不管怎样,我们应该问问那个你认识的人。闯进我家的那两个混蛋都穿着从北方来的衣服……"

"谁? 布罗克? 我不认识他。只听说过他。"

"你听说过什么?"

"关于他的消息有很多自相矛盾的地方。我听说他在泉石长大,从小就很有钱。但我的一个朋友说他的口音不像贵族,听起来肯定是北方口音。据说他在荒原中有个营地。我认识一个叫杰勒德的人,他从布罗克那伙人里退出了。回来的时候他说,他受不了生活在离女人那么远的地方……"

"真可爱。"

"实际上……该死,杰勒德刚回来差不多一个星期就在一次潜沙时失踪了。没人找到他的尸体。"

"我们得去找这个人谈谈。"

"杰勒德？我很肯定他已经被埋了。"

"不，白痴，去找布罗克。去他的营地，你说那是在北方荒原？你知道它具体在哪里吗？"

"不太清楚。"马尔科嚼着自己的长发绺，"我想应该在树林附近。我记得杰勒德说过，那里的篝火很旺。应该是在树林的西边，在某个大泉眼的南边。我会记得，是因为他一直抱怨要把一桶桶水从……"

一阵铃声突然响起，一定是前门被狠狠撞开了。然后是一声喊叫，再加上沉重的靴子声。维丝转身想要找到一个藏身之处，还想要喊马尔科一起从后门出去，但这时两个拿着枪的男人已经冲到他们面前，银色的武器闪闪发光，一把枪指着她，另一把枪指着马尔科。

"嘿，喔……"马尔科举起双手，维丝发现自己正盯着一件古老而且很不可靠的杀人机器的长管。

那两个人低头看了一眼被灯光照亮的死人。用枪指住维丝的是一个脸上有刺青的秃头男人，他满面怒容，眼睛仿佛在喷火，用手指扣动了扳机。"咔哒"一声响，紧接着是一声咒骂。维丝和马尔科仍然没有动。他们都深深陷入了恐惧和惊讶之中。然后另一支枪开火了。马尔科在最后一刻动了一下。他的头骨从一侧爆开，身体倒在地上。又是"咔哒"一声响，但维丝已经动了。她迈开步子，尖叫着，弯着腰，双手抱头，呼吸困难，思绪混乱，转头朝后门冲过去，身后又是一声枪响。

第30章　繁星满天的夜晚
帕尔默

　　帕尔默没有看到太阳,也没有人、没有营地,只有那辽阔无垠、宝石般清澈的沙漠天空。

　　天空仿佛变成一丝丝细流,从帕尔默满是沙子的嘴唇间流过,充满了他绝望的肺。他仰面躺在地上,喘着粗气,沙子堆积在他的两侧,填满了他鼓满风声的耳朵和头发。他像是个新生儿一样,大声地、用力地、充满感激地呼吸着。

　　他的朋友哈普躺在他身边,身体的一部分还被埋在沙子里。不知在什么地方,一头郊狼对着突然出现的气味嚎叫着。风带着一千条蛇轻弹舌头的声音掠过沙丘。

　　帕尔默用牙齿刮掉舌头上的沙子,吐出砾子和珍贵的体液。他转向哈普,哈普的肩膀和膝盖浮在沙丘外面,还有一只靴子,但位置不太对。哈普的肩头上还可以看到他的水壶背带。帕尔默筋疲力尽,但又干渴得发疯。他把手伸进沙子里,让哈普完全浮上来。他的面罩发出电池警报声。他的潜沙服也几乎没电了。

他伸手去拿水壶,发现它还缠在哈普身上,就掏出了他那把沾满血迹的潜沙刀,割断了皮带。

还有四分之一壶水。他太虚弱了,没办法再合理分配水量,只能大口大口地把水喝进肚子里。水烧灼着他干枯的嘴唇。他的胃在剧烈翻滚,似乎是因为自己还有事可做而大吃了一惊。帕尔默拧上壶盖,背对着风坐起来,细看他死去的朋友。

他发现,纠缠住水壶的不是水壶带子,而是哈普的尸体。帕尔默一下捂住了嘴。他的肚子"咕咕"叫得更厉害了,他很担心自己会把刚才喝的那点液体再吐出来。哈普的腿扭在身下。大腿和骨盆的接合处被可怕地撕裂了。一条胳膊也被打碎,白骨指向天上的星星。帕尔默试图弄明白这一切。他以前见过埋在沙子里的尸体,见过他们被困在寂静平和的休息中。哈普的情形完全不同。他的生命是在暴力中结束的。他的大脑一片混乱,但线索逐渐拼合在了一起。他的归航信标装在哈普大腿上的网袋里。帕尔默在一百米深的地方找到了他的朋友,就在布罗克的人挖的大坑的凹陷里,就在他们开始潜沙的地方。哈普一定已经回到地表了。

也许是那个奇怪的竖井崩塌,压住了哈普。也许是哈普回来得太晚了,正好遇到他们要放弃他们两个的时候。他们把固化的沙子放松了,导致沉重的沙子一下子压坏了哈普。不,不是这样,这样的话哈普全身都会被压碎。伤损会均匀出现在他的身上。哈普是狠狠撞在了硬物上,是跌落下去的,摔得非常重。

面罩说明了真相。哈普的面罩不见了。那只面罩上记录了他的潜沙过程,发现丹瓦的过程,还有那里每一幢大楼的位置,甚至可能还有下方的街道,每一个被埋葬的街区。

沙子吹过哈普的身体,开始在他的身边堆积。他的嘴里塞满了砾子,鼻孔也早就被塞住了,死气沉沉的眼睛蒙上了一层灰尘。帕尔默现在明白了,他们两个得不到一分钱。这才是强盗们的计划。搞清楚下面的情况,知道该从哪里挖掘,该在哪里投入资源,把这个庞大的宝藏完全留给他们自己。他从哈普在惊恐中睁大的眼睛里看到了所发生的一切。他能想象——哈普被绳子拉出来,也许曾经对强盗们说,他的朋友还在下面,下面的大楼里有空气,他需要回去;或者也有可能告诉他们,他的朋友已经死了。

帕尔默捧了一把松软的沙子,撒在哈普的眼睛上。难怪当他们接受这份工作时,从来没有人告诉他们到底要找些什么。如果帕尔默和哈普知道他们要潜沙去丹瓦,他们一定会怀疑,为什么带他们来北方的人不蒙上他们的眼睛?他们当时就应该知道自己踏上了不归路。他们肯定会知道。如果他们知道真相,一定会在出发时就哀求那些强盗蒙上他们的眼睛。他们离开泉石向北行进的时候就已经死了。

"你救了我该死的命。"帕尔默对他死去的朋友说,"你背叛了我,却救了我该死的命。"

谁知道呢,也许哈普真的会回去找他。谁能知道他做了什么决定,在想什么,对布罗克和其他人又说了什么?是的,他会回来找他的。帕尔默对此深信不疑。

他也同样确信自己的生命正处于危险之中。这不仅是因为他身处荒漠,饥肠辘辘,还因为他知道布罗克不想让别人知道的事情。帕尔默抬起手,摸了摸额头上的面罩,确认它还在那里,他的潜沙记录还在。现在他已经无法回头了。

尽管疲惫不堪,极度虚弱,他还是需要为哈普做点什么。虽然不喜欢这个任务,他还是拍了拍老朋友的口袋,从哈普的裤袋里拿出两个应答器,又伸手到哈普的肚子口袋里寻找他的死亡便条和那里的几枚钱币。虽然潜沙服的电量已经降到了危险程度,但他还是软化了哈普身下的沙子,让哈普的尸体落进去。他不知道哈普下降了多深,不过他打算尽可能拖延其他人发现尸体被移动过的时间。

他脱下从另一名潜沙员那里偷来的气瓶,舒展四肢,取出行路护目镜戴好,收起面罩。他得把气瓶搬到几个沙丘外埋起来。不能在这里留下任何东西,也不能让这只气瓶和哈普一起被发现,否则布罗克在下次挖掘的时候一定会发现问题。

他摇摇晃晃地站起身,从布罗克的人挖的大坑的底部朝沙土斜坡上望去。发电机没有运转,沙子现在不会变得松散。那一大块铁板已经被搬走了。他能看见沙子在黑暗中一片片滚落,逐渐填满这个沙漠地表的凹陷。因为害怕滑下来,他一次只迈一步,站稳后才会迈下一步。夜风将掩盖他的足迹。到了早上,这里就什么异样都看不到了。只要让风一直吹在左脸上,让北极星保持在身后,他就是在向南走,可以一直走回到泉石。但他知道自己不可能走那么远。他已经饿坏了,死去的朋友的水壶里只有几口水在晃荡,他连两天都坚持不下来,更不要说五天了。

艰难跋涉到大坑边缘,风迎面吹来。帕尔默努力回忆自己从强盗营地到潜沙地点所走的路线。他开始祈祷布罗克的人还待在他最后一次见到他们的地方,虽然这样做奇怪又疯狂,但他们将是这方圆数英里内唯一有食物和水的人。他拖着疲惫的双腿,毫无信心地向那些十有八九想要杀死他的人走去。

第31章 收获
帕尔默

沙丘那边有一道亮光。一些混杂的声音随风飘来。帕尔默用高高的沙堆作掩护，朝有光的地方走去。逐渐靠近那些声音的时候，他不敢再向前走，便偷偷登上了一座倾斜的沙丘。走到高处，他就蹲下来，然后又改成用手和膝盖爬行，最后匍匐着爬上了这座被风吹起的山峰，越过沙丘顶脊向下窥望，看到了他在这片沙漠最后一次正常过夜的营地。

这个营地的规模缩小了。帕尔默原以为会有一场大规模行动——布罗克的全部手下应该都会向这里聚集，但实际上，之前的许多帐篷反而都不见了。他和哈普看地图的那个大帐篷还在，里面有一盏提灯的灯光在不断颤动。帐篷外面有一堆灰烬还在发亮，不时喷出一些火星，一股烟柱把星星熏得暗淡无光。火堆旁有两个人，两道晃动的影子。烹饪食物的香气飘来，帕尔默感觉自己的肠子在打结。他空空如也的肚子要让他的大脑相信，这些人并不打算杀死他，哈普残破的尸体只是个意外。他可以走进那座营地，被拥戴成为英雄，失落宝藏的发现者，并因为他的成就而获得金钱和盛宴。

黑暗中传来一阵阵笑声,是火堆旁的一个人在笑。这笑声几乎就像是在嘲笑帕尔默那胡思乱想的肚子,像是在问他到底敢不敢下去,敢不敢现身。

帕尔默一动不动地趴在沙丘中脊后面,将围巾盖在鼻子和嘴巴上,任由护目镜上洒满沙子,他一边看着下面一边思考。太阳很快就要升起来了。地平线上的星星正在变得模糊。他在浪费时间。他需要吃东西。有几个帐篷没有灯光,他可以爬到里面去找食物和水,但这样做太危险了,会吵醒别人。

一个小时过去了,星星又移动了一个手掌的宽度,地平线上隐约显出光亮,帕尔默一直都没下定决心。终于,他选择了一顶帐篷。他摘下护目镜,摸索着取出潜沙面罩,将带子套在额头上。这时,远处爆发了一阵骚动——帕尔默以为自己被发现了。

他蹲下身子,开始后退。他看见火堆旁的两个人飞快地跑开,投下长长的影子。有喊声响起。帕尔默朝他们奔跑的方向望去,看到沙丘间闪烁着手电筒的光芒。有人在向这里会合。人们纷纷醒来,附近的帐篷里亮起了灯光。几个人影走出那个一直亮着灯的大帐篷。所有人都在朝他的对面走去。来会合的人在那边。

就是现在,他的肚子发出命令,快啊,你这该死的。

帕尔默服从了命令。他磕磕绊绊地越过沙丘的中脊,然后背贴着沙丘从另一边滑下去。松软的沙子随他一同滑落。他发现一个矮小的沙丘又把他遮住了。风沙也被这个沙丘遮住,不再击打他的脸。大帐篷就在附近,风吹得那里的布帘子"啪啪"作响。帕尔默还记得那个帐篷里有几桶补给品。中间有一张桌子。他可以潜下去,从桌子下面钻出来,再相机行事。

快点,他的肚子在催他。会合的队伍正在接近。他们会不会在火堆旁坐一下,喝几口酒,抽一支烟,然后再回帐篷?

帕尔默要碰碰运气。他悄悄绕过沙丘,蹲伏着朝大帐篷的后面跑去。他需要尽量靠近大帐篷。他的潜沙服电量很低,进入沙层非常危险。比起氧气耗尽,潜沙员唯一更害怕的事情就是电量耗尽,感觉到身体周围的沙子变硬却又无可奈何。只有移动才能活命,就算满肺的空气也无法与之相比。如果你能移动,你就能浮到地表上呼吸。一个充满氧气的肺和一个空的电池凑在一起就是个噩梦。这会让潜沙员的死亡变得格外漫长。于是帕尔默蹲下身子,尽可能地向前跑,希望自己有足够的电力,可以进行一次快速潜沙。

他蹑手蹑脚地来到帐篷后面。来到营地的人吸引了所有的注意力。除了风和帆布的拍打声,他什么也听不见。帕尔默打开面罩和潜沙服的电源,平躺在地上,尽量减少排沙量。该死,他太虚弱,太饿了。他的四肢都在发抖。他掀开面罩,盯着视野角落中闪烁的红光,他的潜沙服告诉他一切即将结束。我们都一样,帕尔默对自己说。

沙子接纳了他。帕尔默屏住呼吸,向下滑了整整一米——他担心帐篷内的地面比外面低。他滑到帐篷的正中央,抬头望向头顶上那片颤动的紫色。帐篷里是空的。没有人站在这里。

旁边的几个地方可能有装食物和水的桶。他慢慢地浮上去，头向后仰着，只让面罩和耳朵露出地面，准备一旦有人发现就立刻逃走。他把一只手举到沙子外面，掀起面罩，静静地深吸一口气。头顶上的桌子挡住了灯光，使他处于阴影之中。他让沙子流动起来，让沙子缓慢、无声地旋转，带着他环顾整个帐篷。没有靴子，没有铺盖，没有靠近的说话声。他从沙地上爬起来，蹲下身子，迅速关闭潜沙服，把剩下的能量都保存住，这样他就可以从沙子下面再钻出去。

他首先爬向一堆板条箱。这时他模糊地意识到自己在沙子上留下了足迹。头顶上的灯在晃动，帐篷里的影子也随之险恶地来回飘移。有一只板条箱上盖着粗麻布。帕尔默满脑子想的都是食物，所以当他举起麻布时，他看到箱子里有几块面包。明亮的白色面包。他捡了一块，闻到一股类似粉笔和橡胶的味道，这才意识到这些东西太小、太重，根本不是面包。

他的意识在捉弄他。帕尔默把这东西拿到亮光下面，是炸药。他以前也见过这样的炸药，当时泉石城的一座摩沙大楼不得不拆除，以免被沙丘压倒，撞上临近的房屋。他仔细检查一下那只板条箱，看到里面装满了这样的白色团块。他亲眼见过叛军炸弹的效果。在泉石长大的人都见过。沙地上的红色污渍、无数血块、沾满血的靴子、男人、女人和孩子，全都分辨不出来。握着这块白色的东西，他感到了同样的恐惧，那种脖子后面传来的刺痛，就像在每一个葬礼、婚礼或庆祝宴会上一样，因为那些地方都有可能出现报复性的袭击，在无数的人声喧哗中，就算是响亮的炸弹轰鸣也不太容易会被听到。

帕尔默扫视整座帐篷。布罗克和他的手下不是只想要偷东西的小偷和强盗。一定还有别的事情正在发生。

他的肚子要他集中注意力。食物,它说。他将手中的白色块状物放回到其他白色块状物中间。粗麻布也被原样盖了回去。桌子的另一边有几只桶。一只勺子的钩状金属柄在一只桶沿上闪闪发光。帕尔默的嘴渴望着得到能喝的东西。他拖着脚走到桶边,一边抖掉水壶上的沙子,一边向桶中望去,在桶底看见了一片模糊、阴暗,却有光亮的倒影。他那张憔悴不堪的脸在这墨水一样的液体表面晃动个不停。帕尔默打开水壶盖子,靠在桶沿上,将水壶没进桶中的液体。他的手臂感觉到了水的凉爽和刺激。水壶发出一阵汩汩的声音,一团团的空气冒出液体表面。帐篷外面突然爆发出一声喊嚷,还有笑声。那些声音都在向帐篷靠近。

帕尔默急忙把手抽回来,转过身。他手忙脚乱,神思不属,慌乱之间反而不知该向何处逃去。笑声越来越近。帐篷帘"啪"的一声被掀起,他趴倒在地上,扭动着钻到桌子底下,身上还滴着水,两只靴子拼命踢蹬着把他送到桌子下面。

"真该死!"有人吼道,"这东西可真重。"

有人拍了拍另一个人的背。还有烤肉的气味传来。某个人手里拿着热气腾腾的食物。帕尔默开启了潜沙服,把膝盖和双脚埋进土里,双腿向下旋转,同时保持肩膀和手臂不动。他已经盖好了水壶,却始终不敢冒险喝上一口。他能感觉到有液体从右手上滴下来,便把湿漉漉的手掌按在嘴上,尽量吸干上面的水分,同时不发出一点声音。他看见自己向桌子底下爬行时留下的痕迹,就小心翼翼地让潜沙服把那里的沙子抹平,轻柔得仿佛是给熟睡的婴儿盖上被子。一个非常沉重的东西"砰"的一声落在桌子旁边,是一个巨大的金属圆筒,有人叫喊着要大家小心。背包和其他装备落在了他头顶的桌子上。有人在拂去桌面上的沙子。沙子如同雨点落在帕尔默身边,又仿佛一层遮住灯光的面纱。

帕尔默开始把自己埋进沙子里,好从这里逃出去,等大家都睡着了再回来,但他听到了半句话。

"……找到另一个潜沙员了吗?"

笑声和喧哗声渐渐平息。帕尔默屏住呼吸,感觉自己的心跳一定能被上面的人听到。

"没有,长官。"是莫戈恩在说话。帕尔默认出了他那平静而威严的声音。"我们尽可能往下搜索了两百米,除了那具尸体,其他什么都没有。"

"他不会浮出来了吧?"又是布罗克,刚才那半句话就是他问的。他那奇怪的口音肯定不会被认错。一定是他离开了营地一段时间,现在刚刚带着一群人回来。他们去了哪里?帕尔默继续听下去。

"完全不可能。"这次是耶格利,帕尔默确信。"那四个潜沙员中只有一个能潜到那么深,这就是我们得到的结果。四分之一的人成功了。下面的沙子让人无法同时做到呼吸和移动。顺便说一句,已经四天了。他已经完了。"

四天,帕尔默想。

我早就告诉过你,他肚子说。

"我们要找的就是这个沉得要死的东西?"有人在问。那口气中带着怀疑和失望。帕尔默不知道他指的是什么。

"就是这个。"布罗克说。

"那就是说,我们可以拔营离开了?"另一个人问道。

"是的。天一亮,我们就往南走。我们不会留下任何痕迹。"

"你确定这东西真像你说的那样?"

"让我看看。"有人说。

"把它放在桌子上。"布罗克命令道。

两双手来到帕尔默的正前方,抓住了那个巨大的金属圆筒。帕尔默深吸了一口气,把他胸口周围的沙子分开,然后关闭了潜沙服。他只剩下一点点电量了。他从腋窝以下都被埋在沙子里,但他还能呼吸。

"你确定桌子能撑得住吗?"

"它能撑住。"

在帕尔默的上方,这张金属桌子被那东西的重量压得"吱吱"作响。帕尔默只在灯光下瞥了一眼这个物体。它看起来像某种老式的技术,从地下被打捞上来,是一个有电线和小管子的圆柱体,看上去精密而且昂贵,还非常古老。

"这该死的东西真重。"有人说。不过桌面已经不再向下弯了。帕尔默把手放在胸前,随时准备潜入地下。他能感觉到头顶上的那个东西,就像一个阴暗的念头。

"我觉得这东西很糟。布线简直是一团乱。看看这里,感觉修不好了。"

"这个用不着担心。"布罗克说,"重要的是里面。其余都是用来引爆的,但我们不需要。"

人群安静下来,他们大概都在审视这个圆柱体。帕尔默身上打捞者的好奇心变得强烈起来。

"这东西可真漂亮。"耶格利低声说。

"但是它怎么工作呢?"莫戈恩问。

"我不知道。"耶格利承认。

随后是一些沉重的靴子在不安中来回移动。

"我的意思是,我不懂原理,不懂科学。但书上说,一个这种东西就能夷平整个城镇——"

"一整个镇。"有人嘲笑道。

"闭嘴。"布罗克命令道。然后他让耶格利继续。

"其实只是一个小球体。这就是这里面所有的东西。一般它都有足够的惰性。书上说它可以保存几十万年。我们要做的就是迅速收紧这个小球,就好像将一把沙子变成儿童弹珠,然后一切都爆炸了。这东西会把成片的沙丘升到天上,把沙漠变成玻璃。"

"你确定?"有人问。

"是的,但这太混蛋了。"另一个人说。

"会成功的。"布罗克说,"相信我。只要这样一个家伙,我们就可以夷平整个滥酒馆。"

"泉石怎么样?"又有人问。

"对于泉石,我们还是按原计划。"布罗克说,"我们炸了那道墙,然后袭击滥酒馆。如果这两个地方还剩什么,我们就再去拿一个。现在我们有了地图做参考,想要多少就有多少。用不了多久,我们的沙丘南边就不会有一座建筑了,而领主们尽可以统治我们留下的平坦沙地。"

听了这话,大家都笑了起来,笑声越来越大。有一个人撞到桌子上,一只罐子倒在桌面上,发出"咚"的一声响。"白痴。"有人骂了一句。人们争先恐后地去取装备,袋子、刀剑和枪不停地发出刮擦滑落的声音。"去拿地图。"莫戈恩说。随后就是一阵纸张摩擦的"沙沙"声和一连串的脚步声。帕尔默只想知道这帮该死的家伙什么时候才能离开,这样他就能出去找点吃的了。这时,一样东西掉落在他面前的沙子上,是一把匕首,刀刃先刺进了地面。一只手伸下来,抓住了刀柄。然后那个人低下头,眼睛在黑暗中闪烁。

"这是怎么回事?"那个人说道。

然后就是一声怒吼,那个强盗向帕尔默猛扑过来。

第32章 逃跑
帕尔默

帕尔默的潜沙服刚刚接通电源,那个强盗已经爬到桌子底下。帕尔默的头挨了一下。强盗挥过来的巴掌上带着锋利的指甲。帕尔默的面罩被撞掉了。帕尔默伸手去抓,只抓住了头带,却没有找到面罩。他在晕眩中迅速吸了一口气,戴上控制带,让沙子开始流动,然后及时闭上眼睛。他什么都看不见,身体虚弱无力,肺里还没有多少空气,潜沙服也几乎耗尽了电量。但他忽然急中生智,他把帐篷中一米深的沙子先变软,再硬化。用沙子攻击人属于杀人罪行,但这些人想先杀死他。

他以最快的速度向帐篷外游动,穿过帐篷壁,然后向地表上浮。沙子里好像有什么东西缠住了他的脚,然后又缠住了他的整个身体。沙子正在变得厚重、密集。是这件该死的潜沙服快不行了。也可能是面罩脱落的时候损坏了控制装置。

他以最快的速度往上爬,他的眼睛看不见,肺里只剩下半口气,然后他终于平趴着上来了,头钻出了沙子,但身子还被埋在沙子里。潜沙服一点电都没有了。他哼哧着,努力活动肩膀,将一只手臂挣脱出来。然后他开始从沙子里挖出自己。星星在天空中平静地闪烁，而距离他只有两米的地方，人们大声谩骂、呼救。那些强盗也在努力把自己挖出来。

这是一场竞赛。帕尔默挣脱出了另一条胳膊。他用自己软绵绵的双腿踢蹬着，扭着腰，终于让臀部也获得了自由，现在只要再挖开差不多十英寸的沙子，他就能出来了。他只下沉了一米，还是差一点被埋住，如果再深几英寸，他可能就出不来了。他听到远处有在沙地上奔跑的声音，有人从其他帐篷里被叫了出来。帕尔默爬起身，开始逃跑，一边利用大帐篷遮挡住自己。大帐篷里的人正叫嚷着要其他人把他们挖出来，到外面去找那个潜沙员，把他杀了。

帕尔默的心悬在嗓子眼，水壶里晃荡着四分之一壶水，他的面罩里有他潜沙发现丹瓦的证据。除了自己的小命，他的努力几乎没有任何收获。他只能逃跑，在黑暗中踢着沙子，在人们常走的山谷中一路狂奔，那里的许多脚印可以很好地遮掩他的足迹，他该死的只能逃跑。

第33章 无事发生

维丝

维丝从格雷厄姆商店的后门冲出来,跑过炙热的沙地。她身后又响起了枪声。听起来两个人的枪都打响了。她前方的沙丘上有一股股沙子如同喷泉般涌起,一片铁皮屋顶掉下来。她脚边的沙子发生了爆炸,然后一只野兽咬了一口她的小腿。

维丝趴在沙滩上,她的腿着火了。有人在喊:"那是他姐姐,该死的,别杀她。"有人向她跑过来。维丝能感觉到他们来了,能感觉到沙子的摩擦。但这摩擦声不是那些强盗的靴子造成的。

沙子分开,把她吞了进去。维丝吓得喘不过气,只是及时闭上了眼睛。一个气嘴被压在她的嘴唇上。她叼住气嘴,深吸了一口气,感觉到周围沙子的柔软,让她能够呼吸,能够在地下移动,她就像一件被打捞的物品一样被拖向一边。

片刻之后,气嘴被拿走。她只剩下了黑暗和移动。很快气嘴又回来了。有人在和她共用一个气嘴。维丝抓住这个人,知道自己得救了,她希望救自己的是帕尔默。腿上的剧痛这时已经减弱成一种抽动的钝痛。维丝的视野中一直在反复出现马尔科脑袋爆开的景象——"砰"的一声,马尔科身上最受她喜爱的部分就炸裂了。她的灵魂中出现了一个深坑。当她被带出沙子,回到空气中时,她甚至都毫无察觉,不知道自己已经走出地下,也感觉不到灼热的阳光晒在皮肤上。即使空气充满了她的肺,她也不知道还有空气可以呼吸。除了马尔科死了,她什么都不知道。

现实如同包容一切的黑暗。她胸口正中有个冰冷的坑。她的脸颊很干,沾满了沙子,格雷厄姆抱着她,叫着她的名字,问她有没有事,她的腿仿佛朝阳一样,染红了沙丘。

格雷厄姆在处理她的伤口。她只是呆坐在那里。她逐渐意识到,格雷厄姆把她带到了潜沙训练场一座低矮的沙丘后面,在这里,他们至少可以合法地穿潜沙服。尽管他们遭遇的事情早就不合法了。有人要杀死他们。他们却还不知道是为什么。就算是丹瓦也不值得这样做。维丝能感受到报复所带来的毫无意义的暴力,当一颗炸弹毁掉了一场葬礼、一场婚礼,或是蓄水池前的队列,人们便会在沙丘上茫然地徘徊——他们的感觉一定就和维丝现在一样。"轰"的一声,世界失去了意义。"轰"的一声,母亲在哀号。"轰"的一声,到处都是尸体的碎块。爆炸。爆炸。爆炸。幸运的人还可以哀悼。幸运的人会听到卡壳的"咔哒"声,会得到一次命运的哑火、一颗注定的哑弹。维丝还躺在沙子上,马尔科却死了。生活是反复无常的,是残酷的,是该死的完全随机的。在噩梦中不可能找得到意义。至少在噩梦中,她能发出愤怒的尖叫,哪怕这叫声只是些微弱的呓语,但维丝现在连这都做不到。她连一声呜咽都做不到。

"你很幸运,"格雷厄姆说道。他一边喘息着,一边用维丝血淋淋的裤腿绑住她的小腿。维丝不知道他是什么时候把这条裤腿撕下来的,"错过了骨头。真是幸运。"

她只是盯着格雷厄姆。她能尝到嘴里有血的味道。她希望那是她的血,不是马尔科的。一定是因为她摔倒的时候脸撞在沙子上,咬到了舌头。不要是马尔科的血。

"我没有足够的空气供我们两个人呼吸。"格雷厄姆说,"我的潜沙服也还没有充满电。我们没办法在沙子下面待太久,但我得带你离开这里。他们还在找我。"

"他们在找帕尔默。"维丝自言自语地说道。她现在能说话了,但她觉得自己的声音很遥远,就像被远处的风吹来的。

"是的。"格雷厄姆说,"你觉得你能走吗?我们还没有走出多远。如果你的腿没事,你应该赶快离开这里。"

"那你呢?"

"我还要把那两个家伙埋起来。"他的语气就好像在说自己要撒尿一样,"我在这些沙丘上活得肯定会比他们久。如果你想留在这里,我可以去市场买个气瓶。我知道哪里有另一套潜沙服……"

"码头。"维丝说,"我的潜沙服在那里。"

格雷厄姆点点头,"我可以帮你。只要你不断移动,他们就永远抓不到你。你这几天应该低调点。离开小镇一段时间。"

维丝想到自己的两个弟弟还在外面露营,又开始想帕尔默到底在哪里。一小时前,生活还是那样简单又美好。但一切都因为撞针的轻响和随后的爆炸而改变了。不可能发生这样的事。不可能。

"嘿,维丝,你在听我说话吗?你不会休克吧?你流了些血……"

"马尔科。"维丝说道。她第一次注意到格雷厄姆的脸。他对于现在的维丝而言是最接近父亲的人。"我爱他。他死了。马尔科死了。"

"既然是这样,我们现在要担心的就只有你了。你在码头上有一艘萨弗船?"

维丝点了点头。

"我会带你到那里去。你在这段路上只需要想清楚要去哪里。"

"布罗克。"她说道。她想起了马尔科的话,想起了他的声音、他的脸,"北方荒原,树林的西边,泉水的南边。那就是我要去的地方。"

维丝感觉到脸颊上的阳光,嘴里的砾子,吹拂头发的风。她从沉睡中苏醒过来。活着,但已经不同。她变成一个能思考,能倾听、能处理现实的空壳。现在这个空壳想要杀人。

第34章　最终的拥抱
帕尔默

帕尔默一直让风吹在左侧脸颊上,这样他就是在一直向南走。他从不曾感觉如此虚弱和疲惫,仿佛随时都会倒下,再也无法站起。他在黑暗中摇摇晃晃地走了三个晚上,拖在地上的双脚在他身后留下了一条浅沟。三个晚上的跋涉,一到上午,他就会在不断缩小的沙丘阴影中睡觉。整整三个中午,他都只能接受阳光的炙烤。为了保护皮肤,他不得不把自己埋在沙子里。三个下午,他都在看着沙丘缓慢地重新伸出阴影,给他一个地方可以安静地挨饿。

他的黑色潜沙服白天穿实在是太热了,所以他把潜沙服盖在头上遮挡阳光。到了晚上,单薄的潜沙服却又无法让他停止颤抖。每当他脱下潜沙服,看到自己瘦弱的身躯,肋骨像起伏的沙丘一样突出,骨盆清晰的轮廓就像死人的骨架,两条腿虚弱得连一步都抬不动,他禁不住就想要哭泣。他已经有一个多星期没吃过东西,但在饿死之前,他会先渴死。不会太久,不会太久了。

虽然很清楚自己的结局,但他还是又迈出了一步。他不知道是为什么。他只是在这样做。他的左脚从沙面上拖过,留下一道浅沟。太阳要出来了,星星正在一个接一个地熄灭,直到最终只剩下火星,准备与他再战斗一天。他必须赶快把潜沙服脱了。这将是他最后一次脱下潜沙服。他撑不过这一天了,现在他已经感觉不到饥饿,疲惫感也变得越来越遥远。他将要死在这片焦热的沙子里,就是今天——这一点他确定无疑。以现在这种缓慢的速度,到达泉石还需要两三个晚上。但他会在那之前成为乌鸦的食物。他已经能看到那些鸟在自己周围盘旋。它们知道。

"呱。"他悄声说道,更多的言辞都被他肿胀的舌头堵在了喉咙里。"呱呱。"

太阳停留在他左侧的山丘顶上,灼目的阳光直接照射在他的脸颊上,就像一记火辣辣的耳光。这勾起了一个关于父亲的记忆,无比清晰。那是父亲唯一一次打他,因为他开的一个玩笑,只是一个玩笑。当帕尔默穿上潜沙服的第二天,他想展示一下维丝教他的技巧,打算进行一次完整的下潜。他觉得自己已经掌握了松解沙子,让沙子流动的窍门。他打开了父亲靴子下的松软地面,又让周围的沙子合拢。他以为父亲会为自己的把戏感到骄傲,以为父亲会放声大笑。

帕尔默一直记得那道明亮的闪光和木头破裂一样的震响。然后他的脸上就烧起了火,仿佛受到了千倍的日光灼伤。他被击倒在沙子上,躺在那里,嘴里有血腥的味道。他的父亲俯视着他,对他大喊大叫,告诉他要记住原则,他前一天刚刚学习过的原则——用沙子做武器的潜沙员会有怎样的下场,其他潜沙员会对他做什么。

那是父亲唯一一次打他,也是帕尔默最后一次试图逗他父亲笑。那时他才十岁。和罗伯现在的年龄差不多。罗伯,那孩子的好奇心太重了。妈妈说这是从他们父亲那里遗传来的。只要是会带来危险的品质,无论是什么,肯定都来自于他们的父亲。他们身上仅有的一点点好处则都来自于她。这就是妈妈的说法。父亲离开了,他们只剩下了妈妈的说法,妈妈对一切事情的解释。爸爸所做的一切只得到了这样的结果。他的错误就是离开。可怜的罗伯。他太好奇了,这样会给他带来麻烦。现在只有康纳照顾他了。

康纳……他只想像他的哥哥一样,他也会像他的哥哥一样挨饿,一样蹒跚而行,一样只剩一副骨架,在酷热的沙漠中缓慢移动,最终被乌鸦吃掉。一名潜沙员,一个被埋在无名之地的梦,迷失在沙漠里,只因为自己对不幸的追逐。不……露营。他的弟弟还不是潜沙员。康纳在露营。他在沙子下待了四天,又走了三个晚上。已经过去了一个星期。他会和他父亲在同一天死去。他在腹部口袋里的纸条上写了自己会在父亲离开的日子死去,结果他写的没有错。既有诗意,又是真实的。

"呱。"帕尔默悄声对盘旋的乌鸦们说道。他摇了摇水壶,仿佛这样就能把水壶装满一样。他还有机会发现泉眼和绿洲。他已经走了好几个小时,心中想着他的弟弟们,想着他的生命结束了,结果却一无所获。他只盼着会有一片绿洲。太阳烤焦了沙漠,这一天,他没有停下来躲避阳光,没有脱掉他的潜沙服,没有把自己埋在沙子里。到不了晚上,他就不会再往前走了。他将一步也迈不出去,但他还是又迈了一步。他不相信自己还能迈出下一步,但他还是迈了出去。乌鸦们发出难以置信的叫声。帕尔默想笑,但他的喉咙早就因为肿胀而被紧紧塞住,他的嘴唇破裂、流血,粘在了一起。这时,在地平线上,在午后晃动的热浪中,出现了一棵树,一棵孤独的树。那代表着水。可能只是又一个海市蜃楼,哪怕他跌跌撞撞地冲过去,也只会踢起一点干燥的沙子。但也许这一次是真的。

他转向那棵树,带着希望,用骨头里仅剩的力气向前移动。那棵树越来越近了。摇摇欲坠的他走不了这么快。那棵树绕过了一个沙丘。那是萨弗船的桅杆,上面扬着一面叛军的猩红船帆。是布罗克和他的人。

帕尔默想要逃走。他的大脑还有最基本的常识,但他的身体已经做不到了。现在这副该诅咒的身体只想要瘫倒在沙子上。帕尔默吐出嘴里的砾子,开始咳嗽——他肿起的舌头让他的咳嗽都很吃力。他转过头,看见那艘萨弗船正向他疾驰而来。也许他们还没看见他。但是那些可恶的乌鸦不停地盘旋、俯冲,就像许多支瞄准了他的箭,出卖了他的位置。"这儿,这儿。"它们仿佛在齐声高喊。萨弗船逼近了。

也许他们会救他。叛军会救他的。帕尔默几乎重新站立起来,开始挥舞双臂,但他仿佛又看到哈普张大的嘴巴里满是沙子,还有他的朋友扭曲变形的身体,又听到帐篷里有人高喊要抓住他、打死他。再走两个晚上,他就能到达泉石边上。当他开始用手铲起沙子,想要把头埋起来的时候,他发烧的大脑就是这样想的。他跪在地上,前额抵在沙丘上,屁股悬在半空中,现在风也帮不了他。他抓起一把沙子,扔在脖子后面,一边还在抽泣着乞求援助,在盘旋的乌鸦下面抽泣着,想要赶在被杀死之前把自己埋起来。

随着萨弗船的橇板划过沙漠的"嘎吱"声,这艘风力驱动的船转向停下来,溅起一片细沙。帕尔默仍然把前额贴在地上,咬咬牙不让自己发出呜咽声。他的背向上拱起,潜沙服宽松地挂在身上,沙子顺着他的头发洒在领口上。

他听到风吹过帆索和绳子摩擦手套与木头的声音。帆桁和桅杆在"吱嘎"作响,还有船帆在风中飘动的"噼啪"声。一双靴子落在沙滩上,"咯吱""咯吱"地朝他走来。他将迎来一把刀让他血洒沙漠,或者一只水壶解救他的干渴。但他没有勇气,也没有力气抬头去看。帕尔默的神志和感知都被丢在了一千座沙丘以外。

有人要他举起手,露出手掌。那个人又说了一遍。他想要举手,却举不起来。来的是刀。刀要来结束他了。

一双强壮的手落在他的肩膀上,把他翻了个身。头发中的沙子落在他的脸上。"手掌。"那声音又说,"手掌"[1]。

他看到了姐姐的影子,是幻觉。他的姐姐站在一艘飘扬着红色叛军船帆的萨弗船前面。姐姐脱下手套,擦去他脸颊上的

---

[1] 在英文中,"帕尔默"的发音和手掌"Palm"非常相似。

沙子，擦去他哭泣时留下的泥土。姐姐也哭了。她摸索出水壶，双手颤抖着，脸上全都是因为看到他而生出的恐惧。帕尔默一点声音也发不出来。

姐姐捧起他的下巴，哭着说："帕尔默，哦，帕尔默。"珍贵的水倒在他起了水泡的嘴唇和肿胀的舌头周围。帕尔默的喉咙如同一只紧握的拳头，一滴水也吞不下去。他感觉到水在嘴里蒸发，滑进舌头里，慢慢被吸收。维丝倒了更多的水。她的手在颤抖，水壶和姐姐的双眼都流出水滴，姐姐低声说出他的名字。是维丝来找他了。

水滴落在他的嘴里，又消失不见。又是一壶盖水。帕尔默感觉到了吞咽，痛苦地吞了一口水。伴随着响亮的吞水声，他的身体终于回忆起了自己的功能。

"丹瓦。"他的声音异常沙哑，"我找到了。"

"我知道。"维丝说。姐姐用力晃了晃他，"我知道是你做的。"

"可能会有麻烦。"帕尔默又低声说。他需要告诉姐姐布罗克的事，炸弹的事，还有赶快离开。

"省省力气吧。"维丝说，"一切都会好起来的。"

维丝擦了擦脸颊，帕尔默看到更多的泪水从姐姐的眼睛里涌出来。松开的船帆在她身后随风飘荡，乌鸦还在天空盘旋。维丝一遍又一遍地告诉帕尔默，没有事了，自己却禁不住抽噎起来。她把弟弟抱在怀里，低声说一切都会好起来，但帕尔默知道这只是一个故事，只是一个在家庭帐篷里，在火苗轻轻爆响的油灯下讲述的故事，这不是真的。

东边的雷声

第四部 PART 4

THUNDER DUE EAST

第35章　绿洲
维丝

　　萨弗船穿过沙漠，在一阵"吱嘎"声中放慢速度，最终停了下来。沙子随风打在亮红色的船帆上，"嘶嘶"作响，又划过船帆的边缘，像薄纱一样飘扬开来。维丝降下帆，仔细研究沙丘之间的凹陷。这里有几根树桩无力地指向天空。曾经生长在此地的高大树木在很久以前就被屠杀了。树桩之间有一片深色的沙地，有些像是太阳投下的阴影。这不是绿洲，不过也不错了。

　　她跳到沙子上，扶弟弟从拖曳架上下来。她为弟弟做了一个小遮阳棚，但只是向南行驶了半天，这个小棚子已经出现了许多破损。她很想直接返回泉石。他们应该能在天黑前赶到那里。但她相信，如果没有水，她弟弟肯定坚持不了那么远。

　　维丝把弟弟抱在怀里。弟弟的头不住地左右摇晃。现在帕尔默比一只气瓶加一个装备袋重不了多少。维丝把他放到船旁边沙地的阴影里，从塞在驾驶位下面的潜沙装备中取出马尔科的潜沙服，将那套衣服叠成一团，抬起帕尔默的头，把它当作枕头垫在沙地上。

帕尔默要水喝。维丝将水壶从背后转过来晃了晃。水壶已经空了。"等一下。"她说道,"我马上取水回来。"

她把帕尔默留在阴凉处,走到船舵边。她自己的潜沙服被塞在萨弗船尾部伸出来的小型风力发电机下面。她把装备掏出来,在烈日下脱去衣服,抓起几勺沙子在腋窝和汗湿的胸口上擦了擦,然后尽可能掸去身上的灰尘,再用力穿上潜沙服,潜沙服很热,闻起来有一股熔化的橡胶味。泪水打湿了她的脸颊。她骂了一句流泪的自己,抬手把眼泪擦掉。她的弟弟快要死了。帕尔默现在只剩下了一堆皲裂和晒伤的骨头。看到弟弟的样子,她被吓坏了。想到爱人马尔科的死,她更感到害怕。马尔科就在她面前被杀死。现在她又要失去一个弟弟了。

她从背包里掏出面罩,又擦了擦脸颊,向自己保证同样的事情不会发生第二次。帕尔默不会死。她咬紧牙关,做出承诺。今天不会再有人死,一个人也不会。她把马尔科的水壶挂在脖子上,还有她和帕尔默的水壶。三只空水壶在她的腰间不停地相互磕碰。"我马上就回来。"她一边说,一边扫视地平线,寻找萨弗船的桅杆。在向南行驶的路上,她远远地望到过几十根桅杆,不过现在一根都看不见。帕尔默一动不动地躺在萨弗船旁的沙地上,仿佛安详地睡着了。维丝穿好潜沙服,消失在沙子下面的时候还一直在告诉自己,弟弟只是睡着了。

▼▼▼

帕尔默独自躺在暖热的沙子上,盯着姐姐消失的那片暗色沙子。时间一分一秒地过去,他们向南航行时,乌鸦一直在他们头顶盘旋。姐姐拿走了他的水壶,那其实是哈普的水壶,边上还刻着哈普的名字。帕尔默想起他们去潜沙时,哈普用潜沙刀把自己的名字刻在水壶上。他们会把装备埋在沙子里。哈普一直担心他们把水壶搞混。他们的水壶样式相同,而且都是新的。那时他们还那样年轻,担心分不清彼此的东西,担心该如何分配收获,真是脆弱的友情。那仿佛都是上辈子的事了。

又过了几分钟。帕尔默盯着窗外的沙漠。维丝曾经一壶盖接一壶盖地向他的嘴里喂水。他的胃在打结。泉石和希望仍然是那么遥远。他们到了那里之后呢?之后还能去哪里?有许多人想要杀他。他还记得哈普的身体扭曲的样子。他究竟让自己卷进了什么事情?那些人到底是为了什么?硬币吗?

一只乌鸦突然飞下来,落在萨弗船上。主帆飘飞,它也扇动翅膀,并且用喙啄铝制桅杆,如同死神敲门,要求进屋。帕尔默挥了挥手,请求它离开。他想知道如果维丝不回来,他该怎么办。再过多久,太阳就会从他的头顶掠过,遮蔽他的阴影会彻底消失?再过多久,其他潜沙员或强盗才会发现这艘帆篷飘动的船?再过多久?

乌鸦忽然受了惊,拍打黑色翅膀,匆忙飞上天空。帕尔默听到深深的吸气声。他转过身,看见维丝从地下滑出来,沙子从她身上倾泻而下,随风飘散。她做了几次深呼吸,在沙滩上休息了一会儿,然后她掀开面罩,露出一点笑意,把帕尔默吓了一跳。

第36章　父亲的纸条
罗伯

"这样父亲的帐篷会被撕裂的。"罗伯警告说。从哥哥打结的方式,他一眼就看出了哥哥的计划。这对帐篷可不好。

"这是我们的帐篷。"康纳纠正他,"是你和我的,不是父亲的。而且我们也不太可能一路把她抬到城里去。"

康纳继续打着结。罗伯看着哥哥在黯淡的星光中工作。无人之地那边的地平线开始变亮了,巨人们跺脚的声音也在零星响起。据他估计,太阳在一小时内就会冒出来。

他转过身,看着熟睡中的女孩。为了拆掉帐篷,他们把自己的被褥和女孩都搬到了沙地上。女孩平躺着,头朝东,脚朝西。沙子堆积在她的头发里。她的胸部从衬衫裂口中露出了一部分。如果不是她的胸口还在极其微弱地上下起伏,她看上去就像死了一样。罗伯伸手将女孩胸前的衣服拽好,遮住她苍白的皮肤。刚才康纳已经为她清洗了伤口。

哥哥的背包里有额外两壶水、绷带和各种补给品。罗伯没有问过这些东西是做什么用的,因为他知道。他没有问康纳为什么会半夜离开帐篷。他知道康纳要去哪里。一想到只剩下自己一个人，他就非常害怕，但他知道这正是康纳的计划。罗伯什么都没有说。他常常能看出事情的结果，也能看出各种事情相互的影响，但他在很长时间里都不愿意向那些比他年长的人解释这些事情。每当他说出自己的见解，大人们只会用奇怪的表情看他，好像根本不相信他的话，或者是害怕他，或者两者兼而有之。

"如果你摸够了她的胸部，你可以拿我的背包压一下这该死的帐篷，不要让它总是被吹起来。"

罗伯抓住了康纳的背包。没必要对哥哥说自己没有摸女孩的胸。这只会让哥哥觉得自己在欲盖弥彰。当然他在沉默中也不可能为自己辩解，但反正都无所谓，所以他省了这点力气。他将康纳的背包放在叠好的帐篷上，让哥哥能够顺利把结打好。布料终于不再随着黎明前的微风飘动了。

"给她做个枕头。放到这里，我们搬运她的时候可以让她枕着。"哥哥听起来很生气。不，比生气更糟，康纳根本就是魂不守舍。他显得既害怕又忐忑。罗伯不喜欢这样。

"我们应该把她的头放在这里，让她的脚在前面。"罗伯告诉哥哥，"这样可以不让风沙吹到她的脸上。"

康纳打量了他一会儿，脸上还是那副慌乱的神情。"怎样都行。"他说道。如果成年人想说：你是对的，他们就只会这样说。

女孩暂时被放到沙地上。他们将被褥放到帐篷上，又将女孩放回到被褥上。他们的其余装备都被放到了铺在地面的帆布上。现在这块帆布变成了一艘萨弗船,只是没有滑橇,也没有船帆,只有两根绳子被他们绑在肩头。返回镇上要走很远的路,但罗伯和他的哥哥只是毫无怨言地调整好围巾,拽紧了肩头的绳子,准备赶路。

"要是我们还没到家她就死了,那该怎么办?"罗伯问道。

"不会的。"

"可是你怎么知道?"

"我就是知道,好吗?现在闭嘴,做好你的事,否则我们就要在原地转圈了。"

罗伯拽起绳子,开始数起步数。他很喜欢数数,几乎是能数什么就会数什么。几年前,他和康纳的一次野营旅行是在一个无风的夜晚,当篝火熄灭,天空中的群星闪闪发亮,他一共数了五千二百五十八颗星星,直到他无法确定自己是不是把一些星星重复数了几遍。数字在某种程度能够给他带来语言无法带来的安慰。如果他用语言思考,那些辞句就会不停地围绕他转圈子,撞在一起,变得越来越可怕,就像他现在忘记了数步数,而是回想起这次露营,开始担心他们会拖着一个死去的女孩走过沙漠。

"她逃出了无人之地。"康纳终于说道,他仿佛能感觉到罗伯的担忧,"她会平安回到镇上的。"

罗伯没有争论。他把靴子踩进沙子里,努力跟上哥哥的步伐。他能感觉到脚掌后面起了个水泡。他累了。感觉上他们才睡了几个小时。

"有人会在今晚走出无人之地的概率有多大？"罗伯问哥哥，"为什么偏偏是今晚？"

"确实不太大。"康纳说，"就像扔下一粒沙子，然后又要找到它。概率只有这么大。"

罗伯也是这样想的。"她说她带了……父亲的消息。"这句话说到一半的时候，他因为用力拽绳子而喘了一口气。

"她精神错乱了。保持安静，用力拉。我们再往右一点，绕过下一个沙丘，躲到背风处去。"

罗伯服从了命令，同时把自己的想法藏在心里。他不知道康纳是不是像他一样把这些线索都拼在了一起。这件事很难用巧合来解释，但很多事情的确只是巧合，只不过它们难免会让人胡思乱想。他认识一个住在棚户区的男孩，是他的同班同学。那个男孩家的屋顶曾经坍塌过两次，两次都是在男孩生日那天，这两个生日相差了六年。两次男孩都被埋在了流沙里，幸好都被挖了出来。现在那个男孩每当过生日的时候都会睡在星空下，无论谁劝他都不听，同时他也很讨厌数字6。罗伯觉得这很蠢，但如果换做是他自己，他估计也会这么做。

现在他的脑子里盘旋着各种各样的突然发生的现实状况。有人从无人之地出来。这本来是不可能的。所以也许约瑟夫老头其实没有那么疯狂。约瑟夫老头说他去过无人之地的另一边，然后又回来了，但是没人相信他。也许他说的是真的。也许父亲还活着。也许是父亲派这个女孩来的。如果是这样的，父亲自然要让女孩在他和他哥哥露营的晚上出现。但女孩的话还意味着别的事情……

"嘿,康纳?"

"耶稣啊,罗伯,你又有什么事?"

"她说的不是'你们'的父亲。她只是说'父亲'。"

"省省吧,罗伯。我正在想事情。"

罗伯觉得脚掌上的水泡破了,脱了皮的肉开始直接被摩擦。沙子会灌进靴子里,那时候才是真的疼。

"我也在想事情,你知道的。"罗伯咬住嘴唇,尽量踩稳脚步,不显出一瘸一拐的样子来。哥哥在他身旁深深吸了一口气。

"我知道。抱歉,弟弟,你在想什么?"

"我在想她说话的方式,'父亲',就像是在说自己的父亲,说我们共同的父亲。"

他们来到一座大沙丘的背风处,簌簌的风声渐渐平息下来,滚滚沙尘不再只盘旋在他们脚边,而是高高飞扬在他们的头顶。康纳过了一段时间才给出回答。

"我也一直在想这件事。"

第37章　被沙子填满的垂死尖叫
罗丝

一本便笺簿用一栏数字说明了坏消息。支出比收入要多。如果能做到收支相抵，罗丝会很高兴，毕竟挣来的每一个硬币都是为了花掉。但是这样的平衡很少能够保持。如果这是一场零和游戏，那么就总会有赢家和输家。实际上，她这里的生意已经越来越做不下去了，财富正在别的地方堆积如山。钱币就像沙子一样，只会朝一个方向流动。两股不幸的潮流相互碰撞，结果就是西边的人变得更加痛苦。穷人把他们的钱币送到东边，只得到成桶的沙子作为回报。

一切都是因为该死的水价。就在这一年里，每升水的价格几乎翻了一番，这意味着啤酒的价格也几乎翻了一番。而且阳台上的女士们还需要洗澡。这倒不是为了让她们的客户能忍受她们——那些客户自己身上的臭气让他们什么都闻不到——而是为了让女士们能忍受自己。罗丝已经把这件事拖得太久了。她需要提高一品脱啤酒的价格，还需要再一次提高房费。当她宣布这两件事的时候，一定会听到无数抱怨和呻吟，人们会说她做事太随心所欲,只想着自己。但事实是,如果再这样经营一个月,这个地方就要关门了。

门外传来一阵阵喧闹声,是人们花钱的喧闹声,这给罗丝带来了暂时的安慰。发现丹瓦的消息使潜沙员们个个激动不已。就连那些领主似乎也都很感兴趣。他们已经开始争论谁能拥有那些地下宝藏的所有权了,一边争论,一边把啤酒洒在古老的地图上。罗丝以前见过这种情形。疯狂的人们会在得到那些希望中的收获之前就把它们全都花光。随后这些赌徒就会遭遇财政困难,于是他们又会四处乞求贷款和施舍。人们不断在这两个极端之间蹦跳,几乎连喘一口气的空隙都没有。就像一个醉汉摇摇晃晃地回家,十步就能走完的路,他却要走上一千步,并且会撞上路两旁的每一座山丘。

但罗丝知道,再稳定的上行之路也无法保证在某一天突然栽落谷底。她嫁的男人曾强烈谴责过这种疯狂的贪婪。她的丈夫循序渐进地积累财富,他在那座与高墙齐平的宁静沙丘上,攀登着恶言恶语的陡坡,然后跌下深渊,什么都没带走。他能留给她的一切都被一群恶棍抢走了,他们自封为王,以为只要洗个澡,穿上干净的袍子,就能成为天生的王子。除了丈夫掷骰子赢来的蜜糖洞,她什么都没有了。

她和孩子们被赶出来那天晚上,这是他们唯一的栖身之所,也是她唯一的收入来源,好歹是一项可以经营的生意。她照顾女孩们,管理酒吧,在屋顶上种蔬菜,不惜一切代价保持水源供应。但每过一星期,她脖子上的套索就会被收紧一些。她在给蜜糖洞寻找买家,但谁会买一个将近破产的地方呢?在这里工作的人都能拿到工资,她会确保这点。那些一大早就卖掉家里的东西来买一品脱啤酒的醉鬼赚的都要比她多。付了孩子们的学费,为帕尔默和维丝购置了潜沙装备之后,罗丝就什么都没有了。没有什么可以帮助他们开始自己的生活,他们没钱做生意,更没钱在市场上租摊位。除了不断增加的成本,她什么都没有。成堆的硬币变成成堆的怨恨,怨恨丈夫在夜里逃走,怨恨他只留下一顶帐篷和一个妓院,逼她在两者之间选择其一。

很长一段时间,她只是用酒吧招待男人,只提供解渴服务。但无论坚持多久,她的境况却只是变得越来越拮据,人们也越来越多地和她开起玩笑,告诉她"出路"。他们总是笑笑就完,但也总伴随着硬币的晃动和"叮当"声。"嘿,罗丝,要是能上楼,我给你五十硬币,你现在就上楼去。""嘿,罗丝,我出一百。我刚在滥酒馆挣了大钱。""嘿,罗丝。""嘿,罗丝。""嘿,罗丝。"

有一个晚上,有人拿出了一百二十枚硬币。就是这笔钱,足以刺穿她内心的那层膜,打破她曾经发誓不会越过的屏障。毕竟这道屏障已经在贫困中被磨损了几个月,又几个月,已经变得那样脆弱,只是一句时机适当的话就足以将它捅穿了。

这个提议来自于一个她非常熟识的顾客,如果他们坐在吧台的同一侧,如果他们在其他任何酒吧、任何地方、任何时间,他们都有可能开始约会,她会和他不计代价地做爱,一个体面的女人就会这么做。相反,她让他付钱。这不算坏。他很关心她,问她这样好不好,还做了所有该做的事,没打她、没扇她巴掌,也没问能不能掐她的喉咙,出来之后,甚至还用自己的衬衫给她擦干净。她会免费和他做。当他把一堆钱留在她的梳妆台上时,她差一点就要这样对他说。那堆钱币看上去那样脆弱易碎,就像东边那些高高耸立的塔楼一样。

然后那个男人回了楼下的酒吧,罗丝坐在那里,盯着丈夫留给她的梳妆台上成堆的硬币。走出屋门时,她已经变成了另一个女人。她知道,她会活下来,但活下来的将是一个不同的她。另一个为了活下来不择手段的人,只不过会拖着以前的记忆一起前行。在她的脑海深处,会有一个女人一直用微弱的声音提醒她曾经是谁。

当帕尔默第二天来寻求一点帮助时,她的感觉就完全不一样了。那时他才十四岁,罗丝却感觉他能看出来,感觉他知道。她对此完全确定。像以往一样,帕尔默要十枚硬币,但这十个硬币却突然变得像一万枚一样重。帕尔默故作轻松地把它们放进衣袋里,仿佛和以前没什么不同。但真的要装作若无其事实在是太难了。溜走没那么容易。凭空消失完全不可能。就是在这时,她和她的孩子之间突然裂开了一道鸿沟,不是在她双腿张开的那天,而是在她张开手掌的那一天。她告诉自己,这是唯一的办法,没有别的路了。她要用她唯一能挣到钱的办法来养活自己,而且现在开销只会变得越来越大。

她的孩子们迟早会发现。男人最喜欢的就是吹牛。他们甚至会吹嘘租来的爱情。而孩子们什么都听得见。他们是父母的传声筒。他们会把从父母那里学到的东西带到学校去,那其中绝不会只有好的东西。一个父亲的自夸是一种折磨同龄人的好办法。就这样,她的孩子们从最糟糕的渠道听说了她的新工作。

不,还不止于此。告诉维丝这件事的人甚至比她弟弟们的同学还要糟。是她母亲的一个客户。一个年轻人将她们做了一个轻率的比较。他也许以为这是一种恭维,他说,在激情中,女儿比母亲做得更好。

维丝已经不再到蜜糖洞附近来了,甚至不愿意靠近这个地方。在那以后,她就不愿意去任何地方见罗丝。在漫长的三年里,她都没回来过。她的孩子们开始枯萎,就像屋顶枯萎的花园,因为水要先被用来洗浴和酿啤酒。那些花对她来说已经死亡了,就像她对他们来说也死了。但深藏在她灵魂深处的那个细小声音,还是会给予她怜悯和安慰,那些来之不易的钱也总算能支撑她的生活。她的枕头在早晨总会有一块是湿的,她灵魂中的那一部分会在深夜中流露出来,暗自饮泣,就这样不断向外流淌,但从不会干涸。

所有一切,都被她的丈夫在逃跑的那一天带走了。所有一切都被他偷走了。但她会活下来的。罗丝一边这样对自己说着,一边研究账本,看那一列数字中哪些开销大过了收入。有人在敲门。她看了看表。现在是她的六点钟。

哦,是的,她会活下来。

第38章 没有地方可以给女孩
康纳

男孩们进入泉石的时候,太阳已经升起来了。他们绕过高墙的边缘。现在这堵墙好歹还能提供一片阴凉,让住在附近的人们晚一些见到太阳,躲避开细沙的侵蚀。虽然时间还早,而且是个星期天,康纳还是觉得有些不对劲。镇上弥漫着紧张的氛围,就像发生了炸弹爆炸一样,但炸弹很少在这么早的时候爆炸。那些制造暴力的年轻人在起床方面和其他年轻人一样懒惰。此外,他也没有看到烟柱和哭泣的母亲。相反,他看见许多萨弗船的船帆在地平线上展开。镇上的码头完全空了,只有一些光秃秃的桩子竖在地上,被风沙抽打。市场还没有开门,但已经有不少人站在家门口,和邻居们聊着天,不停地来回走动。

"向左边走。"康纳对弟弟说。泉石城边上有个医生,偶尔会收治棚户区的人。他可能会帮他们。如果他知道了这个女孩的来历,也许能为她做些事。

这个女孩到底是从哪里来的?康纳回头看了一眼。她可能睡着了,也可能是死了。她可能是和家人进入了无人之地,走了两天之后又从那里回来了。但她的确说出了康纳的名字，还提到过他的父亲。如果她死了，会有人相信他们说的话吗？康纳觉得自己到那时也许会变成老约瑟夫？站在大沙丘之间的交叉路口，举着牌子，对着受惊的孩子们尖叫着"无人之地"！

这些想法早在太阳升起之前就在他脑海里打转了。康纳不停地想，如果这个女孩活下来，她都知道些什么？又会说些什么？他们的父亲可能还活着。十二年了，他们每年都会在无人之地的边缘露营。他们听了十二年在公牛裂隙上呻吟的风沙，住了十二年棚户区，他们的母亲出卖了自己，而他们的父亲可能还在无人之地。

康纳在不知不觉间超过了罗伯，他的双腿一直迈动着，思绪纷飞。他们拐了个弯，在威尔士医生的门前停下来。

"关门了。"罗伯说。

门上有块牌子。他们经过的商铺有一半都关门了。康纳扫了一眼太阳，确认现在已经九点多了。他们徒步旅行了将近五个小时。"到底发生了什么？"他问道。他放下绳子，俯身到躺在帐篷上的女孩身边。罗伯是对的，帆布帐篷磨损得很厉害。康纳可以看到许多撕裂的地方。他从背包里拿出水壶，跪在女孩身边给她喂水。

"这是个特别的星期天吗？"罗伯问。

"据我所知，不是。"康纳在医生家门口的阴凉处倒了满满一壶盖水。"敲敲门。"

他的弟弟去敲了门。一名妇女头上顶着重物匆匆走过。

"嗨。"康纳对那个女人喊道。

女士放缓脚步,转过头,头上的重物随之开始摇晃。

"这里的医生是不是出诊去了?"

女士看着兄弟俩,好像他们刚从北方荒原过来。她又瞥了一眼躺在折叠帆布上一动不动的女孩,然后才说道:"大概是去找丹瓦了。你们没听说吗?"

"丹瓦?"康纳问道,他肯定自己听错了。

这位女士却毫不迟疑地点了一下头。"他们找到了,现在有一半人都跑出去了。另一半则在想方设法掏光前一半人兜里的硬币。我得走了。"

女士扶着头顶的重物转过身准备离开。"等等!"康纳喊道,"这个女孩需要帮助!"

"祝她好运。"已经走远的女士高声喊道。

康纳又转回头,向一对匆匆走过他们身边的夫妇发出恳求。这两个人背着潜沙装置。也许是不想让自己感到内疚,他们一直故意转开头,甚至没有向康纳瞥过一眼。罗伯看上去都快要哭了。一壶盖水消失在女孩的嘴里,她却没有吞咽的动作。康纳想要摸摸女孩的脉搏,但他真的不知道该做些什么。也许他感觉到的只是自己拇指中血管的跳动。

"这到底是怎么一回事?"他问道。他看了一眼自己的双手。这双手早就被绳子勒得疼痛难忍。他的腿也因为带着女孩和帐篷的重量长途跋涉而酸痛不堪。泉石城里还有一些医生,但他付不起那些医生的诊费。他可以向那些医生讲述这个女孩来自何处，让他们明白这个女孩背后有着怎样的意义。或者他可以在棚户区挨家挨户地请求帮助，希望那里有人掌握一些医学知识，知道除了喂水和清理伤口之外，还有什么办法能救这个女孩。

"要不要去找妈妈看看？"罗伯问。

康纳拧回水壶的盖子时，手一直在发抖。他抬头看向弟弟，发现罗伯两颊上全都是泪水。这是他们最没有办法的办法，但现在只有他们的母亲最有可能收留这个女孩，而且母亲还很可能知道该如何照顾这个女孩。

"你这该死的。"康纳对弟弟说了一声。他骂弟弟，因为弟弟是对的。

第39章 枕上的玫瑰

罗丝

管子上的漏洞没有像水管工许诺的那样被修好。罗丝可以看到棕色的污渍已经蔓延到白色的天花板上,一直在变大。污渍一共有三层,一层套着一层,形成三圈深浅不一,但是有相同中心的棕色斑块。每一层斑块都代表水管工对她的一次欺骗,代表珍贵的水从楼上的盥洗室中泄漏出来。那一滴一滴漏掉的全是硬币。

楼上的裂缝也越来越严重,不断扩大。墙壁转角处裂开了,裂缝曲折地在变形的墙面上四处蔓延。在沙子的挤压下,这些墙壁都在发生扭曲,整幢房子早已不再是原来的样子了。

还有弹簧。这张床上的弹簧都需要上油了。现在它们听起来就像是某种发疯鸟雀的狂躁歌声,像某种动物一遍又一遍地尖叫,等待回应,等待生命的迹象出现,等待其他生命表现它,最终却只得到一种有节奏的沉默。每发出一声尖叫,就停顿一下。一个星期又一个星期,一年又一年地重复。

她的丈夫曾经得意洋洋地把这张床带给她。他下潜了将近四百米才打捞到这张床。或者他是在吹牛。罗丝能确定的是，这张床很重。当宫殿倒塌的时候，罗丝在一个朋友的帮助下才搬动了它。这张床、这个梳妆台、这家妓院，它们是罗丝在这个世界上仅剩的财产。她的丈夫就是以这种方式让她为新生活做好准备。其他只关心自己的男人都会逼得家人们用自己的力量站起来，而罗丝却因为一个抛弃自己的男人躺下了。

"你觉得怎么样？"那个男人问。他显然已经完事了，此刻正满怀期待地看着她。汗水从他的鼻子上淌下来，在她的两乳之间溅起水花。他的胳膊在颤抖，那上面有发达的肌肉，也堆积着一层层脂肪。他肩膀上的毛发比他脑袋上还多，他的胡须里全都是沙子。

"哦，你是最棒的。"罗丝告诉他。

"哈，你只是说说而已。"男人哼了一声，倒在一边，一群受惊的弹簧又开始"叽叽"叫了起来。

"我没有。"罗丝说，"你知道你是我的最爱。"她向诸神祈祷，这个男人可不要问她——他叫什么名字。行行好，行行好，请不要问这个。他们总是想听她说出自己的名字，好让自己显得与众不同，想从罗丝这里得到除了时间以外的另一些东西。不过男人没有问。但情形更糟：他开始打鼾了。

罗丝呻吟一声，小心翼翼地走向脸盆。她把缝好的肠衣从两腿之间拉出来，在一盆浅水里洗了洗。这些乳白色的游泳者在慢慢沉到水底之前，还一起在水面上转了几圈。罗丝把肠衣放在盆边上晾干。盆边上还挂着另外两根肠衣。她用毛巾擦去从大腿内侧流到膝盖上的液体,在男人打鼾时穿好衣服。如果这个人待了一个小时以上,她就要收他的房租。这是应付的服务费用。

离开房间后,她站在环绕蜜糖洞二楼的狭窄走廊上。清晨,楼下只有死一样的寂静,但到处都能看见夜晚喧闹的痕迹。醉鬼们睡在地板上,蜷曲在高脚凳腿旁边,仿佛高脚凳就是他们的情人。他们花在高脚凳上的时间和花在女人身上的一样多,罗丝想。桌上还丢着一局没有打完的牌。赌注和牌手都不见了,但有不少空罐子和玻璃杯环绕在已经被打出和仍然扣在桌上的牌堆周围。地板上有两个水洼需要清理——那可能是小便,或者洒了的啤酒。白痴们把钱浪费在这些液体上,它们或者根本没有被喝进嘴里,或者直接穿过了那些白痴的身体。

另一扇通向走廊的门被打开了——罗丝想起自己的一个常客对这一圈走廊的称呼:猫咪小道。多里娅站在门前,承受了她的客户一个重重的吻别。然后那个客户一边摸索裤带,一边晃晃荡荡地下了楼梯,朝酒吧走去。

多里娅和罗丝交换了一个疲惫的眼神,又一同越过栏杆望下去,看着那些需要在夜晚的欢乐时光到来之前打扫干净的地方。周末的地狱,可悲的人根本无暇睡眠。

罗丝试着回忆起以前的生活。她觉得自己就像异乡的一粒沙子,不知怎么就被吹到了这里。风把她从一个沙丘带到下一个沙丘,每一个沙丘都让她更接近一个目的地——一个绝非她选择的地方。但风从不会听她的话,所以飞向何处也从不是她能决定的。

　　吧台后面一个人也没有。侍者要么去撒尿了，要么就是回家了。楼下的酒吧就是第一座沙丘——罗丝想。她记得自己在那里，喝干啤酒罐里的酒，让男人们朝她抛媚眼，然后才让他们领着她的一个姑娘上楼，让那个女孩承受五分钟的煎熬。这是第一个沙丘。它导致了其他所有事情。一个在蜜糖洞被卖掉之前需要不断出卖自己的女人。但没有人愿意接手蜜糖洞。人们都说，再过几年这里就会被沙子彻底埋住。他们还说，这里的账簿肯定不太好看，要在这里挣到足够的钱是不可能的，工作和娱乐可不能混为一谈，说到这里，他们都会大笑起来。

　　罗丝很想就这样放弃，一走了之。唯一让她没有这样做的就是她不想成为她丈夫那样的人。她的丈夫甚至剥夺了她这项奢侈的权利——逃跑。她对他的抛弃感到如此愤怒，甚至无法接受自己的逃离。于是她被困住了。

　　她的监狱前门"吱呀"一声被推开，漏进来一些光亮。是她的孩子——康纳和罗伯。他们总是在这个时候冲进来，张开双手向她索要东西。她差点就要冲他们吼叫起来，将客户带给她的情绪全部发泄在她的孩子们头上，但她看到了康纳带来了什么。不要是这个。她不需要这个。她冲下楼梯，要把他们赶走，叫他们去找个该死的医生，不要把他们的错误带给她。但是康纳抢在她之前开了口，一股脑地说出了完全不可能的事情。

第40章　定时炸弹
维丝

维丝从潮湿厚重的沙土中钻出来,长长吸了一口气。她在沙子下面待了尽可能久的时间,才回到了阳光的曝晒中。她来到弟弟身边。萨弗船的阴影总算还在保护着弟弟。帕尔默一直在注视着她,脸上露出苦笑,显然是刚刚松了一口气。维丝把水壶递过去,壶中响起泉水晃动的声音。帕尔默似乎在闪闪发光的金属壶面上看到了自己模糊的倒影,不由得伸手摸了摸自己的双颊,皱紧眉头,脸上苦涩的微笑变得更加悲哀。

"我看上去不太妙。"他悄声说着,眼睛里泛起泪光。维丝又从他手里拿过水壶,把盖子拧开。帕尔默与她目光相接,又伸手摸了摸肿胀的嘴唇。"我现在到底是什么样子?"

"你看上去像个该死还没死的人。总之,看上去不错。"

"我觉得自己像一个马上就要爆开的水疱。"

"没错,我正打算这么说呢。"

他们一起发出一阵似乎是笑声的东西,维丝把打开的水壶递给弟弟。帕尔默呷了一口水,开始费力地吞咽,让他的面颊不停地抽动、收缩。"你离开了那么久……"

"抱歉,这里没有多少泉水。我要用很长时间才能把水壶装满。水里有砾子,所以别把它举得太高……"

"没关系,我现在能吃下一整个沙丘。"当帕尔默再次把水壶举到嘴边时,他的手在不停地抖动。

维丝帮弟弟稳住水壶。然后她也从马尔科的水壶里喝了一小口,让嘴唇贴在她爱人曾经用嘴唇贴过的地方。"等到了镇上,我就去给你弄点吃的。"她开始强迫自己去想一些别的事情,"但我们今晚也许应该在这里过夜。"

帕尔默朝姐姐身后的地平线望过去。"我们安全吗?没有人跟踪我们吧?"

维丝抚平了弟弟前额上的头发。她想起帕尔默小的时候。他那时看起来年轻多了,而现在却惊恐不安。"发生了什么事?"她问弟弟。她还没问过弟弟潜沙发现丹瓦的事情,还有为什么会有人在泉石找他。她太担心会失去帕尔默,太担心找不到水和食物,太担心没办法让弟弟恢复健康。

帕尔默又从水壶中喝了一大口水,起了水疱的手还在发抖。他用潜沙服的袖子轻轻擦擦裂开的嘴唇,瑟缩了一下,抬头仰望风中如同一条带子般旋转的沙子。

"他们绝不会放过我们。"他说道,"我们本来是去找丹瓦,实际上却是要去送死。"

"但你确实找到了。"

帕尔默点点头。"五百米深。"

"不。"维丝靠在船身上,为帕尔默挡住风沙,"你们不可能潜那么深。"

"他们挖了一个大坑,又在坑底挖出一道竖井,为我们挖开了靠近地表的两百米。我不知道他们是怎么干的。他们把几百件潜沙服连在一起。那真是太惊人了。维丝,那下面有很多大楼。你真应该去看看。那些大楼足几百米高。我们到了最高一幢楼的楼顶。要真的落到街上,恐怕还需要再下潜五百米。"

帕尔默一定是看到了她脸上难以置信的表情,就又强调说:"他们挖了个坑,我不是说过吗?所以我们实际上只下潜了三百米,也许接近三百五十米。"

"你下潜了三百米,"维丝说,"你该死的疯了吗?"

"你能,我就不能?"

她没有回答这个问题。现在只要她开口,说出的话肯定会像他们的母亲一样。"那座城还从没有被碰过?"

有一种特别的神情从弟弟的脸上一闪而过。"可以说是没有,"他说,"另外两名潜沙员已经在我们之前下去了,但他们没有回来。"

"这么说,你是第一个下去又上来的?那就是你发现了丹瓦。"维丝能清楚地听到自己的声音中流露出的敬畏和难以置信。

帕尔默将目光转向别处,"哈普比我先上去,是哈普第一个看到了它。他才是那个人。"

"可是你说过,哈普已经死了……"

她的弟弟抬起头,拍了拍前额,好像在找什么东西。"我的面罩。"他说,"他们把我们两个的面罩都抢走了。"他似乎更沮丧了,整个身体仿佛都缩到了那件对于他变得有些太大的潜沙服里,就像生命被榨干了最后一滴汁液。

"你能再找到丹瓦吗?"维丝问。

帕尔默犹豫了一下,"我不知道。也许吧。如果我们找到了他们的营地,或者他们残留的篝火,那也许就可以。但如果没有他们挖的竖井,那里就太深了,不可能到达那些建筑。"

"我可以潜到那么深。"维丝告诉他。

维丝的弟弟仔细端详她的脸,显然怀疑她在开玩笑。

"你知道他们是怎样找到那里的?"维丝又问,"他们怎么知道要在那里进行挖掘?"

帕尔默朝天空点点头,"星星,科罗拉多的腰带。他们的地图上画着滥酒馆和泉石,那两个地方和另一个城镇排成一列,就像星座一样。第三颗星星对应的位置就是丹瓦。他们知道它在哪里。"

"如果有一张地图……"

她的弟弟动了一下,仿佛他的生命能量忽然开始迸发。他激动地拍着肚子,摸索到口袋上的拉链,从口袋里掏出一枚又一枚硬币……

"该死。"维丝从沙地上拿起一枚硬币。是一枚铜币,完好无损,美丽耀眼。三十多枚硬币散落在地上,上面很快就盖了一层沙子①。她把这些钱币逐一捡起来,但她弟弟似乎对这些钱完全不感兴趣,而是从口袋里抽出了一张折好的纸。

"地图。"帕尔默挣扎着把这张纸展开。纸随着他的动作不住颤抖。维丝伸手过去帮忙,最后索性把纸接过来。这是一张很大的纸,被风吹得"簌簌"作响。飞来的沙子被它挡住,"沙沙"地滑落在维丝的腿上。维丝曾经见过这样的地图碎片。那些纸都已经被沙子、时间、湿气侵蚀得不成样子,因为经过了无数只手的传递而破烂不堪。但这是一张完整的、未被碰触过的地图,看上去异常美丽。

"你拿到了他们的地图。"维丝说,"该死,帕尔默,你拿到了他们的地图。"

"不是,我是在那幢大楼里找到的。它刚好和这些钱在一起。"

维丝弯下身,为地图挡住风沙。因为担心自己或风会把地图撕破,她小心地按照地图原有的折痕,把地图对半折好。地图上到处都是线路、地名和号码。就算是把她见过或听说过的每一块地图碎片都拼在一起,甚至也比不上这张巨大的、完整无损的地图的一小部分。

"你知道这意味着什么吗?"维丝一边说一边审视面前的四分之一地图。这部分地图上有一片明黄色的花体字,最上面的一个词是"普韦布洛②"。实际上,是地图上一连串的长方形把她

---

①在沙地上流淌,覆盖物品和行迹的沙子。——作者注
②美国科罗拉多州中部的一个城市。

的目光吸引到了这里。这些长方形组成了一个略有些弯曲的"Y"和一个很像"H"的图案。这两个图案旁边还有一个弯曲的建筑结构,从地图上维丝能看出来,这里曾经被一顶巨大的帐篷覆盖,不过现在应该只剩下沙子了。

"普……嗯……布洛。入口……国家,机……场。"她磕磕绊绊地把这些字念出来。她用手指描画着这些细长的长方形——她在自己的面罩上看见过同样的长方形亮斑。她知道,那些是沙土下满是裂痕的水泥板,滥酒馆下面就有这样一片废墟。地图的这一部分描绘的就是滥酒馆的地下,毫无疑问。

"这是什么?"帕尔默睁大了眼睛,"你能看明白吗?"

"我认识这个地方。我去过这里。就是古代的滥酒馆。这片被埋葬的废墟就在镇子西边。天哪,帕尔默,这张地图是一个金矿。"

"古代的滥酒馆早就被打捞过无数遍了。"帕尔默提醒姐姐。

"我知道,但这是一张整个旧世界的地图。它非常古老。按照它的比例尺来衡量……"维丝把三根手指并在一起,放在滥酒馆和它附近的常规潜沙地点之间。仅仅是这几个月,她就在那片潜沙地打捞出了不少东西。她把地图翻过来,重新折叠好,显示出地图的另一部分,然后用三根手指一下一下地朝北方丈量。那里有更大的一片纷乱的线条图案和地名,就在她预想中的地方。"科罗拉多泉[①]",她说道。读出这个地名的时候,她感到一阵

[①] 美国科罗拉多州的第二大、美国第40大城市。

战栗——现在的泉石。她忽然觉得自己仿佛戴上了面罩,能够透过覆盖地表的所有沙子看到那个古老的世界,就如同一位神明,正从高处俯瞰大地。"这里是双石小路,"她给弟弟指出滥酒馆和泉石之间的那两条黑线。他们的曾祖父就是沿着这条路找到滥酒馆的。至少传说是这样的。

"入口……第二十五……州级……"帕尔默念道,"这条路有个编号。"他想要看得更清楚一些。

"这里有上千个可以进行打捞的地方。"看着这幅地图,维丝感觉有些头晕,可能是因为太过兴奋了。她的弟弟遭遇的危险似乎也没有那么可怕了——但她很快就恢复了冷静。

"那些人想要杀我。"帕尔默说,"我觉得……我觉得他们寻找丹瓦不是为了打捞财富,维丝,我甚至不能确定他们是不是在找丹瓦。"

维丝强迫自己的视线离开地图,转向帕尔默。"那为什么他们会要你在那里进行潜沙勘探?"

帕尔默背靠着船壳,凝视着那片略带湿气的暗色沙子,"我回到地面的时候,他们挖的坑正在被填回去。他们还拆了几顶帐篷,好像只要找到丹瓦的位置,他们的任务就完成了,好像他们还要去完成其他任务。我偷偷溜进他们营地找水喝的那个晚上,他们有一支队伍刚刚回到营地。显然他们在那几天里去过别的地方,应该是找到了什么东西。"

维丝有些听不明白弟弟在说什么,不过她没有打断弟弟的话。帕尔默一边说,一边还在整理思路。

"我记得他们说过,我们要提供精确的结果。他们只是想让我们找到那些大楼,但位置要精确到一米不差。我想,他们也在用你说的方式使用地图,先是确定了其他打捞点的位置。所以他们才知道丹瓦在哪里。但他们真正要找的是另一个地方。他们必须知道很精确的位置,这样他们才能知道要在哪里向下挖。"

"你怎么能确定这些?"维丝问道。

帕尔默转向她,"因为他们找到了他们要找的东西。我觉得是一颗炸弹。我走进过他们的一个帐篷,想要找水和食物。那里有一箱较小的炸弹。我当时就藏在那里,听到了他们谈论刚刚找到的一样东西——我还见过那东西。那东西看上去很怪。他们说那样一颗炸弹就能夷平整个滥酒馆。我相信他们的话。他们是认真的。他们这样说的时候冷静而且有条理。他们还笑着说要彻底削平沙漠。我觉得他们是真的要这么做。"

维丝仔细看了弟弟一眼,又转向地图。"他们打算什么时候动手?"她问道。

"我不知道。那是三天以前的事情了。他们当时发现了我躲在桌子下面。他们也许认为我听到了他们说的所有事。我还记得,他们说要首先袭击泉石。"

"也许因为你知道了他们的秘密,他们会改变计划。"维丝说,"也许他们会把计划取消。"她努力想给自己一点希望。

"或者他们会提前实行计划,维丝,我们要到泉石去,必须让康纳和罗伯离开那里。我们要警告所有人。"

"泉石有人想要杀我们。"维丝提醒帕尔默。

"布罗克和他的人正在向泉石进发。他们想要杀死所有人。"帕尔默说。

这句话像沙子刺痛了维丝的心。维丝晃晃水壶,听了一下水撞击壶壁的声音。帕尔默把目光从她身上移开,望向天空。乌鸦还在空中盘旋,沙丘顶上被风吹起一片灰霾。维丝知道弟弟是对的。她把地图叠起来,塞进口袋,那里面有上千个未被发现的珍宝。她知道弟弟是对的,他们必须赶回泉石。她一点也不喜欢这样的事实。

第41章　走私故事
维奥菜

她的嘴唇仿佛被一头狼咬伤，灼痛难忍。燃烧的沙漠，刮风的冷夜，一群野兽在撕扯她的皮肉——所有这一切都被流进她嘴里的水打破了。年轻的女孩在一个陌生的房间里醒来。

一个女人正在看着她。一张床。年轻女孩躺在一张床上。床单就像孩子的牙齿一样干净洁白。她的潜沙服和裤子不见了，只有一件男人穿的衬衫裹在身上，用白丝带系着。这件衣服也是又香又干净。她伸手去摸那件衬衫，肋侧却感到一阵剧痛，说明她真的被咬过。

"好好躺着。"那个女人说道。她伸手握住女孩的肩膀，把她按回到枕头上。房间里还有两个男孩，是她梦里的男孩。"你能再喝一小口吗？"女人问。

女孩点点头。一只瓶子凑上来，里面的水像玻璃一样清澈。她举起双手想要帮忙，但她的手上都缠着绷带，完全用不了。水给她的嘴唇带来了美好的刺痛。

"你叫什么名字？"女人又问。

"维奥莱。"她回答道。在这个陌生的房间里,她的声音显得非常细小。

女人微微一笑。"是花的名字①。"

两个男孩中年长的那个靠近床边。维奥莱记得在梦中见过他的脸。那不是一个梦。康纳。他曾经把她抱起来,一直抱着她。她知道自己是在哪里,知道这是真的。她转向拿水的女人,那女人刚刚问过她的名字。

"父亲说,维奥莱是我出生时他看见的颜色,就像是在沙子下面看到的天空。所以他给了我这个名字。"

女人将女孩额头上的乱发梳理平整,却皱起了眉头,仿佛这是一个错误的答案。

"我能再喝点水吗?"女孩悄声问。她的嘴实在是太干了。

"只能再喝一点。"女人说,"你可能已经喝太多水了。"

维奥莱点点头说:"水可能会要人的命。比如掉进河里淹死,或者喝了沟里的坏水会生病。"她抬起头,又呷了一口。两个男孩中比较小的那一个一直站在床脚看着她。她也知道他的名字。"你是罗伯。"她说道。

男孩愣了一下,仿佛被踩到了脚。不过他很快恢复镇定,点点头。

"父亲说我们的年龄差不多。"

"看起来他没有浪费任何时间。"拿着水瓶的女人嘟囔了一

---

①紫罗兰花。——译者注

句,又带着些许不安问道,"他在哪里？你们村子距离这里有多远？"

"你是怎样穿过无人之地的？"年长的男孩问。

"你多大了？"罗伯也想知道。

女人朝两个男孩打了个响指。他们似乎都知道这意味着他们要闭嘴。维奥莱突然想到了:"你是我的第二个妈妈,你是罗丝。"

听到这句话,女人的面颊抽动了一下。然后她摇摇头,张口想要说些什么,也许是想说她不是维奥莱的妈妈——至少维奥莱觉得她要这样说。但她只是揉了揉一只眼睛,没有说话。两个男孩显然还在等待维奥莱回答他们的问题,维奥莱却已经把他们的问题差不多忘光了。

"我不是从村子里来的。"维奥莱说。她躺回到枕头上,充满渴望地看着女人手中的水瓶。"我来自于一个营地。那个营地没有名字,只有编号。我们不能离开那里。那里有帐篷和围栏。我们能从营地看到城市。城里的小孩子们会到围栏前面来。围栏一共有两道。所以就算是你穿过一道围栏,也会被第二道围栏挡住。一些小孩子会把糖扔过围栏,另一些则会扔石头。扔石头的通常都是大一些的孩子。所以石头会比糖果砸得更狠更远。但我们都被命令要远离围栏……"

"那是什么样的营地？"罗丝问。

"就像露营的帐篷……？"罗伯说道,但他说了半句话就立刻又把嘴闭住了。

"一个采矿营地。"维奥莱说,"他们在那里炸开地面,用网子把值钱的东西分离出来。工头管那个叫'网子',但父亲说那不是真正的网,那种东西里面有磁铁。父亲非常清楚那些电线和魔法之类的东西。他们让我们在沟里工作,寻找沉到沟底的沉重矿石。我们工作的时候,水一直没到我们的臂肘,是很冷的水。它会让你的手和手指萎缩。营地里从南方来的人都管那种水叫削肉……"

"一直没到胳膊肘的水。"康纳哼了一声,"这么多水是从哪里来的?"

康纳显然不相信她。父亲警告过维奥莱,这里没有人会相信她的话。"水是从河里来的。"维奥莱说,"但那水不能喝。有人喝了那里的水,就死了。因为那里有金属和矿石。能喝的水来自于河上游,要越过所有营地才能取到。但他们不会给我们太多水。父亲说他们让我们把手泡在水里,却不给我们水喝,是要把我们逼疯。但那没有让我发疯,只是让我很渴。"

说到这里,罗丝又让她喝了一口水。维奥莱感觉好一些了。她身下的床单,头上的屋顶,还有这瓶水和这些跟她说话的人,都让她感觉很好。

"那座城市叫什么?"罗丝问,"我的丈夫在哪里?"

"那座城市被称作阿吉尔。围栏外面的人都这样叫它。不过他们那样说的时候似乎不是很认真。父亲说我说话太像他们了。我出生在营地里,不应该那样像他们。他们说那是一座小城,但父亲说那要比他原先所在的城市更大。我不知道,我只见过那座城市,尽管那只是一座矿业小镇。他们说,真正的大城还在更靠近日出的地方,在海边,但那……"

"什么是'海'?"罗伯问。

罗丝又打了一声响指。

"和我说说那个营地里的人。"罗丝说,"那里有多少人?他们都是从哪里来的?"

维奥莱深吸了一口气,眼睛看着水瓶。"有几百人。五百多?应该更多。大多数人都像父亲一样,是从日落的方向来的。也有一些人是因为在城里做了错事。有一些人在工作很长时间以后会被放出去,但被扔进营地的人永远都更多。我们的营地有一个很大的数字编号。父亲说这一定意味着还有很多同样的营地。有一些从南边或者北边来我们营地的人刚进营地的时候就已经像我们一样饥饿了。从日落方向来的人从来不会被放出去,一个也没有过。他们用围栏和塔楼看管我们,用网子把人送进来。"

"那么……你的父亲怎样了?"罗丝问道。她的语气听起来很轻松。维奥莱只是看着水瓶。

"我能再喝些水吗?已经又过去一段时间了。"

罗丝又让她喝了一小口。这让维奥莱想起了父亲。父亲就总是这样一点点给她喝水。她哭了起来,一边用手腕抹去泪水,一边喝下罗丝给她的水,"父亲说,你一定会问他现在的情况,他要我说他一切很好,但父亲经常不说实话。"

这让罗丝笑了起来,但她用手捂住嘴的时候,却又开始哭泣。这次她没有打响指。男孩们却也没有说话。维奥莱思考自己应该说些什么。父亲叮嘱她要说的一些话里也包含着事实。

"他们给我们的食物也不多。"她又说道,"大人们都这么说。所以进来的人很快就会消瘦。有些人一下子就没了。这时人们会把这些人的被单拉起来,盖住他们的头。我总是这样夹住下巴……"她把下巴抵在胸前,仿佛是要压住那里的被单,"……这样的事情就不会发生在我身上了。父亲比那里的大多数人都更强壮,更高大。他有黑色的眼睛和黝黑的皮肤,就像从日落方向来的人一样,还有和你一样的黑头发。"她向康纳点点头,"但我可以在他睡觉的时候把一根手指放进他的肋骨之间,他的肋骨间有很深的凹槽,他把太多面包都给了我。"

维奥莱想了想还有什么要说的。她还有很多事要说,实在是太多了,这么多事情把她的思绪都堵住了,就像沟里如果有太多金属被冲进来,也会堵住一样。

"他有没有说该怎样找到他?"康纳问,"有没有说我们应该做什么?"

这次没有响指声。她的第二个妈妈擦擦脸颊,也在等待她的回答。

"他写了一张纸条……"维奥莱说。

"爸爸的纸条?"罗伯问。

"在哪里?"康纳追问道。

"在我的潜沙服里,被我贴身带着。我应该是把它和背包一起丢了。父亲叮嘱我不要看那张纸……"她犹豫了一下。

Sand / 241

"没关系。"罗丝说道。维奥莱觉得这位第二个妈妈很像她的第一个妈妈。

"父亲在写那张纸条的时候,我看到了一部分。他当时要我承诺不会再看那张纸条一眼。我看到的那部分要求你们翻过那些高山向西边走,绝对不要去找他。然后是一段令人困惑的文字,说的是风中的沙子,还有那些沙子来自于他们的采矿活动。那些风也来自于某种可怕的事情……某些和这片土地有关的事。我很抱歉,我在努力回想……"

"你做得很好。"罗丝说。她向维奥莱露出微笑,但她的眼睛里仍然有泪水。

"父亲告诉过我,他的家乡不会下雨。他说,采矿的人为了获得磁铁把尘土抛洒到空中,让云团把水释放到洞穴里,这就是河水的来源。而那些本该落在他的家乡的雨水都被沙子从空气中带走了。"她舔舔嘴唇,立刻又感到一阵如同狼咬的刺痛,"他曾经一边透过围栏眺望太阳落山,一边非常愤怒地谈论这些事。我们的西边总是会传来巨大的爆炸声,把我的耳朵都震痛了,爆炸的烟尘还会挡住天空,让一切变得模糊。但父亲总是在看着那个方向。只有从日落方向来的人才会一直看着那里。父亲希望我待在他身边,但我更愿意到围栏边上去乞求糖果,同时希望不要被石头砸到。"

"你是怎么出来的?"康纳问。罗伯也点了点头。罗丝没有让男孩们闭嘴,于是维奥莱觉得自己应该回答这个问题。

"父亲一直在收集材料,从我记事起,也许在我出生之前就开始了。这些年他一直没有放弃。他说他会救我们出去,就我们三个人,但妈妈在我六岁时去世了,然后他说我和他一定能逃出去。他把东西藏在沙子里,说那些守卫都是傻瓜,竟然不知道往沙子里看看。那些人明知道他是从哪里来的,应该能想到提防他在沙子里藏东西。就这样,他收集了一根又一根电线,一件橡胶雨衣,电池,电机发生故障的电钻——父亲知道如何修理它。他花了快一年的时间弄到了可以熔化金属丝的工具。一切都非常缓慢。真希望他能快一点。后来,我可以在他睡觉的时候把两根手指放在他的肋骨间,他的呼吸听起来就好像他一直想要咳嗽,但他说他会把我们救出来。

"终于,他让我看到了他做的东西,他还要我发誓,绝对不告诉任何从日落方向来的人。我只能把那身潜沙服穿在衣服里面,这样才不会被别人发现。他要我在晚上的时候把潜沙服脱下来,好让他继续完成它,调整导线的位置,以免它们会刮到我。然后,他教会了我如何……"

"他做了一件潜沙服。"康纳说。

维奥莱点点头。罗丝将水瓶放在维奥莱唇边,她又喝了两口水,用裹着绷带的手擦了擦嘴唇。只有她一个人在喝水,这让她觉得很自私。

"那里的地面上有个大裂缝。"她说,"泥沙河流不停地从那里涌出来,沙子被抛向天空,金属被提取出来。那道裂缝的宽度超过了一次跳跃距离的一百倍,而且每年都在变大。父亲说我必须从那里进入地下,必须长时间屏住呼吸,那是唯一的出路。

他让我在沟里工作的时候就练习屏住呼吸,让我一遍又一遍地练习,让我能够清楚地察觉到自己用鼻子进行的呼吸。我一直在练习,直到我能够屏住呼吸足够久。

"我还学会了移动沙子。有一天我想让他看看我有多厉害,于是我从围栏下面钻了过去,到了靠近城市的那一边。但这让他非常生气。我从没有见过他那样生气。他命令我绝对不要再那样做,他说这会让他们知道我们能做什么,会让我们的处境变得更糟。他还告诉我,我只能向西走,而且必须告诉他的同胞,要到西边去。这就是他说的。在我还小的时候,营地里有一家人告诉过我们一个关于大海的故事,那里甚至比太阳落下的地方还要远,那里的水不是浑浊的。那里从不下雨,但那里到处都有水。"

康纳又哼了一声。维奥莱还记得营地里从日落方向来的人也不相信这个故事。但是她的父亲相信,维奥莱也相信。

"他说我们不应该去找他。"罗丝几乎是在自言自语。

维奥莱点点头。"营地里总是有人打架。从城里来的一些人说我们人太多了,越来越多的人进入营地。是我们这些外来的人让他们的生活变得如此糟糕。但是我们的生活同样很糟。父亲说我必须离开,说我年轻而且强壮,我一定能成功。他让我在晚上大家都睡着的时候潜入地下。一连好几个月,他只喝一半的配给饮水,再把尿重新喝一遍。他抓老鼠,做肉干。他说正是这些事才让他坚持下来。他说让自己忙起来是好事,还说他不该去那里,不该离开他的同胞。但我会让一切都好起来,因为我会回来,告诉他的同胞,还存在着那样一个完全不在乎我们的世界。"

"你是一名潜沙员。"罗伯的声音充满敬畏。维奥莱这时不得不停下来喘口气。但这些夜晚的孤独跋涉和思考让她现在只想一口气把所有的话都说出来。

"潜沙并不难。"她继续说道,"走路才是最难的。我一共走了十二天。父亲走过去用了九天,但他说我得花十二天,我必须数好步数,算好时间。我离开的时间很重要。他画了一幅有许多山的画,告诉我哪座山是最关键的地标,我要让它一直位于我的鼻子左边,同时让北方的星星正对着我右侧的肩膀,这样一直向前走,我就能在第十二个白天看到篝火的烟柱,在第十二个晚上看到篝火,就在一道地缝的对面。他说我能从那道地缝最窄的地方跳过去……"

"他知道我们会去那里宿营。"康纳说。

维奥莱点点头,"他说,如果我没有看到篝火,那我就要继续前进,直到我看见一道高大的墙壁和一个小镇。但如果我找到了烟和篝火,我就是到家了。我一直在按照他的话做。晚上走路,白天睡觉,小心地保留饮水,直到一头狼出现……"

"一头狼?"罗伯问。

"那是……我记得你们叫它郊狼。在那个营地里,他们对各种东西的称呼和这里不一样,说的语言也完全不同。两种语言都是我的母语,所以我有时会把它们搞混。爸爸常说我的口音和他们的一样。那头郊狼在我第九个夜晚醒来时找到了我。它想要我剩下的肉干。我应该给它的,但我很害怕,于是我进行了反抗。它打倒了我,撕开我的背包,我逃跑了。我的最后一只尿脬也破了,里面的水都洒了,我跑了一整天,一直想着……郊狼会来追我,但它没有。那以后,我又累又渴,我还有两天时间就必须找到那条大地的裂缝。我的膝盖受伤了,胃也疼得厉害,所以我日夜不停地走,到了第十二天,我在走路的时候睡着了,然后我在沙地上醒来。太阳很热。我做了噩梦,我的手和膝盖在燃烧,但我终于看到了烟。就像父亲说的一样,夜幕降临时,我又看见了火。后来我就梦到了你。"

她看向康纳,深吸了几口气,这才意识到自己有些喘不过气来。不知不觉,她已经说了很多话。她的努力得到了一种她不曾想到的回报,当她的第二个母亲罗丝再次为她将散乱的头发梳理好,拨到她耳朵后面时,脸上的表情完全变了。罗丝又将手按在维奥莱的肩头。两个男孩都忧心忡忡地看着她。维奥莱却只是躺在枕头上,享受着床单和让肚子"咕噜噜"叫起来的清水。她没有半点忧虑。她成功了,就像父亲说的一样。

第42章 信
罗丝

罗丝让女孩躺在一张很少有人睡的床上,好好休息,又赶走了康纳和罗伯,不许他们再问她任何问题。可怜的罗伯是被康纳强行拖走的。两个男孩都已经在女孩的床边守了一天一夜,等待女孩苏醒过来,好和她说话。现在,他们在楼下渐渐变得空旷的酒吧里,围坐在一张桌子旁,贪婪地吃着几碗碎炖肉。罗丝在走廊栏杆后面看着他们吃东西,脑子完全乱作了一团。

在走廊远处的一扇门里,罗丝听到一个醉汉吃力的咕哝声。那是瓦莱丽的房间。这种龌龊的事情竟然和那么重大的事件在同时同地发生,这简直就是神明开的一个玩笑。罗丝抑制住自己的冲动,没有去砸开瓦莱丽的屋门,抽那个醉鬼的嘴巴,冲他们俩大吼大叫。她现在只想关掉这一切,所有这一切,不只是蜜糖洞,还有所有这些烂事情,这种生活,被困在这片沙丘中的日子。如果那姑娘说的是真的——她丈夫所在的那个地方要比这里更糟糕——那么多人想要投奔的梦想之地,其实只是另一个远超出他们想象的地狱。

罗丝俯身在栏杆上，心中寻思着黛安娜怎么去了那么久。她发现康纳正在抬头看着她。罗伯这时也抬起了头。他们只是两个孩子，孩子而已。但他们的确有保护这个女孩的权利。而且维奥莱再次入睡以后，康纳甚至已经开始管她叫妹妹了。又一个姐妹，但这个女孩会引起一场风暴。没有错，她的故事一旦公开，肯定会引发混乱。与之相比，关于丹瓦的消息根本就不算什么。这里的沙漠会因此沸腾起来。

这真是令人难以置信，就在前一天，那两个男孩才抱着女孩来到这里。罗丝差一点就把他们拒之门外。如果发生了斗殴，或者客户对女孩太粗暴，她都需要做大量的善后工作。所以她更不想让人们以为无论什么人都可以把受伤的人送进来。直到康纳解释了这名伤员来自于何处，说她是从无人之地出来的，她有他们父亲的消息，罗丝才终于没有拒绝他们。

像这样的事情只要说出一半来就能把一个女人的脑子烧坏。这一整件事让她的手脚都不听使唤了。罗丝几乎不记得自己是怎样抱着这孩子上了楼，回到自己的房间，又是如何给她剪去脏衣服，清理伤口上的沙子，像缝破袜子一样把她残破的地方缝好。她觉得自己仿佛在看着另一个人的手给女孩涂抹药膏，又给她喂水。在她的十点钟时，有人在叫喊，要另一个人做完事以后再回来。不，那是她。她记起来了。她记起是自己命令黛安娜把那些衣服处理掉，实际上，那几乎只是一些染血的碎布片而已。

现在，她发现自己又要黛安娜去把那些碎布片从垃圾堆里找回来。罗丝想知道更多。她知道女孩需要休息,却又急着想要问她更多问题。那座遥远的城市到底是什么样子?那座营地又是什么样子?如果被困在那里的是她,留在这里的是她丈夫,她的丈夫又会怎么做?她试着像她作为领主的丈夫那样思考。她不能变成那个派一名女孩来警告自己同胞向西逃走的男人,不能那样绝望和疯狂。不,她的丈夫是那个曾经让其他领主俯首称臣的年轻人。她从没跟孩子们提起过这个男人。这个男人会逃跑和躲藏吗?她可不这样认为。他现在却要求他们抱头鼠窜。

但罗丝有一个可怕的想法。如果她的丈夫还是原来的那个人,而他在战争中淬炼出来的智慧却告诉他,逃跑是唯一的选择,那又该怎么办?如果他是对的,现在只能躲起来,只能屈服,只能溜进沙漠深处呢?罗丝生气地擦了擦脸颊,像往常一样咒骂他——这是她每天都要做的事情。

"我觉得这些应该是全部了。"

罗丝转过身,发现黛安娜正站在她身旁,手里紧紧抓着一团用厨房毛巾裹住的碎屑。罗丝甚至没有看到她上楼梯。

"好的,很好。谢谢。"罗丝接过毛巾包。

黛安娜瞥了一眼门,"她……?那个女孩还好吗?"

"她会没事的。"

"又一位袭击受害者?她的衣服都破烂成这个样子了,看起来像是遇上了炸弹。"

"没有。是别的东西。帮我照看一下我的孩子们。今天剩下的时间都没有预约。"

黛安娜皱了皱眉，但罗丝不愿再做解释，只是走进自己的房间，关上门。

女孩还在睡觉。她用绑着绷带的手把床单的边缘压在脖子上，下巴往下缩紧。毫无疑问，她丈夫又造成了一段悲惨的生活，又一个生命被毁了，都是以爱的名义。

罗丝把包裹放在窗边有灯光的小桌子上，解开毛巾，开始整理那些碎片。看到女孩裤子上和潜沙服上的血，她的胃仿佛打了几个结。潜沙服的橡胶材质感觉很奇怪，不像罗丝见过的任何面料。就好像这个女孩奇怪的口音，能听懂她在说什么，却又感觉不太对劲。这个女孩的一切都让罗丝感到既陌生又熟悉。

罗丝在整理残片的时候必须很小心，不要让断开的导线刺伤自己。这套潜沙服彻底不能用了。但她找到了潜沙服必备的腹部口袋。罗丝把那一大块碎片放到灯光下，用手指划过丈夫缝的针脚。这些针脚中间有一个整齐的切口，那是她在把潜沙服从女孩身上剪开时留下的。罗丝摸索着打开这只袋子，她的手指伴随着一线希望而颤抖，终于，她摸到了口袋里那张被叠起来的纸。

她把那封信抽出来，展开来。她不敢呼吸，手一直在抖动。

看到丈夫的笔迹，她眼前突然变得模糊了。

罗丝：

希望你在看到这封信的时候一切安好。我已经丧失了向你提出任何要求的权利,但我相信你会照顾好带去这封信的人。她在这里能得到的只有痛苦和死亡。我没多少时间了,所以我只能把她和这些言辞交给诸神,祈祷我不会白白写下它们。

只有你知道我做过的那些坏事。而我做过的最坏的事莫过于逃避我的错误。没人从这里回去是有原因的。他们不会放我们走。别来找我。

躲开那些鼓声,罗丝。他们在这里把大地碾得粉碎,又从天空中取走我们的水,将山脉变成了河流。甚至我们这些学过他们语言的人也无法与他们交谈。我们是生活在沙下洞里的蝾螈,而他们就是那些在不知不觉间踩死我们的靴子。他们只是在走路,我们却被踏得粉碎。

他们知道你在那里。他们知道泉石和滥酒馆。在我到这里之前他们就知道了。有不少人把这里的事情告诉了他们,为了乞求得到释放,乞求帮助,乞求水,乞求我们看到的所有发生在他们城市和生活中的小奇迹。但我们永远得不到任何帮助。我们的声音永远不会被认真对待。他们需要担心的问题比我们少得多。

请听我说。这不是一场可以取胜的战争。这甚至根本不值得为之战斗。不要让你们那里的年轻人知道我们要面对的是什么。你知道我是怎样的人。只把真相告诉那些年长和有智慧的人,那些有烧伤和伤疤的人,这里的一切都是需要畏惧的。告诉领主们。向他们解释这些人不是邪恶的,所以也不是我们可以理解并与之战斗的。向他们解释,这些人不在乎我们,我们也没办法强迫他们做什么,实际情况要可怕得多。他们不可能倾听我们的敲门声。无论我们做什么或说什么,都不可能阻止他们掠夺我们的雨水。我们是蝼蚁,他们是靴子。你必须让领主们明白这一点。

如果可以的话,就往西走。忘掉那些可怕的故事吧。不要在乎那些山脉的阻挡。如果有必要的话,可以砸碎那些山峰,不管怎样都要翻过去。把孩子和愿意听道理的人都带走。对于那些不愿服从理性的人,就让他们烂掉吧。让他们和我一起留在属于我们的地方。

谨启,

法伦·罗伯逊·阿克塞尔罗德——滥酒馆的小贼

罗丝的指尖划过丈夫的名字。她能感觉到丈夫用笔压出的优美线条。一个她以为已经死了的人给她写了这封信。她久久地坐在那里,将信纸捏在手中,凝视着上面的词句。在她身边的床上还躺着一个年轻女孩,不断呢喃着梦话。

罗丝回忆起过去那段仿佛发生在另一个世界的生活。她又读了一遍这封信,倾听丈夫为她念诵这封信,回忆他的气味,他的触摸,他的胡子在她脖子上摩挲的痛和痒。那个男人和她躺在一起,她希望这段感情能永远持续下去,而不是这样转瞬即逝。她愿意为这份爱付出一切。

她不知道自己这样坐了多久,微弱的光线透过覆满沙尘的玻璃。沙子打在那些玻璃上,"簌簌"作响。一切都像是随风而来的波涛。源自于久远过去的白日梦带来的不仅仅是法伦的声音,还带来了雷鸣般的鼓声,她过去经常听到这声音越过高墙,就像节奏混乱的心跳。

桌上的空水瓶颤抖了一下,惊醒了罗丝,让她猛然回到现在。那鼓声是真的。她的确听到了那一声声震响——显然是炸弹被引爆时发出的低沉轰鸣。但那声音实在是太多了。她甚至没能数清到底发生了多少次爆炸。罗丝把身子探过桌面,伸出拳头敲打窗户,把窗玻璃上的沙尘震落下去,好看清外面的情况。屋门外传来一阵声响,有人匆匆跑上楼梯,沿着步道跑过来。但这阵脚步声立刻就被窗外的喧嚣所淹没,越来越多的人在高声喊嚷,到处都是刺耳的噪音。屋门被猛地打开。罗丝转过身,看见康纳正在门前,罗伯站在他身后,两个孩子气喘吁吁,瞪大了眼睛,看看床,又看看窗户。

"妈妈?"

罗丝在震耳欲聋的吵闹声中转回头,透过窗户向泉石的方向看了一眼。那封信还在她的手中颤抖。水瓶在不断逼近的狂暴力量中微微抖动。

"不。"罗丝嘟囔了一声。她明白了即将到来的是什么,这里将要有什么事发生。蜜糖洞也开始颤抖。年轻女孩突然醒来,连声尖叫。罗丝高声喝令她的儿子们深深吸气,趴在地上。随后她就从窗前跳到床上,用身子把女孩遮住。

沙子从窗口冲入,把他们全部埋葬。

第43章　高墙

维丝

维丝和帕尔默在那片湿地住了一晚。帕尔默需要时间恢复体力,才能开始新一天的航行。维丝也不愿意晚上在沙丘间航行。天刚亮,他们就乘风出发了。她两次停船检查弟弟的情况,并强迫弟弟喝水。在她掌舵航行时,帕尔默就坐在拖曳架上,一只小遮阳棚在帕尔默的头顶不断随风飘摆。帕尔默的头耷拉着,慢慢地睡着了。

他们在中午过后不久到达了泉石。维丝根据罗盘的指示向正南行驶,太阳刚刚从桅杆正上方掠过。她扯动主帆索,让萨弗船沿着沙丘中脊驶向城镇最北端。然后她松开主帆,卷起三角帆,让船逐渐减速。随着桅杆上的压力减轻,铝制船体锈迹斑斑的铆钉发出"嘎吱嘎吱"的声音,又伴随着一阵挤压沙子的声音,船停了下来。维丝咬着牙翻检起马尔科的装备包——这让她想起马尔科已经走了。她原先总觉得自己会失去马尔科,也许是在一次潜沙中,或者是遭遇炸弹袭击,或者是在其他什么荒谬的暴力事件里,比如推翻一个领主,推举与前者同样的暴君上台。

这段时间里,她一直都尽量不去想马尔科到底是怎么死的,不去回忆那"咔哒"一声响,枪口对准她的头颅时发生的哑火。她在马尔科的包里找到了他的望远镜,把望远镜带子套在自己的脖子上。活在今天。关注现在。

"我们为什么要停下?"帕尔默问。他靠着拖曳架,头枕着维丝的装备袋。维丝给他做的遮阳棚也遮挡住了他的视线,让他看不到他们所在的位置。

"先在镇子外面观察一下。上次我来的时候,有人想杀我,而且每一个人都在找你。我们需要食物,我还想通知几个朋友,让他们注意布罗克和他的人。我希望在小镇边上的市场就能把这两件事做好。如果风险太大,我们就直接去滥酒馆。"

帕尔默呻吟了一声。"我在这个架子上恐怕已经熬不过下一座沙丘了,维丝。"

维丝从风力发电机的充电器上拔下潜沙服的插头。站在这艘双体船的甲板上,她小心翼翼地看了一眼桁杆,确定风不会把它吹过来。"我知道,"她说,"我自己也不想再走了。但我也不想被杀。"

她摘下护目镜,擦去眼角的黏沙,拿起双筒望远镜观察地形。在她和泉石之间的沙丘上,停着另外几艘萨弗船,它们的桅杆上高高飘扬着潜沙旗,警告他人桅杆下的区域已是别人的领地,而此时他们正在活动。维丝把船停在了稍微往西一点的地方,城区和被称作"棚户区"的散落棚屋之间的分界线就在她的正南方。她在这里最后住的地方早就被一座沙丘埋住了。北侧的早市看起来已经关闭——帐篷都被拆除并拖走了。可能是因为缺少做生意的人。现在人们都出去寻找丹瓦了。以前在市场那边有一家杂货店，维丝可以把萨弗船留给帕尔默看管，自己过去看看。她有帕尔默打捞来的硬币，只要不引起别人的注意，应该没什么问题。

她把目光投向更远的东方。在高墙附近有一座因为严重倾斜而被遗弃的摩沙大楼。如果帕尔默不能继续跋涉，那可能是最安全的过夜地点。那里的流浪汉应该知道如何找到应急食物。如果实在没办法，她还可以潜进沙子里偷点东西。宁可被绞死，也不应该挨饿。维丝有些惊讶自己这么快就能做出决定。如果马尔科现在向她提出这种建议，她会从道德和谨慎的角度出发认真考虑。但马尔科已经不在了，有些人想置她弟弟于死地。于是她认为有另外一种不同的道德占据了上风。事有轻重缓急。现在，生命和自由才是决定行动方向的首要前提。

她的目光越过高耸的摩沙大楼，缓缓扫过高墙。向内倾斜的混凝土墙面仍然处在阴影中。这也让她知道，时间刚过中午。维丝记得自己还是个孩子的时候，她从那堵墙上看到宁静的日出，记得那时的她从不会担心自己的下一顿饭和下一杯盖水。她一边舔着皲裂的嘴唇，一边想起洗澡，想起山羊的叫声，还有美味的羊肉、羊奶和奶酪。她的胃恳求她不要再想了。

她发现高墙上有一些人。看过去是一群小小的黑点，却享有特权。她羡慕他们的家，那个保护着泉石种种繁华的堡垒。它只是对付东风的方法之一；同样的问题在棚户区还可以看到不同的应对方案。但他们要共同面对的问题是，世界在不断变化。沙子一直都在移动，从东向西，没有片刻停顿。推进，她的父亲经常会这样说，一直都在从东向西推进。

维丝将双筒望远镜转向棚户区。那里的人们都在随着沙丘一起移动。每一天都有房子倒塌。锤子敲击的"叮当"声和风声一样持续不断。建造和摧毁，破坏再建造。人们在不断逼近房屋的沙丘上挖掘隧道。后门变成了前门。擦鞋垫被抖掉上面的沙土，更换一下位置继续使用。适应和生存，生活总要继续下去。

当然，这个过程中一直有人丧命。房屋在半夜倒塌，沙子随时会挤开墙壁的缺口冲进来。一些人会哀哭不止，双手悲伤地击打面颊。接着又是有节奏的锤子敲击声。新生儿的哭号、呼吸。

棚户区的变化是缓慢而持续的。随着沙丘的滑行和移动，周围的人们不断调整适应。这种改变让人筋疲力尽，但这是一种生活方式。每天都和昨天一样。灾难接踵而至，但总可以应对。时间、沙丘、社会、人，就像父亲说的，他们都在推进。

当维丝的目光扫过城区和棚户区的分界线，她忽然感到一阵烦乱。现在她没时间考虑什么改变和生活之类的事情，她需要获取食物，其他事情可以放到以后再说。高悬在空中的太阳直接照射着她的身体。她听到帕尔默拧开水壶盖子。他们俩的水也快没了。现在弟弟的生活还有危险，这让她很难做出谨慎和明智的决定。她习惯于只拿自己的生命冒险，更喜欢独自潜沙。

"你看见了什么?"帕尔默在拖曳架上问。

"市场附近一个铺子。"她说,"也许是我们最好的机会。"

她把双筒望远镜对准那家商铺,那里一定要成为他们的绿洲。他们可以航行过去,停在那家铺子附近,迅速做一笔交易,花一些钱,顺便再警告这里的人小心布罗克的袭击。她看到一家人正在打理那个铺子。一个女人把沙子扫成堆,两个孩子把沙子拖到沙丘上。也许她可以付钱让那两个孩子把食物搬到船上。她看着那三个人清理沙子,不急于采取任何行动,她的思绪又回到了应对沙丘的两种方式上——泉石城和棚户区。她正位于一个观察这两种不同生活方式的绝佳地点。在棚户区,与沙子进行的持续不断的战争将苦难延续到一代又一代人的身上。每个人都免不了要受苦。而在泉石,人们的生活受到保护,平坦的沙漠和高大的楼宇让风沙很少能淹没那里的房屋。多年的苦难都积存在一堵摇摇欲坠的墙后。连续数代人都能躲过这场灾难。但灾难的确在不断积累。

不知怎么回事,维丝在那件事发生之前就知道了。也许是因为她在和强盗的生活中所经受的历练,因为她听过许多强盗们的计划和吹嘘,因为她曾经和马尔科在一起,因为她也早就开始像强盗们一样思考。或者也有可能是她看到的那些小人影在高墙顶上跑来跑去,意识到出了问题,意识到有人在逃走。或者是先有声音响起,接着她的脑子就飞速地转了起来,所有的想法转眼间都涌了出来。她觉得好像已经过去了许多分钟,她所思考的高墙和即将到来的时代都在胸膛的第一次震荡和随后的灾难迹象中飞逝而去了。

或许只是巧合。一名潜沙员的直觉。帕尔默告诉她一颗炸弹就能摧毁整个泉石,这是一个阴谋家和叛乱者古老的疯狂梦想,他们知道如何摧毁,却不知道该如何创造。无论是什么原因,当事情发生的时候,她的目光正盯着高墙,心里想着人类的种种毁灭。

她的思绪还在飞速旋转。她见证了一次次崩溃,一次次的改朝换代。帝国崛起又消失,构成了他们所有的历史和传说。它们的结局既不可避免又难以预料。随着时间的推移,灾难的规模变得越来越大。没有人会认为这些毁灭会发生在自己有生之年。人们抬头去看那堵钢筋混凝土的高墙时,总会以为只有他们的子孙能看到它的倒塌。而只有遥远的另一代人需要去建造下一堵墙,并把它建得更坚固、更高大。就像每一个帝国崩溃的时候一样。

与此同时,墙后的沙子越来越重,一粒一粒地增加,就像一只闹钟,像一颗定时炸弹上滴答作响的时钟。或者应该是一连串炸弹——几十块大面包一样的炸药沿着高墙底部被埋起来,是潜沙员放进去的,组成一道地狱的弧线。那些潜沙员和强盗厌倦了这片将世界分成两半的凉爽阴影,这根残酷的界线——让一些人不得不整日劳作,另一些人却能享受悠闲。

那些人以为他们能享受悠闲。

"滴答、滴答、滴答"。沙子和秒针。维丝站在沙丘顶端,站在她死去的爱人的船上,看着这一切,肠胃中泛起一种深深的恶心、一种强烈的恐惧,所有这一切都在她的脑海里闪过,就像那沉重的震撼击中她的胸膛。

那里传来的震荡感觉格外沉闷,就像失去节奏的鼓点:砰……轰轰……轰隆,轰隆。

高墙开始晃动,不祥地晃动。一件本应该屹立不倒的东西开始低垂下它悲哀的头。它的身体颤抖着,失去平衡。它的双脚已经被打碎。维丝捂住嘴,双筒望远镜上落满了沙尘。帕尔默对她大吼大叫,问她到底出了什么事,但他的声音被他的围巾捂住了。

生活中最幸运的变成了最不幸的。居住在高墙附近的人被埋住,住在高墙里面的人已经粉身碎骨。他们可以失去的东西最多,现在他们就失去了一切。堆积了几代人的沙子淹没了他们,完成了炸弹所引发的进程。一块和许多摩沙大楼一样高的混凝土板不可思议地平拍下来。

维丝脚下的沙丘也在瑟瑟发抖。沙子从她视线所及的每一座沙丘表面流淌下来,重力和整个世界的抖动让它们都失去了一英寸的高度。维丝能感觉到萨弗船的甲板在撞击她的脚底。片刻之后,耳朵能够听见的"隆隆"声才传过来,如同一阵从她胸膛深处爆发出的咆哮。然后,一道强大的沙浪涌过整个泉石城,以非自然的力量堆积起的沙丘开始回归它们正常的高度,如同潮水一般扑向摩沙大楼、市场和广场。高楼被推倒,许多小人影从建筑物高处的窗口被甩出来——那些人应该都疯狂地想要离开他们高贵的住宅。

　　沙子继续向前流淌，溢出城区，冲向棚户区，那些生活在阴影边缘的人这时都倒了大霉。本来这些人在夏季还能够过得比棚户区里的其他人舒服一些。现在他们也全都消失在沙子下面。只有更远处的人才得以幸免。几十年的毁灭在一瞬间就完成了。棚户区——新泉石。维丝看到蜜糖洞也被沙潮的边缘撞上了，毕竟它就在城区和非城区的模糊界线上。

　　她的妈妈被埋住了。一座城市消失了。现在正有一小群人在不知什么地方欢呼雀跃。

　　风再次吹起。天空似乎也在这个新世界中做出了调整。萨弗船的主帆开始转动，桁杆"吱吱"作响。帕尔默还在喊叫。维丝没有理他，而是一步跳回座位，她抓住绳子，把帆拉紧。三角帆猛地张开，萨弗船向前冲去。维丝危险地驾船沿着沙丘的一侧冲下去，一路上竭尽全力与舵柄搏斗。她的意识已经变成了碎片。她向消失的蜜糖洞冲过去。她曾发誓再也不回这个地方了。但现在，她一心只想着要赶到那里。

第44章 狠狠抓住

维丝

萨弗船飞速驶过沙丘,奔向一片荒漠——那里刚刚还有许多住家和店铺。在桅杆的"吱嘎"响声和帆索绷紧的声音中,维丝能听到呼救声和惊恐的尖叫声。或者那些尖叫已经只回荡在她的记忆里了。维丝把注意力集中在沙地边缘的一点。一堆白铁皮、金属框架和木头挡住了她的去路。她让萨弗船滑到镇子边缘,停住。她跳到沙地上,又变成了十六岁的自己,在沙丘间奔跑。那时她十六岁,半裸着跑过沙漠,那时天色一片漆黑,她在拼命逃离蜜糖洞。

那时她只是想进去喝上一杯。她和两个朋友。喝了一杯,就会再喝一杯。她仍然是清醒的,能够拒绝那些人。她没有笑,再也没有笑过。但房间就在那里,而那些人相信,他们只要看到什么、想要什么,就都可以弄到手。当然,有人要为此付出代价。而他们要付出的代价只是租一个房间。来吧,会很有趣的。他们的手握得很紧。朋友们也一直在怂恿她。

泪水滚落维丝的面颊。她跑过沙子,回忆着这一切。

两个男人。他们一直在大笑。他们的呼吸中全是啤酒的气味,手臂因为不断建造房屋而变得强壮,有足够的力量撕扯和控制。他们一直在笑。她的尖叫声在他们听来很有趣。她的手臂很软弱。她扭动的样子让他们不停地咆哮。维丝能听到她的朋友们在隔着墙大喊,叫他们住手,把锁着的门推得"咯咯"作响,又对另一个房间里的人喊叫。但是看起来,在这些房间里,类似的可怕事情早已成为了习惯,而不是意外。

松散的沙子。维丝到达了棚户区仍然完好的部分,也就是那座巨大沙丘延伸范围的边缘。她跑过那些神情冷漠的人,那些人只是看着这一切,站在原地一动不动,没有想要救援,完全听不到那些被覆盖的尖叫声。那些长满老茧的手捂住了漂亮的嘴唇,带着啤酒气味的呼吸压下来。她就像是被沙子埋住一样,被活活埋住,一种压力压迫着她身体从未被触碰过的地方,第一次,碾压、碎裂。

她快步跑上沙坡,直到双腿酸痛,几乎不再服从她的命令。她弯下腰去,寻找蜜糖洞所在的位置。她将面罩拽到眼前,让控制带覆盖住额角,在向前俯冲的同时启动了潜沙服。她消失在沙地上,几乎没有溅起水花。在下面,她是自由的,没有什么能抓住她。

到处都是明亮的物体,大量黄色和橙色的物品,一个小偷的天堂,非常值得打捞。这里有从高墙一路被运来的财富,还有不少富人。维丝看到前方有个人被埋在沙子里,可能太迟了,但她还是在那具躯体下面形成一根沙柱,把那个人抛出地表。大片房屋被埋进沙子,被夷为平地。到处都是需要躲避的碎片。在她前面,就在她刚才奔跑的地方,是她记忆中那座三层楼高的建筑,那幢噩梦中的房子,完全被沙丘所覆盖。再不会有人在那幢房子里被伤害了。那里面的人都已经成为过去,只存在于过去。这个地方只剩下了沙子。

维丝穿过一扇破碎的窗户,将周围的沙子硬化,以免自己被碎玻璃伤到。房子内部的墙全都是歪斜的。这座建筑物处在濒临崩塌的状态。如果不是房子背面的混凝土矮墙挡住了沙子,它可能已经四分五裂。维丝调节了一下面罩。这里的沙子太松散,所有东西在她的面罩里都显得太亮了。到处都是尸体、椅子、桌子、闪光的玻璃杯和瓶子。她冲过大厅,越过栏杆——或者是曾经有栏杆的地方。三楼地面上有一团紫色。沙子最高也只到了那里。维丝开始尽可能将身边的人送到空气中。但她来得太迟了,实在太迟了。就算这些人在被沙子埋住的前一秒让肺部充满空气,就算他们及时闭住了嘴。死亡仍然会在几分钟之后到来。她的妈妈走了,再也无法和她道一声别了。

维丝看到了那个房间的门,那件事已经过去了很多年。这道门还是完整的,还很坚固,还存留着发生在里面的一切。除了当时在这里的人,没有其他人知道。一个都没有。没人知道这里的窒息。

在她的面罩上,潜沙服的电量灯闪耀着明亮的绿色。电是满的。这套潜沙服是为深潜准备的,所有额外的电量都是为了抵抗整个世界的压力,为了支撑压在她身上的沙土和空气。维丝的肺里只有能维持一两分钟的空气。她的心跳在加速，氧气被迅速燃烧。她完全没有准备好潜下来，更没有准备好看到门后的情景，没有准备好接受母亲的去世。

她在沙子下面无法尖叫。没有人能听见她喉咙里发出的喊声。愤怒无处发泄。但维丝内心深处的某个东西在剧烈爆发，就像一堵阻挡岁月流逝的高墙突然倒塌，让怒火喷涌而出。她在沙漠最深处打磨的力量现在涌到她的潜沙服上，炸裂开来，在翻滚沙丘的死亡巨浪中狂暴地倾泻而出，让沙子变成强大的肌肉，足以举起一辆摩托、一辆汽车，撕裂古老摩沙大楼的屋顶，让沙子喷洒向天空。

大地发出轰鸣，开始膨胀，下方的沙子传来一股向上的压力。整个蜜糖洞在"吱吱嘎嘎"地向上升起，离开覆盖它的沙子。维丝在没有其他潜沙员能够听到的沙子下面喊叫和哭泣，双手用尽全力，蜷缩成两只暴怒的爪子。沙子灌进她的嘴里，洒在她的舌头上。这些沙子浸透了啤酒和属于过去的可怕味道。还有一阵"隆隆"声。整个世界在这阵声音中倾斜，墙壁破裂，沙子从裂隙中、从窗户和门洞流出去，就像温热的蜂蜜、像血和牛奶，流出这个埋葬着久远过去的令人厌恶的地方。终于，蜜糖洞重新升起在沙漠之上，停下来，颤抖着停在沙丘顶端。

维丝啐着沙子、咳嗽、晕眩，身边都是死人。蜜糖洞也得救了，虽只剩下一片狼藉。她再一次在这个地方精疲力竭，因为恐惧而哭泣，瘫倒在母亲的门外，母亲的屋门敞开着。这一次，维丝的身体只有耳朵和鼻子在流血。

叩击天堂之门

第五部

PART 5

A RAP UPON
HEAVEN'S GATE

第45章　宁静的黎明
康纳

　　远处传来一阵杂乱的声音。是鼓声、沉重的脚步声，像是神明强大的脉搏。康纳知道那声音。那让他想起了遥远东方的雷鸣。那是叛军炸弹发出的低沉轰鸣，是在混乱、死亡、被染红的沙丘和母亲的恸哭之前响起的声音。康纳把勺子放进炖菜碗里，从蜜糖洞满是啤酒渍的桌子旁边站起，然后跑向楼梯去向他的妈妈报警。

　　他一步并做两步地全速飞奔。弟弟罗伯在后面追他。当他们跑上二楼走廊时，远处传来了更密集的、沉闷的爆炸声。外面很危险。有暴力事件正在发生。或者也可能什么事都没有。也许那只是人们在庆祝丹瓦的发现。康纳几乎觉得自己跑去找母亲是在犯蠢。他也许只是一个陷入恐慌的孩子，想要在母亲那里寻求救援，让母亲告诉他应该做什么。

　　他猛地拉开门。现在母亲的房间里不会有顾客，只有他同父异母的妹妹维奥莱——那个孤身走出无人之地的女孩。但他一走进房间，就立刻感觉到大地的"隆隆"声穿透了他父亲的靴子。他知道发生了什么。他知道这不是一般的炸弹。那巨大的咆哮声和那不可思议的砂砾摩擦声意味着沙子正在向他们所有人扑来。

在他两次心跳之间的一阵短暂震颤中,窗外沙漠的咆哮越来越猛烈。他的妈妈在呼喊,要两个儿子逃走,要他们屏住呼吸,赶快走。康纳能想到的只有扑到床上,保护那个女孩——就像过去两天里那样守护她。他像闪电一样冲过房间。罗伯紧跟在他身后。他们跑到房间中央的时候,沙浪狠狠撞上了蜜糖洞的墙壁。

康纳脚下的地板倾斜了——就像神明抽走了他脚下的地毯。他一头栽倒在地。周围响起木头和铁皮的碰撞声,玻璃的炸裂声,所有光线都被厚重的沙丘压灭了。在一片黑暗中,他听到一种特殊的撕裂,随后沙漠就灌注到康纳和他的家人的周围。

他几乎没有听到母亲尖叫着让他们屏住呼吸,然后他就窒息了。沙子进入他的鼻腔,挤压他的嘴唇。他被固定住,四肢摊开趴倒在地板上,仿佛有几十个强盗压住了他的脊背。他能感觉到罗伯就在他身边,他记得沙子灌进来以前弟弟的位置,还有母亲的位置。

周围只剩一片漆黑。沙子里还残留着阳光的余温。世界完全陷入沉默。康纳能听到的只有自己的脉搏。他的手捂在喉咙上,但脖子还是受到了挤压,让他能感觉到那里血管在一起一落,伴随着额角处同样飞快的跳动。这里没有足够的空间来扩张他的胸膛。绝对不能吞咽。他的弟弟就在附近。但这里连喊一声的空间都没有。这只是一个让人害怕的棺材。是他们即将死去的地方。他的心中充满恐慌。他的肌肉和肌腱在剧烈地抽动，却丝毫动弹不得——瘫痪的人一定会有这种感觉。每个被活埋的人都会有这种感觉。这就是他们的结局、他们的结局、他们的结局。康纳无法让自己停止这样的想法。有许多人都是这样死在沙子里。现在，他也有了和那些人一样的感觉——被固定，只剩恐惧，甚至无法动一动下巴，为母亲哭上一声。

他不停地祈祷，寻找挖掘的声音——但他什么都没听到，只除了他的脉搏声。也许沙子没那么深。也许妈妈没有事，躲进了墙边的空隙里。也许维奥莱——他同父异母的妹妹——会活下来，她的故事会被人知道。他可能还能再活一分钟。他们还来得及把他挖出来。但是轰鸣声再次响起，这里有太多的沙子，什么都看不见。沙子淹没了蜜糖洞的二楼。高墙一定是塌了，不复存在，被炸毁了。想到这里，康纳背上的沙子变得越来越重。在黑暗和寂静中，他想象着外面一定发生了很恐怖的事情。与外面巨大的伤亡相比，他迫在眉睫的死亡如针一般轻忽。他听到的咆哮声是向他们冲过来的沙丘，是那堵摇摇欲坠的高墙后面的巨型沙丘。他在那堵高墙上出生，最终会因高墙的坍塌死亡。沙丘找到了他，扑向他，现在要占有他了。

在沙子中的挣扎是徒劳的，所以康纳放松下来。当他这样做的时候，他觉得背上的压力越来越大，好像他的身体已经垮了，沙子正迫不及待地要占有这个空间，拿走他所拥有的一切。还有多久？他越来越渴望呼吸。就像和哥哥的训练游戏。那时他们绷紧了肺叶,用手指计数。头晕。没有办法吸气或呼气。他很快会昏过去。当他感到黑暗袭来,意识逐渐丧失,心中的恐慌再次涌起,随之而来的是一股强烈的求生欲。他不想死。他想要向罗伯呼喊,向他的妈妈呼喊,告诉他们,他爱他们,要把他们从这里救出去。行行好,谁能把我从这里挖出去。

随着知觉逐渐消失,他周围的沙土也变得柔软起来。他的皮肤似乎对压力越来越麻木,可能是因为血流停止了。康纳脑海里闪过一个明亮的记忆。一天早上,他的父亲叫醒他,同时将一根手指比在灰色胡子下面的嘴唇上,要康纳保持安静。康纳半睡半醒,心中带着疑惑,和父亲一起走出他们男孩子的房间。父亲带他沿着狭窄的楼梯走到高墙的顶端。他们坐在那里,面朝东方,双脚悬在高墙外面。在寂静无风的早晨看着日出。这是他见到的第一个宁静的黎明,众神很少会像当时那样停止他们的雷鸣,完全安静下来,甚至沙子也没有吹到他们身上——康纳坐在那里,看着初升的太阳吞没了星星——最后消失的是火星,一个金色的穹隆覆盖住他们的头顶,最终变成完美无瑕的蓝色天空。

"为什么这样安静?"他悄声问父亲。那时的他年幼而且困惑。"从来都是这样吗?"

"还能安静上半个小时。"他的父亲望着天空说道,"如果我们的运气够好。"

这句话让康纳感觉到了巨大的压力,让他必须努力去享受这一刻,记住它,将它吸收进自己的身体。一只乌鸦拍打着翅膀,趁着没风的天气向东飞去。太阳晒暖了清晨凉爽的空气。康纳的面容异常宁静。父亲沉重的手放在他的肩上。记住,记住,康纳对自己说。这种凝重的压力让这一刻永远持续下去,让他的意识紧紧收拢,就像收拢在滴水龙头下面的双手。这时他看了一眼高墙的墙头,意识到只有他们两个在享受这个时刻。

"我们应该叫醒其他人,"他悄声说,"帕尔默和维丝……"

父亲捏了一下他的肩膀,"他们会有他们的机会。这一次是属于你的。"

太阳完全从沙丘里钻了出来,风也回来了。那种侵扰他们睡梦的阴森吼声再次响起。康纳和父亲一起坐在高墙顶上,了解到这个世界充满了秘密和奇异之处。在过去的某个时刻,维丝和帕尔默一定在他熟睡的时候被领到黑暗的高墙顶上,见证这一刻。他们从没有把这样的景象告诉他们的弟弟,从没有和别人分享过这一刻。康纳知道自己也不会。

在蜜糖洞里,当他们被埋在沙子下面时,他突然想到,罗伯从来没有和父亲在一起见证过无风的黎明,甚至从来没有和父亲一起度过任何一个早晨。他们从没有见过面。他身体周围的沙子变得更松了,康纳知道随后会发生什么。这是他的最后一口气,最后的感觉。他在沙丘的压力下还有一两分钟的时间考虑自己的人生——现在他的时间到了。

但随着沙子变得越来越轻,他身体的感觉却更加敏锐,而不是麻木。他咽下了一阵哽咽——他在吞咽。扼住他颈部的力量变弱了。整片地面在微微颤动,发出"嘶嘶"的声音。就好像有人在附近潜沙。他以前听到过这种声音,那时他会将耳朵贴在坚硬的沙地上,听着父亲在下面进行搜索。一般只有在潜沙员关闭自己的潜沙服,而身边同伴的潜沙服还在开启时才能听到。康纳发现自己可以活动了。有人在弄松沙子。

他仍然无法呼吸,仍然被埋在地下,什么都看不见,也不知道自己肺里的空气还能支持几次心跳,但他还是在沙子里挣扎着去摸他的靴子。他无法在这里游动,去不了任何地方。但他能让膝盖抬起来,伸手到靴子里,找到控制靴子的带子,打开电源。然后,他又开始摸索导线。他的身体在粗糙的地板上扭动、摩擦,沙子仍然像一千条沉重的毯子压着他。他的弟弟就在他身边,罗伯不可能像他一样屏息那么久。他将导线头插进带子。沙子在插槽里发出刺耳的摩擦声。这样不行,不会成功的。他将带子按在头上。沙子的黏性在减轻,他感觉到了自己和流沙的联系,感觉到了压在他周围的沙子。

他没有面罩,还是什么都看不见,也无法呼吸。但他能动。时间不多了。康纳移动到记忆中弟弟所在的位置,果然碰到了一具躯体。他抓住罗伯,却没有感觉到罗伯伸手抓他——没有任何生命的感觉。但他没有时间想这件事,没有时间去想靴子制造的奇迹和附近的潜沙员。他要到床边去。他拽着罗伯,仿佛弟弟是他打捞到的一件物品。又一具躯体。有人在床上。他感觉到床上有人在动。

康纳摸索着。他的妈妈,还活着。有什么东西在妈妈的腿上。他没有迟疑、没有思考。他的身体里已经没有能支持一次心跳的空气了。他向上升起,向上,同时让头顶有一层硬化的沙壳保护自己。他仿佛又回到了赖德制造的那个沙棺材里。但这次,他用这个棺材撞破天花板,到了三楼。黑暗却松散的沙子,然后是光,很微弱,但肯定是光。最终是空气,闷热阁楼的空气。令人感激涕零的一团空气。而康纳,精疲力竭,被砾子噎住,昏了过去。

第46章 被埋的人
康纳

他肯定没有昏迷太久。当他醒来时,发现自己正躺在一个流动的沙堆上。母亲就在他身边,用嘴唇压住罗伯的嘴唇,向他的嘴里吹气。罗伯年轻的脸颊鼓了起来,沙子从母亲的头发里流出来,洒在他们俩的脸上。

他们身下的沙子在下沉,形成了一个向下泄漏的旋涡。"嘎吱"一声,头顶上的木头断裂了。到处都在剧烈地晃动。整个世界都在颤抖。蜜糖洞要崩塌了。一道又一道光从墙壁的裂缝中刺进来。当康纳把家人推出天花板时,堆积在一旁的桶和板条箱轰然倒塌。他们在三楼的储藏室里。现在他们又开始向下沉,在下坠的沙地上颠簸,挣扎着想找到一个牢固的地方。母亲在咒骂——她没能抓住罗伯。

康纳想起脚上的靴子,立刻将他们身下的沙子硬化形成一个平台。他的妈妈又开始向罗伯的嘴里吹气。名叫维奥莱的女孩也在。她的眼睛睁开看向康纳,她还活着,在深深吸气。父亲把她教得很好。但罗伯,可怜的罗伯,他是那样喜欢关于潜沙的一切，却从没有机会在沙子下面游过泳。这是他第一次真正进入沙子下面。不要让它变成最后一次！不要就这样让他的人生结束！

康纳看着母亲一次又一次给弟弟吹气，他太累了，浑身麻木，也不敢说话，只能集中精力让沙子保持稳固。蜜糖洞里所有的沙子都在向外流淌，好像有人在驱动它们。坚硬的沙子平台从地板上的洞中落回去，又回到他母亲的房间。更多光线照射进来。沙子都从破碎的窗户和墙壁缝隙中流走了。现在蜜糖洞稳定在沙丘上面。康纳不明白这是怎么回事。但他在沙子中感觉到了一种愤怒和暴力——他的靴子和带子都在向他传导这种感觉。控制带就像着火的布片一样灼烧他的额角。随后这种愤怒和热度又消失了。世界归于寂静。房间里所有的东西上都覆盖着一层沙子，刚才充满整个蜜糖洞的沙子只剩下了这些。康纳试图把刚才几分钟的事情拼凑起来。他怀疑蜜糖洞是不是刚刚翻滚了三百六十度——先是倒翻过去，被沙子埋了一分钟，然后又翻回来，让沙子全部流走。

他向妈妈和罗伯走过去。他的弟弟还是一动不动。母亲伸出手掌，用力按压弟弟的胸口，一边数着数。她数到五，停下，弯下腰，又开始向罗伯的嘴里吹气。

"我能做什么？"康纳问。

妈妈没有回应，只是不断重复抢救动作，就像要唤醒一名醉汉，或者是被食物噎住的人。康纳把女孩带到蜜糖洞是有道理的。他的妈妈懂得如何救人，并且一直在做这件事。他的母亲就是这样的人。康纳在旁边看着,为母亲祈祷,为罗伯祈祷。他伸手握住弟弟软弱无力的小手,又看见维奥莱握住了罗伯的另一只手。他们全身都是沙子,回到了妈妈的床边。他们四个人在一起。就在这时,妈妈发出一阵吸气声……

不,是抽噎。他们的妈妈在哭。发出吸气声的是罗伯。

康纳的弟弟将沙子吐出来,大口吸着气。妈妈把罗伯的头抱在臂弯里。康纳感觉到弟弟的手指在自己的手心里蠕动,才意识到自己将弟弟握得太紧了。

"水。"他们的母亲说道。她又转过头,似乎是要向康纳下达更多的命令,但她的目光却越过康纳,望向康纳身后的某个地方,一双眼睛因为警惕而睁大,如同敞开在头顶的空洞的天空。康纳转过身,以为自己会看到另一堵沙墙从背后袭来,却发现门外的地板上躺着一个人,一个女人。红色的液体正从她的耳朵中涓涓流出。她的头刚好侧过来,面冲着康纳。一副面罩遮住了她的眼睛。但康纳即使隔着一千座沙丘也认得她。是他的姐姐,就在这里,这要比覆盖他们的这些沙子更没有道理。

康纳向自己的姐姐爬过去,一只手却被靴子的导线缠住了。他扯下头上的控制带,这才爬到了姐姐身旁。

"维丝?"他翻过姐姐的身体,让她躺下来,又摘下姐姐的面罩。维丝的鼻子也在流血。康纳一下子哭了出来。他转向妈妈。妈妈还抱着罗伯,催促罗伯用力呼吸。"我该怎么做?"康纳问。

他的妈妈也在哭。泪水和沙土在她的脸上形成黑色的泪痕,就像被冲掉的眼影。康纳脱下衬衫,尽可能抖掉上面的沙子,开始轻轻擦拭维丝的鼻孔。

"她还有呼吸吗?"妈妈问。

"我不知道!"

他的确不知道。这该怎么查看?到底出了什么事?维丝怎么回来了?怎么突然出现了这么多沙子。整个世界都颠倒了。罗伯在咳嗽。维奥莱过来抱住了他。妈妈也来到康纳身边。她看上去镇定自若,没有丝毫惊慌。她检查了维丝的脖子,又将面颊贴到女儿的唇边。康纳再一次看到了他们的母亲,无论整个世界怎样在脚下晃动,无论沙丘如何像猛兽一般扑来,母亲的步伐依然是那样安稳,也许是因为这个世界一直在发生各种变动。康纳已经被这个狂暴的世界吓呆了。他的母亲却在采取行动拯救他们。

维丝动了一下,发出呻吟声。

"这该死的到底是怎么回事?"接二连三的困惑和欣慰让他完全不知所措。他抬头审视他们遭受的伤害。他的家人虽然刚刚被沙子埋住,现在还都在吃力地喘息着,而且都在他的身边。也许妈妈没有听到他的问话,所以没有回应他,没有喝令他不许说脏话,只是俯身抱起女儿,看着维丝翕动眼皮,张开沙土颜色的嘴唇,又呻吟一声,开始喘气。

维丝想要坐起来。她向周围扫视一眼,仿佛是要搞清楚自己身在何处。

"放松。"他们的妈妈说。

维丝却仿佛没有听见,也没有放松身体。"还有别人。"她说道,就好像她不是刚从昏迷中醒过来,没有血流不止,好像她刚刚说完了一句在一年以前就要说的话。一年。康纳已经有这么久没有见到过姐姐了。姐姐的第一句话就是:还有别人。然后是:"我必须去看看。"

她跟跟跄跄地站起身,一只手扶住门框才让摇摇欲坠的身体稳定住。然后她用另一只手抓住面罩。

"高墙……"妈妈一边说,一边转向残破的窗口。

维丝抹了一下鼻子,仔细看了一眼手指。"看看其他人。"她说着猛然转向走廊,迈步向远处走去。

"等等。"康纳乞求道。

但姐姐已经向楼梯跑去。而姐姐的那句话——"其他人"——还回荡在康纳的脑海中。他自己遇到的奇迹和这个动荡的世界给他带来的困惑一下子都变得没那么重要了,现在他最强烈的一个念头是其他人一定都遇到了危险。妈妈似乎立刻就明白了女儿的意思,她没有惊讶,也没有抱怨,只是拧开一只水瓶,递给维奥莱。维奥莱用还缠着绷带的手接过去,把瓶口对准罗伯的双唇——刚刚被照顾的人现在需要照顾别人了。

房间里只剩下康纳还沉浸在劫难的余波中。炸弹的轰鸣让他的耳朵感到一阵阵钝痛,他还在摸索自己的生命……一分钟,五分钟,然后才开始想到要去救其他人。妈妈和维丝已经开始行动了,就像以往任何时候一样。就连维奥莱仿佛也对这个可怕的世界安之若素。康纳依然感到头晕目眩,不知道自己该去哪里。他听见姐姐跑下楼梯的脚步声。地上有一根带子,一根潜沙员的控制带,还有导线连接到父亲的靴子。

康纳收拾起导线,将带子按在额角上。外面有许多人被埋住了。那些都是他的同胞。至少他还知道这一点。他跑出房间,呼喊着要姐姐等一下。

第47章　桶不够多
康纳

他很害怕自己跑出去的时候，维丝已经到了深深的沙子下面。他走下摇摇晃晃的楼梯——现在这段楼梯只是靠几根可怜的钉子和蜜糖洞连在一起。宽敞的酒吧里有人在动，在相互救助，到处都是成堆的垃圾。有些人还半埋在沙子里，有至少半数人还活着，真是个奇迹。康纳走到前门，这时他才对姐姐刚刚做了什么有了一个模糊的认识。都是因为姐姐，他们才能活下来。但无论他怎么想，这都是不可能的。维丝不可能就这样举起一座建筑。可是康纳无法忘记从姐姐的耳朵和鼻子里淌出来的血。他开始担心姐姐。他小时候就总会这样担心姐姐。

他在蜜糖洞外看到了姐姐。维丝没有潜进沙子，而是正在沙丘间奔跑。周围是一个噩梦般的世界：弯折的白铁皮和破碎的木头从连绵起伏的新沙丘中冒出来。在他们西边，杂乱无序的棚户区似乎没有受到影响。但棚户区东部边缘的房子已经全都没了。康纳看到一些人拿着铲子和桶跑过来。更多的人只是零散地站在远处的沙丘上，用手掌遮在眼睛上方，呆呆地望着这可怕的灾难景象。康纳向姐姐追过去,一边回头朝东边瞥了一眼,看到一片平坦广阔的废墟。一座倒塌的摩沙大楼有一半露在沙子外面,就像一具尸体的脊骨,而尸体已经被沙子埋住了。曾经是高墙的地方现在矗立着一座高耸的沙丘。其余积累了许多个世代的沙子都不见了。所有痛苦都被均匀地分散在这座城中。

康纳集中精神追赶姐姐,尽量不去想高墙和背后那一片空空荡荡的大地。看到永恒的存在迎来终结,他仿佛尝到恐惧就在自己的嘴里。别想了,跟着维丝——不知为什么,姐姐没有像他以为的那样,潜到沙丘下去营救其他人。相反,她跑过了西北方向那些完整的建筑。康纳上气不接下气,心怦怦直跳,追着姐姐绕过一幢住宅,一边拼命想喘一口气、叫姐姐一声。这时,他发现了沙地上的萨弗船。

那艘船的桅杆仍然竖着。船帆在风中飘曳,带着桁杆来回摇摆——是代表反叛军的红色船帆。康纳心里有些明白了。姐姐在高墙倒塌时出现不是巧合。当沙子的巨浪席卷而来的时候,他听到了"砰"的一声响——他记得那很像是远方有炸弹爆炸,是几十次这样的轰鸣。维丝的确和可能做出这种事的人一起混过。一想到姐姐可能与这场灾难有关,可能与成千上万人的死亡有关,而她赶来可能只是为了救他们的母亲——这比推倒高墙更伤人,更直刺康纳的内心。就如同血淋淋的伤口产生的灼痛,而不是那种会让人麻木的钝伤。

在萨弗船边,维丝俯身到拖曳架上。那里有什么东西,不……是一个人。康纳跑过去,才看到那是他的哥哥。

"帕尔默?"他问道。现在他的心里更是疑惑重重。他靠在滚烫的萨弗船壳上,努力调整呼吸。他的哥哥坐在一个简易的遮阳棚下面,脸上全是水疱,正目不转睛地看着他。听到康纳的声音,他努力用肿胀的嘴唇做出一个微笑。维丝在给他们兄弟俩下达命令,又将一样东西塞进康纳的手里。康纳低下头,看到了一副面罩,还有控制带。维丝从船上座位后面的一只袋子里拽出一副潜沙服。帕尔默说他可以潜沙,要维丝把潜沙服给他,同时还想站起来。但维丝把他推回到拖曳架上。

"你连走路都困难。"维丝说。

康纳很想知道他的哥哥怎么了。帕尔默的脸明显瘦了一圈,颧骨高高凸起,下巴上多了一撮胡子。"我能走路。"帕尔默坚持说。

维丝顿了一下,仿佛在考虑什么——她很少会这样,所以康纳看着一动不动的姐姐,觉得时间仿佛过去了一个世代。终于,维丝看上去像是做出了决定。"那你去蜜糖洞,帮助妈妈,在那儿等我们。"

"那船呢?"帕尔默问。

"就放在这里,只把水带走,一定要小心。现在沙子还很松,而且到处都是危险的建筑残骸。"她又转向康纳,"你还在等什么?穿上衣服,我们走。"

康纳立刻踢掉靴子。把控制带收起来。他的衬衫刚刚给维丝擦过血以后就被丢在了蜜糖洞。他穿上潜沙服。这套潜沙服对他来说有些太大了,还散发着另一个人的汗味。姐姐帮他拉上拉链,一边抱怨拉链缝里有沙子。她又把气瓶从拖曳架上拿下来,打开阀门,同时不断给康纳下达指令。

"时间过去太久了,现在被沙子埋住的人肯定都没救了。"她对康纳说,"我们要寻找的是沙子里的空气,明白吗?所有呈现紫色的地方都是你的目标。我们从镇子边上开始,那里机会最大。没必要检查每一个小屋,只检查完好无损的。任何向东的窗户都不用看。这个气嘴有时会卡住,那样你必须把它吐出来,在气瓶上磕一磕。你能做到吗?"

康纳点点头,将后背转向举起气瓶的姐姐,伸手穿过气瓶的背带环。

"好了,我们走。"

他们又转头跑回了变成一片废墟的家园。潜沙服里很快散发出康纳自己的汗味。维丝指了指突出在平滑沙地上的屋顶的边缘,向前一个俯冲,就消失在一座沙丘里。康纳拉下面罩遮住眼睛,拽起腰间的气嘴塞进嘴里,随后就开始振动空气和沙子,让面前的沙子滑开。沙漠吞噬了他,就像吞噬了其他许多人一样。但他可以呼吸,可以帮助那些现在无法呼吸的人。现在有太多事情要做,挖沙子的桶却不够多。

第48章 幸运的少数
康纳

他现在只能忽略数学。沙子下面一定散落着成千上万的尸体,而他和维丝只在残留有空气的地方发现了几十个还活着的人。也许总共能有一百名幸存者。他不去想数字,只把注意力集中在能够拯救的那一点奄奄一息的活人身上。

他在一个倒扣的浴盆下找到了一个男人,救出这个人之后,他又钻进沙子,和姐姐一起在沙丘下急速游动。他有一种飞行的感觉。姐姐给他的衣服和控制带比他以前穿的任何一件潜沙服的能量都更强——一件强大到危险程度的叛军潜沙服。透过面罩,他看见的每一片紫色或深蓝色的闪光都意味着空气的存在,就像一个个希望的信标。康纳从尸体和破碎的房屋旁漂过,穿过墙壁和完好的窗户,让房间里被吓坏的人们屏住呼吸,再把他们举向光明。

他闯入了一栋完好无损的房子,发现里面有一家四口人。他进入房子的时候,房间里响起一声尖叫,也许是他脖子上的红色潜沙灯光把屋里的人吓到了。沙子从他打开的窗户中涌进房间。"屏住呼吸。"他对他们说。但他不太确定自己是否能同时举起四个人。只是举起两个人,他就已经很吃力了。但沙子一直在灌进来。一个小女孩尖叫着抱住了她的妈妈。维丝已经消失在另一幢房子里了。康纳需要姐姐,但这些沙子不会给他时间。

他拿下气嘴,递给女孩。"你能用这个呼吸吗?"女孩的妈妈要女孩咬住气嘴,只用嘴呼吸,不要从鼻子里吸气,还叮嘱她要紧贴在潜沙员身边。

康纳朝被他打碎的窗户点了点头。那一家人和他一起爬过还在不断流进来、越堆越高的沙土,叼着气嘴的女孩一直跟在康纳旁边。到达窗口时,康纳伸出双臂,一只手抱住一个和罗伯年龄相仿的男孩,另一只手抱住小女孩。他们的父母分别抱住他们两个。在暗淡的红光中,康纳最后看了一眼他们的脸,四个人都在深呼吸,脸颊鼓胀,眼睛因恐惧而大睁着。在不断涌进来的沙子里,康纳带着他们冲向窗口。他屏住呼吸,脉搏像锤子一样敲击额角的头骨,厚重的沙子压迫过来,让他觉得自己立刻就会沉没于其中。但他知道,维丝举起过一整栋建筑,一想到此,某种东西就开始在他的胸中爆发——是对这个世界的愤怒。康纳集中起全部精神,甚至无法察觉他们在移动,不过他还是瞥到了头顶紫色的天空,看着天穹越来越近,然后又感觉到风和击打在脸上的沙子,听见喘气声和抱在一起的家人们向他表达感激之情。所有这一切都被笼罩在风沙之中。

但康纳没有时间说一句"不用谢"。气嘴被递还给他,上面还有沙子和唾液。康纳满脸严肃地咬住气嘴,回到沙子下面。

一个被告知不能成为潜沙员的男孩,现在以最可怕的方式成为了一名潜沙员。

▼▼▼

"其他人都在哪里?"几个小时以后,他问姐姐。他们在沙地上分享着一只水壶里的水。太阳正在落下去。他们的气瓶早就用光了,被卸下来放在一旁。后来他们只是戴着面罩,屏住呼吸一次又一次地潜下去。但肾上腺素也已经消退,能够找到的人也越来越少。无论怎样心怀愧疚,他们疲惫的身躯急需一段时间的休息。

"什么其他人?"维丝一边问,一边抹抹嘴,把水壶递给弟弟。

"其他潜沙员。我看到有另外一两个在救人。但我觉得这里应该有几百个潜沙员。"

他满足地喝了一大口水。维丝则只是盯着西边,以免沙子吹进眼里。"我也看到了几个。"她说,"但我不认为他们的目标是人。"

"你认为他们正在进行打捞?"康纳不想相信这种事。他用围巾擦了擦嘴。

"掠夺。"维丝加重了语气,仿佛这两个词有本质的不同,"还有更多潜沙员正在寻找另外一座被埋的城市。"她又加了一句。

"丹瓦。"

维丝点点头。"干这件事的人……"她指了一下高墙曾经矗立的地方,"也是找到丹瓦的人。帕尔默当时就和他们在一起。"

她一定是看到了康纳脸上的困惑和恐慌,便又说道,"不是你理解的那种意思。帕尔默不是他们一伙儿的。他没有参与炸掉高墙的事。他们雇佣帕尔默只是为了潜沙。是帕尔默找到了丹瓦。"

康纳不知道该说些什么。他想起了哥哥坐在萨弗船后面的样子,就像是刚从坟墓里被挖出来的尸体。"他没事吧?"

"他在沙子下面待了一个星期。如果他能活下来,那将是一个奇迹。但他有父亲的血统,谁知道呢。"

康纳无法相信姐姐会对自己兄弟的生命如此漫不经心。但仔细想一下,今天他见到的那么多死亡的确已经让他对沙子下面的尸体感到麻木了。"为什么会有人干这种事?"他问道。他知道自己的问题毫无意义,每一个见证了这场灾难的人都会提出同样的问题,但没有人会回答他们。正是因为有这么多得不到答案的疑问,教堂里才会拥挤着那么多人。

维丝耸耸肩,摘下面罩,开始检查控制带。"如果就是那些炸掉高墙的人在传播关于丹瓦的消息,我丝毫不会感到惊讶。这样做很可能就是为了让潜沙员不会来救人。"

"把潜沙员都引开。"康纳说着抓起靴子,一边试着让自己的小腿肌肉不再抽筋,"那么现在该做什么?"

"再朝大楼下面潜一次。我们还漏了几个有空气的地方。然后回蜜糖洞,看一下帕尔默的情况。那之后我就要去滥酒馆了。"

"滥酒馆?"康纳扫视了一下在沙滩上蹒跚而行的人们,那些人正在从沙地里尽可能地挖东西出来,同时照顾疲惫和受伤的人。"这里不需要我们吗? 在滥酒馆能做什么?"

"去找干了这件事的人。"维丝把面罩重新戴在额头上,"帕尔默说他们会先在泉石动手。他无意中听到了他们的计划,知道这里会有灾难发生,只是不知道会发生这样……可怕的事。我们以最快的速度赶回来是为了找点吃的,警告这里的人。但我们来得太晚了。"

"你救了我们。"康纳说。

维丝双颊紧绷,牙齿两侧的肌肉一下一下地抽动着。但她什么都没说。只是拉起围巾遮住鼻子和嘴。

"干这事的人就住在滥酒馆?"康纳问,"如果你去追他们,我想和你一起去。"

他以为姐姐会阻止他,但维丝只是点点头。"好,我可能会需要你。而且他们也不是住在滥酒馆。我觉得他们很快就会发动下一次攻击,而且可能比这次更严重。"

康纳又看了看周围的情景,风沙肆无忌惮地吹来——这是许多个世代都不曾有过的事情。他想不出还有什么比这更糟的了。

第49章　同父异母

维丝

他们回到蜜糖洞,看到一幢破败不堪的建筑物,一些困顿的人正聚集在这里——维丝觉得这个地方似乎一直都是如此,从没有改变过。这座破旧的妓院是泉石城现存的最高建筑。曾经只能仰望那些摩沙大楼的三层房屋现在完全可以俯瞰这里的一切。它坐落在这个文明聚落的新东方边界,也成为了一堵新的墙。在它的背风处已经搭起了几顶帐篷。在它西边的棚户区成为了泉石仅存的完整城区。

维丝向这座建筑走过去,心中觉得自己仿佛还能看到脚下所有那些尸体,仿佛就算是在空气中,她依然保持着潜沙视觉。这些死者成为她视野中的斑点,就像注视太阳很长时间以后,在眼前留下的黑斑。而且她的眼睛里还有许多游动的沙粒。

她和康纳进门之后就放下了气瓶。房间里仍然均匀地覆盖着一层沙子。屋角堆起了沙丘。维丝在抬起这个地方的时候,让沙子像水一样流动,但不是所有沙子都流出去了。地板上的一些地方还有更多沙子像水注一样凝聚起来。几十个人分散在这片沙子上。油灯和蜡烛让光和影充满了这片空间。外面的太阳落山了,一个个小火苗驱散黑暗。维丝看见人们用水壶盖子分水,从桶中舀啤酒。幸存下来的人都会聚集到这里。这里变成了最不像避难所的避难所。

维丝看到自己最小的弟弟罗伯正在照料一个躺在沙子上的女人。她母亲用水壶给一个又一个人喂水。维丝能闻到酒精的气味——有人拿出酒吧里的酒,倒在抹布上,小心翼翼地擦拭伤口。她和康纳从沙子里救出来的人也在这里。他们在救出那些人的时候就让他们来蜜糖洞。这里已经来了很多人,但还是远远不够。

她的母亲罗丝成为了这一团混乱中的指挥官。她的几个女孩还穿着站在阳台上诱惑男人的衣服,但现在她们都在忙着照顾哭泣、受伤、口渴的人。"帕尔默在那儿。"康纳指着楼梯说。维丝看到她弟弟正在将这栋损伤严重的房子重新用钉子钉好,一边挥舞锤子,他还在一边擦抹着额头的汗水。维丝把面罩挂在气瓶上,快步向帕尔默跑过去。

"你在干什么?"她一把夺过弟弟手中的锤子。

帕尔默张开嘴,似乎是想要辩解,身子却摇晃了一下。维丝伸手扶住他。康纳也过来了。他们把帕尔默扶到一只高脚凳上。帕尔默用嘶哑的声音告诉他们自己要做的事情。"楼梯要塌了。"他说。

"你会垮掉的。"维丝告诫他,"给他拿点水来。"康纳急忙绕过吧台。维丝用手掂了掂锤子的重量。她自己几乎也要站不住了。她的身体早已经消耗过度,但她还是回到楼梯上,开始把那些冒出来的钉子头敲回去。就在她对准一根钉子举起锤子的时候,一只手抓住了她的手腕。

"你还想干什么?"她的妈妈一边问,一边收走了锤子,把一大杯冒着热气的炖菜放在维丝手里,"坐下,吃东西。你已经在沙子里钻了好几个小时了。"

维丝仔细打量母亲,看到她脸上的皱纹,被自己继承的容貌,她看到的是这个人,而不是她的职业,她看到的是再过几年自己就会变成的样子——精力耗尽,身心俱疲,想尽一切办法勉强度日。她想要道歉,虽然她不知为什么要道歉,却又说不出话来。然后她发现自己正在努力压抑哭泣的冲动,压抑想要流着泪把母亲抱住,把眼泪和鼻涕抹在母亲颈窝里的冲动。她想把马尔科的事情告诉母亲,对母亲说那家伙是多么好的一个男人,尽管他和一群错误的人混在了一起;还有马尔科是怎么死的,那些成千上万的人都是怎么死的。但她只是将这一切冲动都压下去。她做到了。她只是让母亲把自己领到吧台旁,坐在那里,用勺子舀着炖菜。母亲说什么她就做什么,因为她知道自己需要食物,知道母亲是对的。

帕尔默在喝一罐啤酒,可能是为了省下水留给别人。康纳也端着一碗炖菜。罗伯来到他们中间——这么多家人终于聚在了一起,这个最小的弟弟自然就被吸引过来了。维丝努力回忆他们最后一次这样在一起是什么时候。她发现妈妈看了她一眼,似乎也有同样的想法。

"情况有多糟?"母亲问道。维丝发现自己错了,母亲考虑的不只是他们一家人。

"差不多整个泉石城都没了。"维丝用勺子搅着炖菜,"东边的所有水井必须重新挖开。那些水泵和其他的一切都被沙子埋了。"

康纳身子一僵。"我要去看看棚户区的水泵。我要确认……"

"棚户区的水泵不够给每个人供水。"维丝告诉他,"原来棚户区有多少人是要依靠城区供水的?"

"爸爸会有怎样的建议?"康纳问妈妈,"也许我们应该像爸爸说的那样,向西走。"

维丝的勺子停在嘴唇前面不动了。炖菜汤一滴滴落在吧台上。"爸爸什么时候说我们要去那些山里的?"

"不是去那些山里。"罗伯对她说,"是越过它们。"

维丝转头盯住了自己的小弟。罗伯这时正坐在一只高脚椅上。"你只应该喝水。"她告诫弟弟。她以为罗伯刚刚喝了啤酒。

罗丝伸手按住维丝的肩膀。帕尔默饶有兴致地看着姐姐。"怎么了?"维丝问帕尔默,"你这是什么眼神?"好像其他所有人都知道一件事,只有她不知道。

"冷静。"帕尔默说,"我也只是几个小时以前刚知道。"

"让她先吃东西。"妈妈在旁边说道,然后她又转向维丝,"把炖菜吃完,然后跟我去楼上。"

"上楼?"维丝感觉自己的手心渗出了冷汗。旧日的恐惧又一次开始在她的心中扩张。她相信无论什么事情都不可能让她再走上那道楼梯。她突然有一种冲动,想要把自己刚刚钉进去的那几根钉子拔出来,把它们全部拔出来,这样就再也没有人能走上那道楼梯了,无论是她还是她母亲,任何人都不行。"你为什么要我上楼?"维丝问道。

"先把饭吃完。然后我需要你见一个人。"

维丝觉得自己不太可能继续坐在这里吃饭。大家都显得那么奇怪,都在用从未有过的眼神看着她。反正她已经彻底没胃口了。"谁?"她问道。

所有人都紧闭着嘴。只有罗伯的话冲口而出:"我们的妹妹。"当维丝将目光转向他,他给姐姐看了自己手里的罐子,"是水,我发誓。"

第50章 诸神的背影
维丝

"我没时间玩游戏。"维丝告诉她妈妈。她在楼梯前停下脚步,手放在栏杆上。现在她连抬腿的勇气都没有,"我需要回船上去,去滥酒馆。推倒这堵墙的人下一步就要攻击那里。"

有一只手在背后推她。就像上次一样。那时她刚十六岁。维丝抵抗着。母亲从她身边走过,踏上一级台阶,转过身来,望着灯光下那可怜的一群人,然后放低了声音。

"我不知道世界到底是怎么了。"罗丝说,"也不知道你遭遇了什么。不知道外面都发生了什么。"看上去,她在努力压抑着眼泪。维丝一时忘记了自己的恐惧,只是认真地听妈妈说话。"这太过分了,太过分了。"她摇摇头,用手捂住嘴。维丝看到弟弟们都在酒吧里看着她们。

"妈妈,你需要休息。需要做的事情,我们都在做。现在已经没有人需要救援了。这一切都可以等到明天再说。"

"你父亲还活着。"母亲脱口说道。

维丝抓紧了栏杆。蜜糖洞仿佛重新陷入到沙丘中,在她的周围旋转。"什么……?"妈妈抱住她。她才没有倒在地上。

"我不知道为什么这一切全都要在这个时候发生,众神又在玩什么游戏,但在你来看我的第二天,康纳和罗伯带来了一个女孩。就是我见到你的第二天早上,他们拖着一个又饥又渴,满身伤痕的女孩闯进来,告诉我这个女孩是从无人之地逃出来的。"

"什么?"维丝低声重复着,她不明白,"她走了多久?走了多远?"

"到了这里之后,她还没有下过床。"罗丝说,"她走了很远的路。上楼来吧,求你。"

维丝觉得自己是被骗上楼的。现在她的意识和感觉就好像飘浮在半空中。"你是什么意思,父亲还活着?为什么罗伯说她是我的……?"

"你的妹妹,同父异母的妹妹。你需要听听她的话。"维丝回头一看,发现帕尔默和康纳正跟过来。罗伯也正从高脚凳上下来。

"那么爸爸呢?"维丝看了一眼二楼的走廊。

"他还被囚禁在无人之地的另一边。我会告诉你都发生了什么。但这意味着我们没办法再去想滥酒馆的事了。你的弟弟说得对,向西可能是唯一的出路。我想这就是诸神要告诉我们的。"

听到妈妈提起众神,以这种口吻谈论他们的命运,维丝不由得感到一阵愤怒。她已经看见了太多死人,现在不愿意去想命运女神那个贱人。她发现自己站在走廊上,高高地站在那么多身心受创的人之上,那么多人在哭泣,在哀悼他们所爱的人。听着他们无力的哭声,闻着自己潜沙服的汗味,心中想着今天看到的所有那些被埋在沙子下面的尸体,所有降临在这片土地上的恐惧——这片本就已经充满悲伤的土地,她仿佛又看到马尔科被一枪打死,还有格雷厄姆工作台后面那张变形的男人的脸,这么多年来所有那些炸弹、那些强奸、那些伤痕,那些比沙子还要多的伤害。

"没有神明在照看我们。"她告诉母亲。她向正在楼梯上看着她和母亲的弟弟们转过身,"那些家伙根本没有看过我们一眼。"她对所有人说道,"你们以为那些星座会守护我们?"她生气地将手指戳向天花板,"我们看到的只是诸神的背影。他们早就背弃了我们。难道你们还不明白吗?我们的父亲死了。我没有妹妹。现在我得去滥酒馆了。"

她转身离开妈妈,从两个弟弟中间挤过去,差点把罗伯撞倒。妈妈大声叫她等一下。维丝在酒吧停了片刻,拧开一罐啤酒的盖子,从帕尔默的盘子里抓了一小块面包,又匆匆走到门口,开始收拾装备。

康纳冲到她身边。"维丝,不要走。"

"我会睡在船上,以免它被偷走。我天一亮就启航。无论滥酒馆发生了什么事,我都会立刻回来找你们。"

"滥酒馆不重要,"康纳说,"你一定要听听这个女孩说的话。那边有许多城市。"

"就像丹瓦一样?"维丝把气瓶挂在肩上,"别做梦了,康纳,准备挖沙子吧,这是我们唯一的生活。"

"好吧,如果你不留下,那我就跟你一起去。"

"随便你。"维丝向另一套潜沙装备点点头。

"好的,很好。我跟你走。我们天一亮就出发?"康纳搓着双手,似乎因为姐姐这么干脆就答应了他吃了一惊。没错,姐姐需要他,如果能再有二十名潜沙员就更好了。"我还要在这里留上几个小时,看看能做些什么,还要告诉妈妈我们会去哪里。"

维丝耸耸肩,"你知道船停在哪儿,天亮之前一定要过去,我不会一直停在那里的。"她转身推开前门。又逃离了这个地方,这种感觉真好。多年以前,她就是在这里学会了这个技巧,知道了逃走是多么好的事情。

康纳站在门口,看着姐姐走远。她离去的背影是那样熟悉。今晚他们应该是不可能再见了。康纳每次看到姐姐的背影,都要再过几个月甚至一年才能再见到姐姐。他已经习惯了为姐姐担心,害怕姐姐在某一次潜沙中再也上不来,而他只能从学校的某个人嘴里听到这个消息。现在他们刚刚一起用汗水浸湿了沙子,肩并肩地潜入沙漠深处,竭尽全力去拯救生命,这只是让康纳的担心变得更加沉重。他姐姐,在他的生命中一直是一颗明亮而遥远的星星,就像金星一样明亮。如果姐姐去了滥酒馆,他绝对不会留在这里。

但他不能像姐姐那样头也不回地跑掉,他这么多年的生活不是这样的。他转身走向楼梯,他的家人还在二楼走廊上看着他。康纳穿过拥挤的酒吧,向他们走去。他经过的一个女人抓住他的手腕,含泪向他表示感谢。康纳记得是自己把她从她的房子里拖出来。这个女人的腿上还有一个小男孩在扭来扭去。康纳握了一下她的肩膀,强忍住自己的泪水。他想说"不用谢",却又害怕自己的声音太过嘶哑,害怕这个女人在他身上看到崩溃的迹象。罗伯下了楼梯,迎着他走过来。

"维丝去哪里了?"罗伯问。

"还有人需要我们的援助。"康纳对弟弟说。他弯下腰,看着弟弟,"我要和她一起去,明白吗?你跟妈妈和帕尔默留在这里。"

"我想跟你走。"

"你不行。"康纳已经快控制不住自己的泪水,但他必须坚强。"这里需要你。照顾好维奥莱。你一定知道她有多害怕,有多孤独。"

罗伯点点头,然后扫了一眼整个酒吧,也许是想找点事做,看看谁需要帮忙。康纳上楼去见母亲。他害怕告诉母亲自己要离开,但他现在认为最正确的事情就是把人从沙子下面救出来。他想起了自己将母亲、罗伯和维奥莱托上阁楼,拯救他们的那一刻。那一刻对他而言就像蛇蜕掉旧皮,或者是小乌鸦啄穿蛋壳。那是一种诞生,他找到了自己的人生目的。他不再觉得自己是个孩子。当他蹬上楼梯的时候,他觉得连母亲都在用不同的眼光看他,还有帕尔默也是一样。

"我要离开几天,去帮维丝。"他对他们说,"你们会照看罗伯和维奥莱吧?"

母亲点点头。康纳看到她的喉咙绷紧,仿佛是在哽咽,或者咽下了一句话。她伸手捏了捏康纳的肩膀,康纳正要转身,母亲又从口袋里掏出一张折好的纸。"把这个给维丝,"母亲说,"一定要让她读一遍。她需要相信。"

康纳接过那张纸,把它塞进口袋,"我一定会给她看。我还要和维奥莱告别,告诉她我会离开一段时间。你会照顾好她吗?"

罗丝点点头。康纳向母亲表示感谢,转身向母亲的房间走去。现在他觉得母亲的房间不再像过去那样令人厌恶了。那里已经被流沙洗得干干净净。他听见帕尔默快步追上来,感觉到哥哥抓住了他的胳膊。

"嘿,康纳,我们需要谈一谈。"

康纳停下脚步,回过头,看见他们的母亲下楼去照顾其他人了。"什么事?"康纳问。

帕尔默瞥了一眼母亲的屋门,仿佛那里还有什么让人害怕的东西,仿佛她的某个喝醉的客户随时都可能从那里爬出来,撞到他们身上,把他们从失去栏杆的走廊边缘推下去。"跟我来。"帕尔默领着康纳走过维奥莱所在的房间,他的声音很低,仿佛有什么阴谋。

"你没事吧?"康纳问道。他的哥哥看起来比之前在船上的时候好多了。起水疱的嘴唇被上了药膏,肚子应该也吃饱了。

但康纳就是觉得哥哥有些不对劲。

"没事,没事,我很好。只是……这个自称是我们妹妹的女孩……"

"维奥莱。"康纳提醒他。

"是的,维奥莱。是这样……妈妈和我讲了她的事,也让我跟她说了话。她和罗伯告诉了我那天晚上的事——你们去露营的那个晚上——还有她是从哪里来的。"

"无人之地。"

"嗯,也许吧。"帕尔默又向那扇屋门看了一眼,把康纳拽到更远一点的地方,"这有点令人难以置信,你不觉得吗?你真的相信她的话?就因为……"

"是我找到她的。"康纳告诉他的哥哥,"我告诉你,她说的是实话。她知道我是谁。"

"我知道,我知道。但问题是。把我搞成这副样子的那个人……"帕尔默指了指自己的脸,"那个叫布罗克的家伙,他雇我们去找丹瓦,又杀了哈普,他的口音很奇怪。每个人都说它来自北方。而这个女孩的口音听起来就很像他。"

"你认为维奥莱是北方的食人族?"康纳没有时间听这些,但他的哥哥似乎真的很担忧。维丝告诉过康纳,他们的兄弟现在情绪很不稳定,毕竟他刚刚经历了一场严峻的考验。康纳竟然会对自己的兄长感到怜悯,这真是有些奇怪。

"我没有什么特别的意思,康纳。我知道的也只有我听到的那些。但她一出现,高墙就倒了,丹瓦还出现了,怎么一切事情都好像在同时发生了？你不觉得奇怪吗？"

康纳握了一下哥哥的肩膀。"我不知道发生了什么事。"他诚实地说，"但我相信屋里的那个女孩是我们的妹妹，我相信爸爸还在某个地方。"

帕尔默点点头，眼睛里含着泪水。"是的。"他说，"你一直都这么认为。"哥哥的声音里没有责备的意思，听起来更像是嫉妒。

"我得走了。"康纳说。

"好的。"

"很高兴见到你。"他对哥哥说。两个人拥抱在一起，相互痛快地拍了几下对方的背，把头发上的沙子都拍松了。康纳想起了过去几天自己对帕尔默有多生气，因为哥哥没有和他们一起去露营——哥哥背叛了他们，但和他的担忧相比，这些抱怨一点也不重要。

"我爱你，弟弟。"帕尔默在他耳边低声说。

康纳只能迅速转身离开，否则他装出的大人样就会立刻消失得干干净净。

第51章　水泵沙脊
康纳

康纳背着空气瓶穿过黑暗的沙丘,气嘴在他的腰间晃荡。他没有直奔萨弗船而去。在离开之前,他还要去见另一个人。他必须确定她没有事,必须去棚户区和自己的家看看,确认自己回来以后,生活还会继续下去——哪怕那只是他的想象。

沙丘间还能看见几处火把和油灯的光亮。偶尔可以听到人们在风中相互呼喊。空气中的沙子不算多,头顶上的星星很亮。通常泉石城的灯光都会让天空中的星座黯然失色,现在那片光却完全熄灭了。康纳想到,要拿回被沙子夺走的一切,他们需要进行多少次潜沙?

当他朝葛罗莱拉的住处走去时,他才意识到自己还活着,无论如何,他还是为此感到了些许兴奋。就是在完全被流沙掩埋的时候,他感受到了体内那种纯粹而原始的求生力量。但也正是因为如此,他还有一种奇怪的负罪感,也许因为他是高墙倒塌的亲历者,在这样巨大的灾难中不应该喜悦,现在没有值得高兴的事情。太过沉重的黑暗笼罩了一切,其中蕴含着太强烈的渴望和太深刻的痛苦。但在这一切的背后，仍然有一个细小的声音在告诉他，呼吸的感觉有多好，躺在沙子表面的感觉有多好，还能看到眼前的一切是多么令人难以置信。

康纳不喜欢这个声音。这一点也不值得高兴，只有悲剧和损失，还有一个充满不确定的，让人害怕的明天。被强风推动的沙丘将以前所未有的速度淹没棚户区。这里将变成另一个混乱不堪的滥酒馆。他的同胞们将会明白一件事——前方总会有更新、更大的苦难在等待他们。想到这里，他觉得前方的日子将会更加漫长难熬。他会记得那些把一桶桶沙子从水泵周围抬走的日子，就像记得热水澡和冲水马桶一样，这些记忆同样会给他一种幸福的怀旧之情。生活总是会有下坠的空间。沙子不断落下，从不会止歇。

他一边想着这些事，一边拐了个弯，离开自己原先的方向。他想顺道看看自己的房子。那里已经没有他想要的东西。为了无人之地的旅程，他把所有的东西都拿出来了。现在那个决定和那次行动已经变得非常遥远。他只是想确认一下家门还没有被埋住，周围的沙丘没有因为这次大地的震动塌陷下来。他和罗伯终究还有一个地方可去。

家门还在。那些脚手架也还在他家的屋顶上。看起来屋里好像还亮着一盏灯。有些变形的门缝里透出了几缕光线。

康纳慢慢走近。他没有敲门，只是试了试门把手，发现它和往常一样有些涩，但没有锁上。他将门推开。

一个胡须修剪得整齐的男人大睁着双眼，向门口看过来。他和两个男孩正围坐在康纳厨房的桌子旁。屋子里还有烹饪食物的味道。男人站起身,把椅子碰倒在地上,又将两只手举到身前。

"对不起。"那人说。他伸手去牵他的孩子们。那两个男孩不再去碰眼前的汤,只是表情僵硬地坐在那里。他们身上的衣服都很漂亮。"我们马上就走,马上离开。我们没有恶意。"

"不用。"康纳向那个人摆摆手,"就在这里吧,这是我的地方。没关系的。"

那人朝黑黢黢的卧室瞥了一眼。康纳不知道里面有没有人。他怀疑也许这个人认为这里可能没有足够的地方给他和他的孩子们睡觉。

"你是从泉石城来的吗?"康纳问。

那人点点头,把椅子扶起来,手按在椅背上。孩子们又开始吃东西了。"今天早上我带孩子们乘萨弗船去兜风。我们看到了一切。我的妻子……"他又摇摇头,将目光转向别处。

"我很难过。"康纳说。他调整了一下背上的空气瓶。"你想待多久就待多久。我只是来看看这个地方。"

"那你……?"

"我今晚有地方住。"康纳心中想着萨弗船和星空下的夜晚。"你失去了亲人,我很遗憾。"他转身要走,那人却走过来,抱住了他的肩膀。

"谢谢。"他悄声说道。

康纳点点头。两个人眼里都含着泪水。然后那个人拥抱了他。康纳不由得想到——如果是在一天前,这一定是一件很奇怪的事情。

▼▼▼

葛罗莱拉不在家。康纳敲了敲门，等了一段时间，但是窗户始终都是黑的，里面一点声音也没有。他又去学校看了一下。他的朋友们可能会聚在那里。他看见曼纽尔的母亲在沙丘间匆忙地奔跑，面孔被手中的熊熊燃烧的火把照亮。曼纽尔是康纳的同班同学。康纳拦住她，问她曼纽尔怎么样了。她捏了一下康纳的脸，说曼纽尔和其他人都在井边。然后她向康纳问起了罗伯。

"罗伯很好。"康纳说完，又问她知不知道葛罗莱拉在哪儿。

"我估计所有当脚夫的人都在井边。"

康纳考虑了一下时间，意识到自己本应该也在那里。今天是上学的日子，只是他忘记了，不仅是因为他一直在蜜糖洞照顾维奥莱，还因为他在上周五离开教室时就以为自己再也不会回来了。天已经黑了，如果是平时，他现在应该已经把自己一天份的沙子挑完了。他谢过曼纽尔的妈妈，急忙朝水井走去，同时意识到沙子对他们的折磨永远不会停止。就算高墙已经倒塌，他们仍然不可能在今晚好好休息一下，恢复神志，计数并尽量妥善地埋葬死者。他们还要挑很多桶沙子，否则就会渴死。维丝是对的，众神毫无怜悯之心，早已在他们面前背过了身——只有彻底忽视，众神才有可能如此残忍地对待他们。众神倒不如直接挥下鞭子，给予他们打击。那样还更容易理解。至少遭受打击的人知道自己的苦痛哀嚎被听到了。

康纳注意到水泵岭顶上跳动的火把。那里有很多人。这没什么可奇怪的,今天挑沙子的工作一定开始得很晚。沙子席卷泉石城的时候,学校里的人一定都跑空了,整个棚户区都是一团乱。没有人知道出了什么事。康纳想到自己在这一整天都做了什么。他和这些同学完全不一样了。这种感觉也很陌生。但他的同学们都在竭尽全力让供水不会中断,他们拯救的生命远比他更多。看待事物的视角不同。那个男人闯进他的家,偷走了他留在碗柜里的一点东西——那个人不应该被怪罪。这个世界更宏大的规则已经被破坏了。领主们无法再统治这里。但是引导每个人内心的那些规则却完好无损。它们更简单,从未发生过改变——辨明是非、生存,也让别人生存,甚至也许还能帮一下别人。

"康纳?"他走近挑沙隧道时,有人问道。是阿谢克。他应该是刚刚挑出去一担沙子,正在返回水泵。他的扁担很随意地被扛在肩上。"你上哪儿去了,伙计?"

两个男孩握了握手,康纳放下自己的围巾。在火炬昏暗的光亮中,他们不太容易看清对方。月亮还要再过几个小时才会升起来。

"一直在帮我妈妈。"康纳不想多做解释,"嘿,你有没有看到……其他人都在这里?大家都没事吧?"

"没事。有些人没来上课。不过他们昨天就旷课了。应该都去找丹瓦了。所以我相信他们也不会有事。我过来的时候刚遇到葛罗莱拉。她正挑着沙子去沙堆那边。"

"嗯……好的……谢谢。"康纳有些结巴。他没有说过要找葛罗莱拉。他一直都觉得应该没有人知道他喜欢她,甚至葛罗莱拉自己也不知道。他再次谢过阿谢克,便转身向沙脊走去。一路上,康纳在星光中看到了许多黑色的影子。康纳没有扁担和桶,这让他觉得自己好像没穿衣服。前面是一个高大的身影,还伴随着一个熟悉的声音。康纳看见赖德气喘吁吁地沿着小路走过来。两个男孩停下脚步,互相看了一眼。赖德拽开遮住嘴的围巾。

"你还好吗?"他问。

康纳点点头:"你呢?"

"不怎么样。我应该去潜沙,而不是做这种烂事。"

"这件事同样重要。"康纳说道。他努力站直身子,希望赖德没有看见自己背后的气瓶。

"是的,无论怎样。"

但是当赖德从他身边走过,大步下了倾斜的沙坡,康纳却有了一种不太一样的感觉。许多昨天他还挂在心上的重要问题都变得无足轻重。康纳的宇宙中心已经不在原来的位置。在世界的震荡中,主轴重新确定了方向,核心变成边缘,边缘变成核心。但在沙脊高处,一个苗条的身影在许多星座之间显得格外突出,那是一个康纳熟悉的身影,是关于啤酒和一碗炖菜的记忆,是让康纳不想逃跑的心绪。康纳登上沙脊顶端,来到葛罗莱拉身边。这时葛罗莱拉正在将自己的最后一桶沙子抛向风中。她转过身,看见康纳,惊呼了一声,立刻丢下扁担,双臂环绕住康纳的脖颈,差一点把康纳推倒在地。女孩的汗水沾在康纳的皮肤上。康纳毫不在意。不,他喜欢这样。葛罗莱拉显然刚刚经历过一番辛苦的劳作。她的拥抱让康纳知道她在意自己,自己并不孤单。

"我担心得要死。"葛罗莱拉说。康纳这才明白阿谢克为什么会告诉他葛罗莱拉在这里。她一直在找他。这时葛罗莱拉松开双手,把头发从脸上拨开。她偎依在康纳怀中,让康纳感觉到她还在出汗的身体在夜风中渐渐凉下来。女孩留在他皮肤上的汗水粘住了风中的沙子,不过康纳完全没有理会。"有人说你把黛西的孩子们从法院大楼里救了出来。是真的吗?"

康纳不太确定。那里有几十个人。在他的红色潜沙灯光里,他们看起来都一样。"我只记得潜到过法院里。"他说。

葛罗莱拉拽住他的胳膊,让他转过身,看到了他背上的潜沙装备。"你去露营之后就没回来。我还以为……"

康纳伸手揽住葛罗莱拉的脖子,把她拉近,亲吻她,同时消除了她和自己的忧虑。葛罗莱拉也用力吻回来。气瓶掉在沙地上,两个人的手臂缠绕在一起,她的嘴唇贴在他的脖子上。他们的一名同学把桶放在他们身边说:"该死的给让个地方。"

葛罗莱拉在康纳的脖子旁边笑了一声,让康纳感觉到她的气息。康纳又吻了一下她的脸颊,尝到一点咸味。"抱歉我不在这里。"他说。但他真正想道歉的是自己打算一个人离开,一直执着于一个错误的机会。"现在我得离开这里一段时间。我姐姐需要我。"

"你的姐姐。"葛罗莱拉在星光下仔细端详康纳的脸。一阵空桶"哐哐当当"的响声,刚才那位同学走开了,只把他们两个留在沙脊上。

"是的。袭击这里的人可能会去滥酒馆。我不想让她一个人去。"

"你要坐船到那儿去?就在今晚?"

"我们天一亮就走。"

"什么时候回来?"

"我不知道。"

"那我和你一起去。我有个哥哥在滥酒馆……"

"不,"康纳说,"我很抱歉。但是不行。"

葛罗莱拉的手从他的手臂上掉下来。"我明白了。"

"我一回来就去找你。"康纳向女孩保证。他突然觉得自己回来是非常重要的事。

"那些被你救出来的人该怎么办?"葛罗莱拉又问。

康纳低头看向女孩的扁担和两只桶,说:"今天我已经做了能做的一切。他们必须理解。"

"你今晚会住在你家?我能过去看你吗?"

康纳想到住进他房子里的那家人。"不行,我今晚会和我姐姐一起在她的萨弗船上露宿。"

"你们天一亮就走。"

"是的。"

葛罗莱拉握住他的手,"那今晚就和我在一起。"

第52章 一根烟柱
维丝&康纳

"我以为你不会来了。"维丝说。她站在桅杆边,借着潜沙灯的红光整理船帆和升降索。康纳把他的装备装到拖曳架上。

"你说天亮出发的。"他对姐姐说。

维丝朝地平线点了点头,那里刚刚可以看到一抹光晕。也许吧。

"好啦,别那么较真。"

"去看一下三角帆。"姐姐告诉他,"不过,你先给潜沙服充上电。你的潜沙服昨天应该已经把电耗光了。把装备绑好,今天会刮大风。"

康纳将不断击打船壳的风沙仔细端详了一番,"你怎么知道的?"

"我就是能。我们走吧。"

他从装备袋里拿出姐姐前一天给他的潜沙服。风力涡轮机上拖着两条电线,被晨风吹得撞在船壳上,发出"砰""砰""砰"的响声。姐姐的潜沙服系在底座上,插着一根电线。他也依样照做,把潜沙服的袖子和裤腿紧紧绑住。然后他来到萨弗船的右舷,踏在双体船头之间的网上,检查了三角帆,确保它们没有缠在一起,把卷起的船帆中的沙子抖掉。做这些事的时候,他已经不用潜沙灯照明了,所以他猜自己的确耽误了姐姐的出发时间。

"昨晚睡得好吗?"维丝问。她松开主升降索。帆索敲打着高高的铝桅杆,发出有节奏的"铿铿"声。

"挺好。"康纳说了谎。想到昨晚自己几乎没怎么睡,他不由得偷偷露出一点微笑。当然,他完全不会为此感到后悔。

他帮助姐姐升起主帆——由他转动绞车千斤顶,姐姐则操纵帆索,将肋骨状帆桁撑开的主帆升起来。升帆过程的最后几米是最吃力的。康纳一边调动全身的肌肉,一边又回想起葛罗莱拉,她的嘴唇、她的承诺,还有她谈起的未来。康纳感觉到自己全身披挂上了一副铠甲,某种仿佛潜沙服一般的无形力量将他包裹住,那些击打在他身上的风沙再也不会让他感到困扰了。这种感觉非常真实,就像吹过他头发的风,像萨弗船即将起航时的抖动。这时姐姐走到船舵前。主帆完全绷紧,正在驾驭风的力量。康纳的周围仍然充满了悲剧带来的哀伤,但他有了一种新的感觉,他会坚持下去。他感觉到自己活着。萨弗船在轻微的摩擦声中驶过一座座沙丘,他感到自己精神百倍。

他们先顺风航行到棚户区以西,然后才会转向南方。康纳整理好绳子,然后在萨弗船尾部的两个网兜座椅中挑了一个,舒服地坐下去,继续帮忙操纵船帆,他的姐姐负责掌舵。看着那片曾经是泉石城的平坦沙地,他问姐姐为什么他们不抄近路,却要绕这样一个弯。

"因为橇板和方向舵可能会撞上沙子里的东西。"维丝告诉他,"这条路比较长,但比较安全。"

康纳想起了这座被沙子埋葬的城市。他又查看了一下自己的潜沙服,确认不会被风吹走。现在他已经觉得这套装备是属于自己的了。它的气味和他一样,使用起来也得心应手。

顺风航行时,四周静悄悄的,只有铝制船壳和沙子摩擦发出的"沙沙"声。直到经过了最后一间棚屋,把水泵也甩在了西边,他们才偏转风帆,调头向南。太阳快出来了。光线已经足够康纳看到远方的景色。他看着"水泵岭"从身边滑过,沙子从高处吹来,许多小人影正在那里倾倒着他们的劳动成果。维丝让那道沙脊保持在左舷方位,以免它会挡住他们的风。

"跟我说说,那些关于爸爸的鬼话是怎么回事?"姐姐忽然问道。她将一架绞车转了一圈,锁好三角帆,然后靠在椅背上,一条腿搁在舵柄上,用靴子掌舵,"昨晚你们在楼梯上到底是什么意思?"

康纳记得姐姐从蜜糖洞冲出去。他倒是更想问问姐姐又是怎么想的。她才是把这件事搞得一团乱的人。他调整了一下护目镜,把围巾塞到护目镜下缘固定好。他不知道该怎样说才不会引起姐姐像昨天那样的反应。昨天晚上,他们的母亲可能是一下子向姐姐说得太多了。现在他只好再试一试:"你知道上周末是什么日子,对吧?我们去露营了。"

他尽量不让自己的话听起来像是在指责姐姐丢下了他们。

维丝点点头。萨弗船在一条平滑的沙槽中愉快地向南滑行。

"就像去年一样,只有罗伯和我。帕尔默没有来……我猜这个你已经知道了。当时一切都很正常。我们支起帐篷,生了火,点亮油灯……"

"说父亲的事。"维丝说。

"好的,但问题不在这里。"康纳深吸一口气,调整了一下护目镜——护目镜夹住了他的头发。"然后我们就睡了。半夜的时候,一个女孩闯进了我们的营地。一个来自无人之地的女孩。"

"妈妈要我见的那个女孩?她说的那个女孩是从那么远的地方跑来的。你相信吗?"

"是的,我相信。是我第一个看见了她,维丝。她当时就倒在我的怀里。"

"也许她是老约瑟夫的女儿。"维丝笑了一声。

"不是那样的。"康纳说,"维丝,她是爸爸派来的。"

姐姐的眉毛皱了一下,仿佛压住了她那副黑色的护目镜。"胡说。"她也不再笑了。

康纳拽下围巾。"不是胡说。我告诉你,她知道我是谁,也认识罗伯。她对爸爸的描述非常准确。"

"镇上的任何人都可以做到这些。"萨弗船撞上一块沙子,维丝朝船头瞥了一眼,将航向略作调整。"就连妈妈都相信她?你确定不是有人想要占我们的便宜?也许她只是个孤儿院的孩子?"

"是的,妈妈相信她。"康纳擦去嘴角的沙子,"帕尔默还有些怀疑。但他当时不在露营地。我也不知道他和她谈了多久。"

"没人能从无人之地出来。"维丝把目光从船头移开,看了一眼她的弟弟。康纳非常希望能透过姐姐的护目镜,看清楚她的眼睛。那副坚硬的外壳让姐姐能看见他,他却无法看见姐姐。"那她都讲了什么故事?"维丝的语气里充满了不信任和猜疑。

"她出生在无人之地另一边的一个采矿营地。是爸爸帮她逃了出来。是爸爸派她来警告……"

"她自称是我们的妹妹?我们的父亲就是她的父亲?"

"是的。爸爸给她做了一套潜沙服,她潜入到一个陡峭的山谷里,走了大概十天才到我们这里。但是……"

"但是什么?"

康纳朝前方一指,他们又有些偏移航向了。维丝把脚从舵柄上移开,开始用手掌舵。

"到底但是什么?"她又问道。

"我相信她,但昨晚帕尔默把我拉到一边。他似乎很确信这其中有问题。维奥莱——这是这个女孩的名字,也就是我们的妹妹,她有一种……奇怪的口音。帕尔默说她的口音就像那个雇他去找丹瓦的人。"

"谁,布罗克?那个我们要找的混蛋。帕尔默都说了什么?"

康纳耸耸肩。"只是说了他们的口音很像。"

维丝凝视着前方,咀嚼着嘴里的砾子。

康纳能听到它在她的牙齿间"咯咯吱吱"的响声。"我不喜欢。"她说,"我不想听到任何关于爸爸的胡话,好吗?我们还有太多其他事要做。我不需要发生这种事。"

康纳点点头。他已经习惯了家人这样对他说话。他很久以前就学会了不去谈论他们的父亲,一年中只有一个晚上是例外。他试着舒服地坐在网兜座位上。就在这时,他看到远处好像有什么东西,便朝船头方向一指。"嘿,那是什么?"

"肯定不是什么好事。"维丝调整舵柄,朝那里直冲过去。前方有一股烟柱倾斜升起,随风向西飘散。有什么东西着火了。

"我们应该停下来看看。"维丝说。她朝卷起三角帆的绳索一指。康纳立刻拽住那根绳子,等着姐姐发出命令。没过多久,一艘冒着烟的萨弗船残骸就隐约出现在他们眼前。那艘船的主帆已经烧毁,桅杆也在大火中从底部开始渐渐熔化,像蜡烛芯一样耷拉下来。双体船壳都在燃烧,金属发出红光,如同清晨的太阳。黑烟翻滚升腾,又在风中盘旋而去。

维丝松开主帆,康纳卷起三角帆。然后,维丝降低了橇板和方向舵的能量,让它们下方的沙子逐渐失去流动性,慢慢将船身刹住。他们仍然让主帆保持悬挂状态,只让桁杆像风向标一样随风摆动。

"那看起来像一具尸体。"康纳指了指躺在冒烟残骸旁边的一团阴影。那的确是一个纹丝不动的人。

维丝从萨弗船上跳下来,康纳跟在她后面爬下船。他们小心翼翼地向残骸靠近。燃烧着的萨弗船外壳在火焰的高温下发出"吱吱嘎嘎"的声音。这里气味简直糟透了,空气中充斥着一种刺鼻的酸性气体。康纳正想看看还有没有其他尸体,那名俯卧的男子的嘴唇间突然冒出一股血。他的一只手从沙子上举起几寸,又落了回去。

康纳听到姐姐骂了一声。维丝这时已经冲过去,跪在那人身边,同时大声叫康纳把急救箱拿来。康纳跑回船上,从拖曳架上拿出急救箱快步跑到姐姐身边。跑过去的时候,他感觉靴子下的沙子非常松软。

"哦,天哪,哦,天哪。"维丝不停地说着。康纳把急救箱放在沙滩上,掀开盖子。他的姐姐却没有理睬他,只是握住那个男人的手,全身都在颤抖。康纳知道他们已经无能为力了。

"达明?"姐姐问道,"能听见我说话吗?"

鲜血又从年轻男人的嘴唇间流出来。康纳把这个人全身看了一遍,没有发现任何明显的伤口。他的胸部、腹部和手上都没有血。然后康纳注意到这个人的腿以奇怪的方式弯曲着,根本不像是两条腿了。他的紧身潜沙服在应该有膝盖凸出的地方却凹陷了下去。康纳走到维丝的另一边,轻轻地伸手摸过这个男人的大腿和小腿,一边观察男人的表情变化,寻找骨折的地方。这个人的嘴唇动了动,显然是想说些什么。康纳的手掌只摸到了海绵一样的肉,没有骨头。

"再说一遍。"维丝说道。她俯下身,耳朵紧贴着这个人的嘴唇。汗水顺着她的鼻梁一滴滴滚落下来。燃烧的萨弗船散发出无法忍受的热浪。康纳看到这个人的另一条胳膊也完全没有动过一下。那条胳膊看起来就和他的腿一样绵软而且畸形。

"我们必须把他从火边移开。"康纳说。

他姐姐挥手示意他闭嘴,同时继续努力倾听。康纳看到姐姐的面孔因为专注、愤怒和悲伤而扭曲,她紧皱的双眉,额头上是因忧虑而产生的皱纹,其间夹杂着旁人无法解读的情绪。康纳靠在这个人的头旁边,也想听听他到底在说些什么。这个人的话音含混不清,只是一阵阵不断停顿的嘶哑耳语。康纳听到他提到了炸弹,似乎还和玩弹珠有关系。许多人的死亡和儿童游戏被他混为一谈。然后康纳听到了"耶格利"这个名字,他知道这个名字,他姐姐经常提到这个人,应该是一位潜沙师傅。受伤的人舔舔嘴唇,还想要说下去。

"很抱歉。"他喘着气说道。这一次,他的话音变得很清楚。他似乎用了很大的力气,每说几个字都会带着血沫喘一口气。"想要阻止他们。我听到他们说要做什么。从一个叛逃者那里。逼我说出是谁告诉我的。我说了,维丝。对不起……"

他开始咳嗽和吐血。康纳看到他脖子上的文身,是滥酒馆军团的标志。他是姐姐的朋友。

"他们有什么计划?"维丝问。

这个人又说了些什么制造玻璃弹珠的话,还有炸弹,还说那些不愿意的人现在都死了。他说耶格利疯了,听不进去任何道理。那个北方来的家伙完全占据了他的耳朵和脑袋。这个年轻人又将手抬起了几寸,维丝握住他的手。"今天,"他的目光从维丝脸上,望向天空。他也不再眨眼睛赶走沙子。"今天。"他低声说着,从他的嘴唇间流出的血停住了。

维丝低下头向这个死去的人叫喊,或者不如说是咆哮。就像被困在沙丘之间的郊狼。这种非人类的吼声只是让康纳感到害怕。

康纳一动不动地坐着,看着姐姐捧起两捧沙子,盖在这个人的眼睛上。然后姐姐放开他的手,拍了拍他的肚子,打开那里的口袋,掏出一样东西,收起来,似乎又注意到这人身上有什么不对劲,便开始更加仔细地查看起他的潜沙服,一边检查,一边擦抹脸颊上的泪水。

"那些变态的混蛋。"姐姐低声说。

"有什么问题?"康纳问道。他几乎无法呼吸了。火焰的高温实在是难以忍受,但只要姐姐需要,他就会坐在这里。

"他的潜沙服。"维丝指了指这个人腰部的一处撕裂,那里的电线被拉出来,缠在一起。在这套潜沙服的肩部也有一处类似的破损。"他们把他的衣服里里外外都装上电线,用他的控制带折磨他,把他的潜沙服变成刑具,逼他招供。"她向沙子里捶了一拳,又一拳,随后起身向自己的船走去。

"他说的是什么意思?"康纳也站起身,追上姐姐,"他们计划做什么? 他有没有说那颗炸弹在哪里?"

"没有。"维丝回答,"但他们肯定是要在今天下手,把一切都炸掉。我们又要迟到了。"她跳回到舵手座位上,开始调整帆索。康纳在另一把椅子上坐好,展开三角帆。

"风很强,"康纳说,"我们能及时赶到。"

维丝没有回应。萨弗船动了起来,开始加速。姐姐对天气的预测是正确的。

第53章　父亲的遗嘱
维丝&康纳

他们默默地航行了一个小时，一路上遇到了一些向北行驶的萨弗船，也越过了不少从东到西的航行轨迹，还看到六艘船放下桅杆，栏杆上飘扬着潜沙旗，警告其他人不要靠近。康纳的脑子里有无数想法在打转。他尽量不去逼问姐姐，但他必须知道现在是什么情况。当维丝去船头确认过缆绳没有磨损，回到座位上时，他终于开口了。

"那么，那个人是谁？你认识他？"

"一个朋友。"维丝一边说，一边从他手里接过舵柄，"他以前和马尔科是一伙的。一些军团的人离开了一段时间，回来的时候，他们已经加入了另一支队伍。我觉得他们有几个人可能是改主意了，也许是说了些不该说的话。达明很倒霉，听见了那些话。"她摇摇头，"这个混蛋从不懂得保守秘密。"

"他们……他们对他做了什么。"康纳其实对这个问题没有兴趣，他只是在试着去理解他们面对的情况有多糟糕。他不敢相信有人会杀那么多人，甚至连自己人也不放过。都是为了什么?如果一切都没有了,做这种事还有什么意义?""你从他身上拿的是什么?他的遗嘱吗?"

维丝点点头。康纳知道这个传统,但他也知道,不应该问潜沙员腹部口袋里有些什么。然后他又觉得自己像个白痴。他想起了母亲让他交给维丝的纸条。昨天晚上他一直都没有见到维丝,之后他和葛罗莱拉在一起,就把这张纸条忘了。现在提起这件事似乎不太合适,但他害怕自己又会忘记。"我有东西要给你。"他说着伸手去掏自己的口袋。维丝挥挥手,想让他走开。她显然陷入了沉思,但康纳接过舵柄,把纸条塞到维丝手里。"是妈妈昨晚给我的。她让我给你,但我刚才把这事忘了。"

维丝本想把妈妈的信和达明的遗嘱放在一起,但是她犹豫了一下。她让康纳掌舵,自己把信打开,放在腿上,抬起大腿把风挡住。康纳调整好自己的围巾,开始专心驾驶。

"是谁写给我的?"她转过身又问了一句。她必须将声音提得很高,才不会被风声和船身在沙子上滑行的声音淹没。

"妈妈。"康纳说。

维丝低头继续读信,接着把信纸翻过来端详了一番,又翻回到正面,似乎是重新读了一遍。康纳在盯住船头之余不时会回过头瞥一眼姐姐,看着她的脑袋随着阅读轻轻摆动。后来,维丝转过身,久久地凝视康纳。因为黑色护目镜的关系,康纳完全看不到姐姐的脑子里正在转着什么。

"这是爸爸写的。"她说。

康纳的手差一点从舵柄上滑下去。"什么?"也许他听错了。

"这到底算是怎么回事?"维丝问道,"这是从哪儿来的?"她把信压在一条腿下面,放松主帆,又松开三角帆。他们的速度变慢了,这样他们对话会容易一些。然后她拿起那封信,举到康纳眼前,"这是爸爸的字。所以你们说我们要去西边?就因为这封信?"

"我没有看过这封信。"康纳说。他把舵柄交给姐姐,接过信纸,开始细读。这就是维奥莱提到过的信。他们的妹妹本以为自己把它弄丢了。康纳转向维丝,"维奥莱告诉过我们一些上面的内容。爸爸写信的时候,她看到了其中的一部分。她说她把信弄丢了。一定是妈妈找到的。我完全不知道。但是,没错,这就是我们想告诉你的。别想什么重建泉石的事了,爸爸要我们离开这里。"

"但你也说,帕尔默不相信……"

"帕尔默那时还不清醒。而且他只是说这女孩的口音和另一个人一样。这没有什么意义。"

"这个女孩是我们的妹妹。"

"是的。"

萨弗船继续航行。维丝又把主帆放开一点。

"那么,她是什么样子,这个所谓的我们的妹妹?"

康纳笑了,"很坚强,说话的样子要比实际年龄大得多。拥有我们所有烦人的特征。"

维丝笑了,"是我们的半个妹妹,也有我们的一半疯狂?所以妈妈说的那些话都是真的。"

"没错,我猜是这样。你会喜欢她的。她也是潜沙员。是爸爸教的。但她说话的确很有趣……"

维丝表情一僵,转过头来盯住康纳,一边还把护目镜拽到了脖子上。她的眼睛里射出了格外明亮的光。"但如果,帕尔默说的也没有错呢?"

"维丝,我告诉你……"

"不,如果那个女孩和布罗克是同一个地方的人呢?"

"我不觉得……"这时康纳才意识到姐姐的意思。维丝的结论和帕尔默恰恰相反。"哦,该死,"康纳说道,"是的,神啊,是的。"

"为什么有人会想要夷平泉石?"维丝又问,"为什么他们想要夷平滥酒馆?帕尔默说,那些人找到了丹瓦,却似乎对打捞那座城市的财富完全没有兴趣。他们只是要利用丹瓦的位置校准地图,找到那颗炸弹……"

"他们根本不在乎这里会剩下什么。"康纳说,"因为他不是这里的人。"他点点头,又想起了另一件事,"维奥莱说我们的人在那个营地里越来越多,说我们成了他们的麻烦,像老鼠一样——"

维丝说:"因为有越来越多的人跳过了那道裂隙。"

"所以他们想要让这里的人再也过不去?"

"他们的办法不是让我们留在这里。"维丝下颌的肌肉抽紧又松开,"而是彻底抹除掉我们。"

"你觉得他们有多少人?就像刚才那个,你的朋友,他是不是……"

"不,"维丝说,"他是在滥酒馆长大的。我认识他很久了。我认识的很多人都跟这帮人混过,他们不是凭空冒出来的。他们一直在招募新兵。"

"但为什么我们的人要帮他们做这种事?"

维丝没有马上回答,只是拉紧三角帆,让船重新全速行驶。然后,她转向康纳,"只要一个人够疯狂,就能做到这种事。"她说,"一个口袋里有硬币,又知道该怎么说话的疯子。这就足够了。他可以找到足够多的人去杀人,只为寻欢作乐,只为一点狗屁理由,为了面包、水、铜币,还有一个把一切炸平的机会。"她拍了一下舵柄,摇摇头,"该死的马尔科。"一定是有沙子吹进了她的眼睛,所以她又戴上了护目镜。

康纳颓然坐进椅子里。他不知道他们这些可怕的猜想是不是真的。现在他有些怀疑自己和姐姐比帕尔默更疯狂,竟然会有这么恐怖的胡思乱想。这些妄想根本不可能是真的。但真相又会是什么样子?那个丢了半条命才爬到他的营地的女孩会是北方的食人族吗?那些夷平泉石城的疯子是不是在为一个把雷霆带过无人之地的人卖命?

"你在想什么?"维丝一边问,一边转过头来端详康纳。她能看出,她的弟弟正在仔细考虑这件事。

"该死的,我觉得你已经疯了。"康纳说,"但我想你可能是对的。"

第54章　滥酒馆
维丝&康纳

他们把船停在滥酒馆的北边。维丝和康纳在接近那座小镇的时候讨论了该从何处开始行动。不像泉石和它的高墙，滥酒馆没有明显的目标。所以他们也一直没有讨论出一个理想的行动路线。但当他们降下主帆时，帆桁撞击桅杆的声音立刻就被远处传来的"砰""砰"枪声所取代了。两个人同时望向那个镇子。他们可能根本不用担心遇不到麻烦。不过这里还没有冲天的黑烟。也许他们来得还不算晚。他们坐在船壳上，穿上刚充好电的潜沙服。维丝建议他们不要带气瓶，这样行动起来会更方便。"用沙子埋住那些家伙，绝不要犹豫。"她叮嘱弟弟，"让他们直接下去。"

康纳点点头。用潜沙服对付其他人，这是一种危险的非正常手段。但他们要面对的那些人早就在用自己的潜沙服杀人了，甚至还将城镇夷为平地。他不会犹豫。昨天，他拯救了许多生命；今天，他鼓起勇气，准备接受更可怕的任务。他把控制带拉到额角，跟着姐姐进了镇子。他们俩都伏低身子，蹑足潜踪。

滥酒馆感觉就像死了一样，仿佛这里的所有人都走了，或者就是把自己锁在了家里。现在刚过正午，风沙呼啸着穿过小镇。枪声停止了，他们朝着枪声响起的地方走去。维丝转回头，朝脚下的沙地一指。康纳点点头，放下面罩。他的姐姐不见了，他也打开潜沙服，拉起围巾捂住嘴，跟着潜了下去。

他们在禁止潜沙的城镇下移动。头顶上有一片紫色的天空，身边到处都是被沙子埋住的垃圾和残片，还有几个用铁笼围出来的地下室，是一些格外顽固的人建造的。那些人对沙丘上正在发生的事情完全视而不见。这是一种安全又迅速的移动方式，只是他们看不见自己要移动到哪里，也看不见上面有没有人。但康纳信任他的姐姐，一直紧跟在姐姐身后。他注意到她在不断审视头顶上方那一大片紫红色和深紫色的天穹，仿佛那块如同巨大的瘀伤的光团里蕴含着什么信息。

维丝这时放慢脚步，开始上浮。康纳继续跟在后面。他看到他们进入了一团隆起的沙子，意识到他们正在一座沙丘下面。维丝只是将头探出沙丘表面，康纳也依样照做。他们把面罩掀起。维丝移动周围的沙子，向前滑去，远离了康纳，她的头在沙丘形成的山脊表面滑行，就像比赛中的足球。姐姐正在以康纳从未想到过的方式移动沙子。他必须迅速学会这个技巧。他尝试把沙子推到背后，在这么做的时候很难让身体不沉下去。他透过围巾深吸了几大口气，再次提醒自己不可能像姐姐一样在沙子下面憋气那么久。

维丝从沙子里伸出一只手，指着一片由临时搭建的棚屋所环绕的大广场中央。那是滥酒馆的中心市场。各种店铺都在这里陈列和展示自己的货物,炊烟从食品摊档冒出来,烤肉的香气一直传到他们这里。但那里没有人购物,也没有人照顾店铺。广场上散落着十几具尸体,到处都是血迹。有人中枪了,其他人肯定都逃走了。这解释了为什么这里会如此安静。康纳发现一小群人正在市场正中心干着什么。不知从什么地方传来了痛苦尖叫。不是所有中枪的人都死了。还有伤员。

"在这儿等着。"维丝说完就戴上面罩,滑进了沙子。

"不可能。"康纳对着空气说了一句,立刻戴上面罩,朝姐姐追过去。转眼间,维丝已经变成沙子下面一个渐渐消失的绿色身影。她贴着沙丘表面滑行,向市场所在的宽阔平地飞速靠近。康纳努力在后面追赶,终于在维丝放慢速度的时候追上了姐姐。这时维丝正仰面滑过沙子,望着上方一重重紫色的波浪,寻找广场中心处那些人的靴子。康纳觉得姐姐可能是要把那些人拖进沙子,让他们动弹不了,甚至用沙子杀死他们。

康纳感到自己需要呼吸。他不知道是不是该回去。他屏住呼吸的时间不可能像维丝那样长。他需要浮出地面。他应该听姐姐的话,待在沙丘上。他太冲动,太着急了。

维丝看见他跟在后面。康纳知道姐姐心里一定也有同样的想法。当维丝明黄色的面罩转向他的时候,他几乎能看到姐姐她橙红色的身影中散发的怒火。他举起手掌表示歉意,告诉姐姐他会回去。这时,他周围的沙子不再流动了。

一开始,他以为这是维丝干的,是姐姐要把他推回去,在他前方设置了阻碍。然后他看见维丝猛地从沙子中飞了出去。片刻之后,随着一阵令人眩晕的甩动,康纳也飞出了沙子,一直飞到几英尺高的半空中,随后又重重地跌在地上,肺里的空气都被震了出去。

康纳努力让身子下面的沙子流动,但沙子依然是石头一样的硬碴,显然是被牢牢地锁住了。身边传来一声枪响。康纳听到姐姐在呼喊。有什么东西压在他的背上。他的围巾和面罩都被扯走了,炫目的紫色世界又变回橙色的沙滩和明亮的阳光。有人粗暴地搜了他的身,两双手把他的潜沙服翻了个遍。他们命令他坐起来,又将他的胸口、腹部和双臂拍打了一遍。

"没有枪。"有人说。

"她也没有。"另一个人说。

康纳眨眨眼睛,环顾四周,发现自己正站在广场中央,周围是一群人的腿和靴子。他的姐姐躺在他前面的地上,头上的面罩也不见了。一个人高举着一把枪,枪口指向天空。康纳想要知道姐姐是不是中枪了。他觉得也许维丝是被人打了一拳,或者因为惊慌才大叫了一声。一个留着胡子的年长男人走近维丝。他的身上穿着一件仿佛胡乱拼凑出来的潜沙服——许多块不同的布料被缝在一起,导线挂在外面,卷曲纠缠在一起,在他走路的时候不断发出杂乱的撞击声。

"你在这儿想要干什么?"那人问道。当维丝试图站起来时,他便给了维丝一拳头。她一只脚陷进沙子里,被地面夹住,让她不由得又叫了一声。"想偷袭我?"这句话的语气更多是轻蔑,而不是愤怒。

维丝面色铁青，但她已经不再挣扎着要摆脱沙子了："别这么干，耶格利。你不必这样。"

在这个人身后，康纳看到一根坚实的沙柱矗立在地面上。柱子顶上有一个光滑的金属球，在太阳的照耀下闪闪发光。维丝也在看那东西。

"哦，但我喜欢。"耶格利跪到维丝身边。康纳身边的一个人按住了康纳的肩膀。他的另一只手里握着枪。康纳觉得自己知道怎么开枪，对此他很有信心。只要能把枪夺过来。

"你看，"耶格利说，"我们被灌输了一个谎言。我们被告知要享受这些沙子，要快乐。但外面有一个更大更美好的世界，而我已经得到了承诺，可以去那个世界享福。这只需要我学会放手一搏……"他向周围的市场挥挥手，然后站了起来，"我们一直想要挖出些更好的东西。我这辈子都在挖掘。你父亲也是一生都在挖掘。然后他醒悟了。他知道应该去哪儿找更好的东西。"

"我有他的信，"维丝说，"你想看吗？他说那里是地狱！"

"啊，那是因为他站错队了。"

几个男人笑了。康纳把脚从身下抬起，立刻被警告不要乱动。"坐到你的手上。"站在他旁边的人说。

乐意之至，康纳心中想。他跪坐下去，把双手和靴子都垫在了身下。他的姐姐仍然被石头一样的沙子紧紧夹着。

"那是什么东西？"维丝盯着那根奇怪的柱子问。

"原子弹。"耶格利走到沙柱前，"不要问我它是怎么工作的。

我只知道如何使用它。就像做弹珠一样简单。"他说,"只要把它压紧就好了。"他盯住那根柱子,沙子向上升起,包裹住那个球体。

康纳能感觉到脚下沙子开始"嗡嗡"作响。他把一只脚从靴子里退出一半,按下罗伯安装的电源开关。同时另一只手握住控制带,慢慢地将它抽出来。持枪的人一直在看着耶格利。而那名潜沙师傅还在滔滔不绝地说着话。

"抱歉,我们要告辞了。我们要背上气瓶,到下面安全的地方去。你和你的朋友可以看看在它爆炸之前能跑多远。不过我应该警告你,如果我对这个东西的了解没有错,那么你们无论如何也跑不出它的爆炸范围。我真的很不愿意这样,维丝。我喜欢你。但这事要远比我们的友谊更重要。"耶格利看了一眼身边的人,"把你们的气瓶打开。把他们的控制带拿走。"

"要下潜两百米?"一个人一边问,一边扛上了一只气瓶。

"两百米。"耶格利说。他们又开始谈论自己的事情,不再管维丝和康纳了。维丝还被卡在硬化的沙子里。康纳既没有面罩和控制带,也没有枪。

但他有他父亲的靴子。他穿这双靴子的时间已经够久了,完全清楚它们能做什么,所以他也很清楚自己现在能做什么。他握着罗伯的作品,手心一直在出汗。他想起了自己在家里的地板下对弟弟的告诫——不要让导线短路。于是他松开紧紧抓着的布块和电线。时间不多了。那些人正纷纷测试他们的气嘴,在一阵阵"嘶嘶"声中吹出里面的沙子,转动阀门、系紧皮带。

他们很快就会消失在沙子下。到时候康纳和维丝必须尽可能地逃离这里,但前提是他们会放了他姐姐。或者就只能用他的靴子来救姐姐。或者他可以在炸弹爆炸的时候直接带姐姐进入地下,但然后呢?然后他们会放了他们吗?他们的头领说过,这件事与他和他姐姐没有关系。他们似乎也不是很痛恨他们。但他们要炸掉这个广场。除了启动脚上的靴子,康纳不知道该做什么。他必须做点什么,必须阻止他们。

"布罗克在哪里?"维丝问那名年老的潜沙师傅,"为什么他不自己来做这个勾当。"

姐姐在拖延时间。但她也引起了他们的注意,这是康纳不想看到的。耶格利把气嘴从嘴里拿出来,回到姐姐身边。"如果他自己能做到,为什么还需要我?你是一个潜沙员。你知道不是每个人都能像我们一样。幸好他需要我,否则我的下场就要和你一样了。"

"如果他不再需要你了怎么办?"

耶格利犹豫了。但最终他还是笑着说:"他永远都需要我。我要把潜沙的秘密带给他的族人。尽管他们拥有许多魔力,但我们的一些把戏却只有我们才知道。不需要你来担心我。"

"我觉得他会背叛你。"维丝说。

"我们走着瞧。"耶格利回了这么一句,然后低头盯着维丝,做了个手势。维丝慢慢地浮出地面,终于摆脱了硬磴。她开始活动四肢。"你也许应该赶快跑起来。"耶格利说完就伸手去拿面罩,康纳知道是时候了。他把控制带按在身上,双手滑到膝盖,又滑到胸前,一边尝试先行设想让沙子动起来的情形,就像姐姐教他在潜入沙丘前做的准备一样。

"你确定要把他们留在这儿?"耶格利的一名手下问,"我觉得我们应该枪毙他们,以防万一。"

维丝转身看了一眼康纳。康纳正用双手捂住控制带,以确保它的位置正确。从他靴子里延伸出来的电线清晰可见。康纳也没办法再掩饰它们了。

"不,不要开枪。"耶格利说,"他们跑到这里来可不是我的错。杀死他们的是他们自己,不是我。"他又低头看了看维丝,维丝还蹲着,"就当这是你父亲给你的恩惠吧。一份礼物。"他掀开面罩,露出一个微笑。

"我的确从父亲那里得到了一份礼物。"康纳说。那些人转头看向他。而他已经将控制带贴在了额角上。沙子在他的脚下震颤,其中蕴含着恐怖的力量。"来了。"

整个世界爆发了剧烈的喷涌。片刻间,康纳还以为是耶格利引爆了炸弹,他体会到的就是在爆炸中死去的感觉,一瞬间的噪音、一阵剧烈的疼痛和一道闪光。他告诉了沙子自己想要什么,在脑海中建立情景,把沙子想象成一卷弹簧,随时准备将蓄积的能量释放出来。而他必须发出某种信号,才能让沙子弹起来。他看见一把枪被举起,随后是闪光和一声巨响,真是蠢透了。一阵剧痛刺穿了他的胸口。他中枪了。他向后倒进沙子里,但是沙子已经在他的脑海中被狠狠勒紧,然后以他想象的形状爆发出来——他这样做的灵感来自于柱子顶上的那颗炸弹。

那根顶部包裹着炸弹球的沙柱崩塌了。银色的球体在血迹斑斑的沙地上一直朝维丝滚过来。另外五根沙柱拔地而起,被硬碴形成的锋利柱头分别刺穿了五个人。其中一个人尖叫一声,扭动了几下身体才安静下来,他们全都死得很快。

康纳呻吟着,捂住胸口,不停地咒骂自己。沙子在他身下滑动、旋转,他无法再集中精神,失去了与父亲靴子的联系。他把控制带扯下来,世界几乎恢复了寂静。他只能感觉到剧烈跳动的脉搏和伤口的剧痛。

"放轻松。"维丝趴到他身边,沿着接缝撕开潜沙服,检查他的伤口。

"我要死了。"康纳呜咽着说。

维丝把他前额上的头发拨开:"你不会死的,没那么糟。"

康纳疼得一直在踢沙子。"这感觉真是该死的糟糕。"他看到姐姐正打量着他们周围的乱糟糟的一切,还有弟弟刚刚做出来的几根血柱。

"我见过更糟的。"维丝说。

第55章 深度不适
维丝&康纳

当滥酒馆的人们开始有勇气走进市场时，强盗们的血还在朝沙子上滴着。很快，在亲人身边跪下来的就不再只是维丝一个人。一位母亲嚎啕大哭，紧紧抱住她的儿子。有人喊出了维丝的名字——那是一个年轻男人，留着散乱的短辫子，深色皮肤上带有文身。他开始和维丝一起看检康纳的伤口。康纳努力不叫出声来。每次他哭着说自己胸口疼，维丝都向他保证只是肩膀疼，他会没事的。他的手没有了知觉，但姐姐说他不会有事。

他的潜沙服被人用刀从身上割下来，布料上的电线在被切断时爆出一团火花。现在这套衣服再也无法移动沙子了。维丝站起身，离开弟弟，跑过去把人们从那颗金属球周围赶开，告诉他们不要碰它。她也不敢碰这颗球，而是转身搜查了其中一个串在沙柱上的强盗，找回自己的面罩和控制带。康纳看着她把沙子弄松，把那些强盗的尸体埋进市场的地下，也把炸弹埋了进去，让任何人都无法再碰它。

"谢谢。"康纳向那个扫把头说道。现在那个年轻人正用一件T恤把他的胸部和他的胳膊裹在一起。康纳努力动了动手指,这让他感到一些安慰。但他还是觉得自己仿佛被山羊狠狠踢了一脚,全身都酸痛得厉害。他的脚在变热,这让他意识到靴子的电源还开着。他踢掉靴子,伸手想要关掉电源时,发现维丝正在端详这双靴子。

"罗伯做的。"康纳说道。好像这句话就解释了一切。他还记得自己对弟弟大吼大叫,就因为他玩了他们父亲的靴子。多年来,这双靴子只不过是一件纪念品,只会被放在角落里或被塞在床底下。现在它们救了康纳的命,而且不止一次。他不应该对弟弟那样吼叫,而应该感谢他。他会向弟弟说"谢谢",然后还会让他弟弟把电源开关接在更容易碰到的地方。

维丝一只手扶着她那位扫把头朋友的胳膊。这名男子正用牙齿把一件衬衫撕成布条,一边扫视周围,寻找其他需要照顾的人。

"你能站得住吗?"维丝问弟弟。

康纳点点头,但他其实还不太确定。他穿上靴子,维丝把他扶起来。他摇晃了两下。看到沙子上的血,他的心中泛起一阵恶心。他想到葛罗莱拉,突然感到一阵恐慌,他差一点就再也见不到她了。他还没有想到母亲和家人,却最先想到了一位同学,这又让他感到一阵内疚。"现在怎么样了?"他问姐姐,"这些人都不是我们要找的人,对吗?"

"我猜他早就跑了。"维丝说,"下达命令的人永远不用承受代价,无论是塔楼里的领主,还是躲在帐篷里,命令别人自己炸碎自己。"

"炸弹就在那里?"他朝埋葬炸弹的地方点点头,维丝一只手搂着弟弟的腰,让他靠在自己身上,带着他走到那里。

"它还要多久会爆炸?"

"我不相信它会爆炸。"维丝说,"达明告诉我,它必须被挤压才能爆炸。就像给孩子做弹珠一样。"

康纳想到了一些潜沙员如何让沙子快速凝聚在一起,从而形成一个微小而完美的玻璃球。"用这种方式引爆炸弹似乎很奇怪。"他说。

"是的。"维丝表示同意。

"我们不能把它留在这里。"

"不能,"维丝说,"我们必须把它带走。"

"尽可能深地埋葬它。"康纳建议。

姐姐摇了摇头。她看着那些从自己的店铺和家里走出来的人——那些人想看看到底发生了什么骚乱。然后她转过身,在风中眯起眼睛,望向东方。

"我们得做点什么。"她说,"我们得做点什么。"

第56章　安放之处
维丝&康纳

沉重的金属球被放在萨弗船双体船头之间的兜网里,将网压得深陷了进去。维丝用几根绳子把它牢牢地在网中绑好。康纳坐在舵柄旁的椅子里,失神地看着这颗炸弹。他那条不能动的胳膊被放在大腿上,肩膀仍然能感到一阵阵抽痛。从东方的沙丘间吹来的风不断发生着变化,也让他感觉到自己的身体在轻轻晃动。

他意识到,有些事情不能多想。想获得某些真知灼见,就得付出无法承受的高昂代价。只有身体在危险中变得伤痕累累,人才能学会恐惧。康纳想到了他灵魂中所有尚未被触及的地方,这些地方代表他还需要教导。他身上所有完整无损的部分都在等待被真实的剃刀切割。

他不是第一个妓女的儿子。这是事实。但在他没有和这样的人一同生活过之前,他也不会为这样的人感到痛苦,直到他的母亲带着瘀青回家,成为他朋友们的父亲吹嘘的资本。以前也有过像他这样的人。他只是从来没有想到过他们。

夷平一座城市也是一样。见证过泉石城的毁灭,他才能真切地认识到滥酒馆面对着怎样的危险。恐惧需要先例。新生儿会毫不犹豫地伸手去摸烧红的拨火棍——它是又红又亮啊!

在他的意识里,这颗无害地躺在兜网上的银色球体有可能完全不值得害怕。直到泉石城毁灭,康纳才能感受到它的恐怖。如果康纳的父亲没有多年前跨过公牛裂隙,渺无踪迹,康纳也会对维丝的威胁付之一笑——姐姐把这颗圆球绑在船上之后,就说要把布罗克的这件礼物还给那个强盗。

"妈妈该怎么办?"康纳问道。他把目光从炸弹上移开,凝视着西边高高的山峰和落日。

"什么怎么办?"维丝问,"你以为她会在乎我消失吗?你知道我们有多少年没说过话了?"

康纳觉得自己知道。但现在他对母亲的看法也有所不同了。他见过母亲照料维奥莱,见过她拯救罗伯。为了生存,她才会做一些事。她不应该被那些事定义。他们都不应该如此。

"我这么多年都没有彻底离开这里,这本身就是个该死的奇迹。"维丝说。

康纳转向他的姐姐。沙子敲打在他的护目镜上,发出一阵阵轻微的摩擦声。他调整了一下围巾,不让沙子吹进嘴里,然后他问道:"你是什么意思?"

他姐姐盯着船头看了好一会儿。当她的围巾随风飘起,康纳看到她正咬着自己的下唇。

"你想知道我为什么不跟你们去露营?"姐姐反问。

该死,他真的想知道。"为什么?"康纳问。

"因为朝那个方向走的任何一步,我都不会退回来。"她转向康纳,黑色的护目镜和围巾让康纳无法看到她的表情。"我一定是有和爸爸一样的感觉。那里有非常宏大的东西,比我们见到的一切都要大很多。是它们在轰击地面。那里或者比这里好得多,或者会让我完蛋。这两个结果对我来说都不错。"

"如果你去,我就和你一起。"

维丝笑了,"不,你不行。"

"这些全都是胡说。"康纳感觉到愤怒的泪水从眼睛里涌出来,"什么你会潜沙,但我不会;你可以住到滥酒馆去,但那里对我太危险;你想跟谁约会都行,但帕尔默就是脑子坏了,才会跟哈普在一起。"康纳抬起没受伤的手,指向桅杆,"你驾着红色风帆的萨弗船和一个军团的战士飞过沙丘,却说我什么都不能做,就是因为太危险了?但你为什么可以?你就是个该死的伪君子,维丝!"

他的姐姐认输一般地举起一只手,康纳也让自己冷静下来。维丝转向弟弟,拉下自己的围巾,她不必喊叫就能让康纳听到自己的话:"我不是伪君子,如果我像关心你那样关心自己,那我才是个伪君子。但实际上,我只是不太在乎自己会怎样。我想做父母的人一定明白我的意思,当哥哥姐姐的也会知道。"

康纳挠了挠脖子上被绷带蹭痒的地方。他想起自己曾对罗伯说过的话。如果有人对他说那些话,一定会把他给惹火。"我只是不想让你走。"他说。萨弗船越过一个平滑的沙坡,又沉下去，这使他一直犯恶心的胃感觉更糟了。"你可以说你会回来，但我们都知道你不会回来了。没有人能从那里回来。"

"没有人？"维丝把围巾拉回到鼻梁上。他们默默地驶向一个沙丘。船上只剩下红色船帆摩擦桅杆的声音，就像毒蛇嘲弄的吐芯声。

"那个晚上，她来到我们的营地。关于那时的事情，我撒了谎。"康纳说，"维奥莱没能走到我们的帐篷。是我出去了。"

维丝正在调整一根帆索。她停下来，盯着弟弟问道："你去了哪里？"

"过了裂缝。带着三只水壶和背包补给。"

"胡说。"

但康纳知道，姐姐相信了他的话，姐姐早就知道。康纳又盯住了那颗银色的圆球。

"帕尔默没有来，所以我打算丢下罗伯一个人。我真的把罗伯丢下了。我半夜里溜出来，跨过公牛裂隙，走了一百多步，就找到了她。"他转向姐姐，放下围巾，完全不在意钻进嘴里的砾子，"所以，当你对我、对帕尔默，或者对罗伯说，你会到那边去，把他们炸碎，让爸爸回来，或者你会跟爸爸一起回来，我要先告诉你，我曾经去过你想去的地方，做出过那个决定，我知道对自己说谎是什么感觉，也知道那时的我绝对不会回来。"

维丝转过头不再看弟弟，抬起护目镜，擦了擦眼睛。

"我知道你相信自己会努力回来，但爸爸当年也是这么想的。如果你走了，你就永远离开我们了。我会因此恨你的。"

维丝向他转回头,脸上又是笑容,又是泪水。"但是你竟然把罗伯留在帐篷里?你这个该死的伪君子。"

这种情形经常发生在兄弟姐妹之间,残酷的话语之后是笑声,一滴滴泪水又汇聚成笑容。火红的太阳落在凉爽的山脉背后,一个看上去人畜无害的银色球体安详地躺在两个船头之间。

第57章 撼动神的目光

维丝

他们以为这样能让她轻松一些,他们是在支持她,但陪她来公牛裂隙只会让情况变得更糟。就像在很多年以前,看到她的家人合力搭起帐篷时一样。他们带来了许多水,食物和物资,他们都对她的返回充满希望,但康纳是对的。她可以对他们每个人撒谎,保证她会回来。但她知道。她父亲也早就知道。每个跨过那条裂隙的人都知道。

她打开行李,认真检查了一遍,确定自己什么都带了。水和肉干、两条面包、备用围巾、她的控制带和面罩、白天睡觉用的便携式遮阳棚、一把大刀——是格雷厄姆在她告别时送给她的,绷带和药膏、男孩们写的三封信、让她想起马尔科的五件内衣——也让她不得不努力克制哭和笑的冲动。她会把潜沙服穿在拼接束腰外衣下面。那颗沉重的金属球被她放在背包底部。尽管她一直避免这颗球被太阳晒到,但它似乎在散发热量出来。她觉得自己准备好了。从遥远的东方传来的轰鸣和咆哮在召唤她。

"你知道,应该去那边的人是我。"帕尔默一边说,一边看着她重新系好背包。

"为什么?"她问道,"因为你是长子?"这是一记带有玩笑意味的刺拳,但她的弟弟们似乎都没兴趣和她争执。

"不。"帕尔默说,"那个混蛋欠我的。因为哈普。因为这一切都是由我开始的。"

"那你就更有理由留在这里,把它结束掉。"维丝从她的腹部的口袋里拿出两张叠好的纸,递给弟弟。

"去你的。"帕尔默举起双手,向姐姐张开手掌,"我不接受你的遗嘱。你会活着回来,该死。"

维丝抓住他的手腕,把纸塞进他的手里。

"这不是我的临终遗嘱,混蛋。这是你的地图。"

帕尔默看向手里的文件,仔细端详了一番从丹瓦拿出来的地图,又晃晃另一张纸,"那么,这张纸条是什么?"

"我所知道的关于深潜的一切。如何潜下一千米。"

"你就扯吧。"帕尔默说。

维丝抓住弟弟的肩膀,直到帕尔默抬起头来看她。"即使穿上合适的衣服,戴上面罩,这种深度也会干脆利索地杀死你。下面没有呼吸的空间。你的潜沙服会把你撕成碎片,除非你能回到三百米的深度。但这仍然是可以做到的。我在你的地图上标出了一些我喜欢的地点。还有一些我认为很有希望的地方。地图背面有我的备注,这样你就能看懂我的笔记了。我现在给你的建议是——让和我一样蠢的潜沙员下去。你自己不要冒这个险。你不需要证明什么。"她又拍了拍帕尔默的肩膀,"你要活着。你才是命中注定的那一个。"

帕尔默掀起护目镜,擦去眼睛里的泪水。又把护目镜戴好,迫不及待地研究起地图和姐姐的笔记。"这难道不就是你的遗嘱?"他又抬起头看着姐姐,"你不回来了,是吗?"

维丝拥抱了她的弟弟,帕尔默也拥抱了她。"照顾好自己。"她说。

"我会的。"帕尔默的声音很低。

"还有罗伯和康纳。"

"我会的。"他又说道。

她放开帕尔默,掀起护目镜擦了擦眼睛,转过身。罗伯从帐篷里跑出来,扑到她的腿上,伸出双手抱住她。"不要。"他对姐姐说,"不要走。"

维丝跪下来抱住自己的小弟,对他说:"我很快就回来。"罗伯皱起眉头。他的嘴唇上有沙子。维丝提起他的围巾,在他的脖子上围好,妥帖地遮住他的鼻子。罗伯是最难骗的人,因为他是最聪明的。"照顾好你的新妹妹。"维丝说。

罗伯点点头。康纳拿着给维丝准备的几只水壶来到她身边,又为姐姐抬起沉重的背包,就像为潜沙员举起气瓶。维丝站起身,将双臂穿过背带,将系在腰间的带扣系好,然后一个一个地拿过水壶。

"这该死的东西可真重。"康纳说。他指的是背包,也可能只是在说那颗炸弹。然后他站直身子,揉了揉自己的肩膀。一种不需付诸言语的对话在他们两个之间进行着,就像潜沙员在沙子下面无声的交流——一个人喉头的低语直接会变成另一个人的想法。他们两个曾一起潜入沙丘,一起拯救生命,也挽救了他们之间的某种东西。

维丝给了二弟一个拥抱。康纳拍了拍她的背包,低声说了些什么——那一点声音很快就被风吹散了。然后维丝转向公牛裂隙,看到妈妈正在等她,就像爸爸失踪那晚一样。维丝把她的弟弟们留在身后,再一次向帐篷挥了挥手——维奥莱一个人站在那里。维丝大步向妈妈走去,这是她最害怕的告别。

"我还是没办法说服你。"妈妈说。

维丝笑了,大家都为此而努力过。"你上次劝我放弃是在什么时候?"她问妈妈。她的这句话没有多认真,只是想让告别不要那么严肃。这种气氛让她实在无法离开,但最重要的是,她想让母亲燃起希望,以为她能回来。

"我失去过你一次。我不想再失去我的女儿。"

维丝回头看了一眼帐篷。"你有一个新的女儿要照顾。"她说,"这可以看作是一场公平的交易……"

"不许你这么胡……"母亲说道。

"我才不在乎呢。"维丝说。她感到自己血管里的血液在渐渐冷却,她没办法再制造什么幽默气氛了,"我不会放弃,妈妈,我要去争取。这就是我要做的。我要把父亲从他们那里接回来。我要摧毁他们的城市,让他们为我们的损失付出代价。以牙还牙,妈妈。他们欠我们的,我要让他们还回来。"

"不,你跨过了公牛裂隙,只会白白送命。"她的母亲在哭。

这是维丝见过的最难受的事,母亲的脆弱、无力,还有……温情。她的妈妈甚至没有擦干眼泪,只是让风中的沙子不断沾在上面。

"妈妈,您为了我们已经尽力了。从没有夯实的沙子能让您安稳地走上几步。我知道。我连您的一半都做不到。"

说完这句,维丝便扛起沉重的背包,向远方走去。这是她能想到的最高的赞美。她本可以对妈妈说,自己爱她,但她们两个都不会相信。爱是来之不易的,是值得珍惜的,是马尔科的脸和他粗糙的手掌轻抚在她的脸颊上,不是一个家族仅仅因为血缘关系就能得到的东西。但是,她的妈妈用糟糕却诚实的方式做到了远超过一个骗子用自己的顶级花招能够做到的一切。维丝知道这一点。她就带着这样的回忆跨过了那道横亘在沙漠上的无底裂隙,那道分开过去和现在的参差伤口,就像一道界线,画在爱人之间,画在家人之间,一道感情上永远的伤痕,将追逐和激情变成无聊的同居,将女儿变成敌人,最终能够希望的最好的结果也只是从敌人变成朋友。

维丝擦去脸颊上的泥,痛恨自己留下的伤口。她停下来,把沉重的背包放到无人之地,转过身,把围巾拉到脖子上,又跑了回来,感觉自己仿佛又回到了小时候。她哭得像个小女孩——尽管她从来都不想这样,从来都不想。妈妈张开双臂,大步迎过来,没有疑问,只有眼泪顺着她的面颊滚落,在沙地上划出一条细线,很快就消失不见了。

"谢谢。"维丝在母亲的脖颈旁呜咽,"谢谢你,妈妈,谢谢。"

这不仅是爱。它支撑着维丝回到自己的重担前——那道沙漠上的裂缝,它可以被跨过去,也可以跨回来。维丝头也不回地迎着风和地平线走去。母亲的回答还在她耳边回响,陪伴着她踏上漫长的征程。在无人之地的边缘,伴随着那顶旧帐篷不断飘动的门帘,只有她听到了那一声耳语:

"我亲爱的女儿。我最亲爱的维多利亚。"

第58章　敲响天堂之门

康纳

它是被康纳发现的。在第七个晚上,他正用搭帐篷时剩下的一根金属支撑杆拨着篝火,忽然抬起眼睛,看见了地平线上骤然亮起的一道白光。仿佛太阳忘记了时间,从床上一跃而起,匆匆射出一道光焰。

康纳急忙呼喊其他人。妈妈、罗伯和维奥莱都从帐篷里跑出来。帕尔默从营地的另一边冲了过来,一边还在系裤子扣。他应该是去下风口撒尿了。他们一起看着那道光,看着它像一朵绚烂盛开的花朵。它是那么明亮。他们只能转过身,斜睨着它,就像眯起眼睛看正午的太阳。

"耶稣啊。"帕尔默悄声说。

毫无疑问,一座城市就这样消失了。康纳以前见过炸弹爆炸。从两个沙丘之外观察普通炸弹的爆炸不是什么好事。而这是远在地平线那边的爆炸。

"维丝。"罗伯说着,抽了抽鼻子。

母亲把一只手放在他的肩膀上,"她不会有事的。"但康纳听不出母亲有多少信心。母亲也无法确定,他们都不可能确定。

经过相当长的一段时间,声音终于传了过来。他们的胸腔和骨头都在震颤。大地发出深沉的咆哮,天空也在一同哀号。又过了一会儿,风向似乎变了,沙子陷入乱流。他们紧紧抱在一起。维奥莱握着康纳的手,用力握紧。康纳意识到他们的小妹妹是唯一在那个地方待过的人,只有她可能知道那里会遭受怎样的毁灭。康纳几乎能感觉到她冲过去亲眼看看的渴望。

"现在他们会知道,我们在这里。"帕尔默说。

"他们已经知道了。"妈妈告诉他们,"他们一直都知道我们在这里。他们知道我们受的苦。现在,他们也要受苦了。"

这段不同寻常的话带来了一阵沉默,一种沉重的寂静。在几次心跳之后,康纳才意识到哪里出了问题。人们很容易忽略这种事,因为那声音在日复一日地传来。那地狱般的噪音是如此稳定,早就变成了他们习以为常的背景音。而现在,当它消失的时候,他们差一点把它忘记了。但康纳还是听到了,他听到了远方地平线的寂静。

"听,"他低声说,"鼓声,停止了。"

▼▼▼

食物和水还能维持五天,但他们撑过了八天。维丝告诉他们不要等她,但他们还是等了。他们的母亲告诉他们不要抱有希望,但他们还是一直抱着希望。又经过了八天的露营,在炎热的中午和寒冷的夜晚,在宁静的帐篷中,偶尔会有一个打破沉默的故事，笑声缓解了心中的紧张。这是他们一起度过的最长的一段时光，一起聊天和沉思，讲述关于维丝的故事，关于父亲的故事，一场期盼回音的漫长等待。即使没有人从地平线那边回来，至少也希望会有一个幽灵。如果没有幽灵，哪怕能有只言片语，哪怕只是一个征兆。

帕尔默说起了丹瓦。一根手指划过肚子，仿佛在寻找一道伤口。他承认自己杀了人。母亲抱着他，好像他又变成了孩子。但在兄长的啜泣中，康纳看到了一个男人。这就是他们做的所有事情。随着白天和黑夜的不断流逝，他们每次只会啜饮半瓶盖水。没有人要返回泉石，因为那里已经没有了城镇。他们将住在帐篷里，直到食物和水耗尽。在无尽的夜晚和漫长的白天，梦想和故事混合在一起，一个星期感觉就像一个夏季。月亮从一道弯弓变成一个圆盘。甚至风的韵律和呼啸都可以被他们感知和预见，就像一个老人多年以来以烈焰般的热情注视着沙漠，从而能够描绘出一幅从未有过，但一定会出现的风景。

这就是他们此时此刻的感觉，格外敏锐的感觉。特别是大地上的那道裂隙，那道公牛的伤口，一道令人难以忘却的深渊，在站立于此地之人的灵魂中敞开。如果在这里大胆地摆动脚趾，就能感受到凉风从指缝间涌上来，就可以假装自己在这风声中维持着微妙的平衡，想象一张可爱的面孔在黑暗中向自己高喊：不要这样，后退，你太大胆，又太可爱、太特殊了，不应该低头看这里，不应该看着我。

不管怎样，康纳还是坐在这里，在裂隙中摆动双腿。过去这几周里,他和它变得如此亲密,危险变得如此空洞,下坠的力量变得如此微弱。沙子从他的指缝间一点点往下洒,一直洒到大地的核心。不远处,一些玻璃弹珠被弹到裂隙对面。那些小珠子是帕尔默做的,他花了很多时间来证明他可以,毫无疑问,他觉得他去才更好,他是长子。

到了第八天,当这次远足不得不结束,他们无法再等下去,最后一点水落在罗伯的舌头上,甚至发霉的面包渣被分配给一家人的时候,他们聚集在大地上的裂隙旁,跳过去再跳回来,就像一根线穿来穿去,要将这道裂隙缝起来。同时,他们一直在看着远方寂静的地平线,那里再没有"隆隆"声传来。

时间还很早,太阳刚刚现出一点光晕,如同一个潜伏的粉红色幽灵。天空显现出一种不同寻常的沉重,在迟迟不肯退去的夜幕中,星星一颗颗消失,但吞没它们的不是即将到来的白昼。空气中有另外某种东西。康纳拽下围巾。总是在风中跳动的沙子仿佛屈服于一个神秘的力量,一种令人警觉的存在,一种行军般的声音,来到这遥远的沙漠。沙漠夜晚的冰冷总是只能可怜地苟且到黎明时分,那个粉红色的幽灵是它最害怕的东西,但现在,凉爽的早晨却变得更加凉爽。康纳听到了脚步声,听到喃喃低语。一种声音,在不断靠近。

"有东西在过来。"罗伯说着,站直了身子,"有东西在过来!"他喊道。

帕尔默、维奥莱和他们的母亲正在拆除帐篷。他们也都停下来,跑到裂隙前,和两个男孩站在一起,在沉重的黑暗中睁大

Sand / 351

眼睛,竖起耳朵。在越来越强的风中,帐篷的帆布翻飞。伴随着另一种有节律的声音,那东西在稳步前行,不断靠近他们。不是死去的人,也不是他们远去的姐姐和父亲,而是一种更加不可能的东西。它首先击中了罗伯,然后是他们的母亲,"啪嗒啪嗒"地落在沙子上。伴随着呼啸的冷风和最后一抹星光,来自天空的湿润降下。这是对长久沉默的回应,他们知道,远方有人在倾听他们的呼号。

他们的母亲首先跪倒在地,泪如雨下。

天空在为它的生灵哭泣。

译后记

康德说:"人是目的,不是工具。"

中国也有一句很相似的老话——命非草。

哪怕面对茫茫宇宙、浩瀚沙漠,或是文明毁灭后的末世荒原,人也能够改造环境,利用一切材料为自己建造家园,营建起异星营地、沙漠小镇、与世隔绝的地下堡垒,甚而开发出潜入沙海、生存于太空、在封闭地堡中实现生态自循环的技术。

无论在什么样的环境里,人都会辛勤工作,努力地生存下去,通过建设让自己拥有不同于草木的生活。

直到他们被另一些人——被那些自诩为管理者和高等人类的人作为工具消耗干净,或者干脆毁掉。

但无论怎样,命非草,人不是工具。

休·豪伊讲述的,就是这样一些故事——建设超越毁灭,智慧、勇气和牺牲最终战胜看似无比强大的力量。世界可能变得灰暗,但总会有人性在发光,就如同黑色的宇宙中,一定有勇敢闪烁的点点繁星。

压垮我们的不是逆境,而是我们自己的忧虑和畏惧。这一点我们都知道，但知道不代表不会在畏惧和疑虑中泥足深陷。所以这些逆境中人们奋力前行的故事，或许会为我们增添一份心灵的力量。

——李镭